斎藤真理子 責任編集

完全版 韓国・フェミニズム・日本

未来から見られている

斎藤真理子

雑誌は生きものとよく言われるが、その通りだった。二〇一九年七月に発売された『文藝』秋季号（特集「韓国・フェミニズム・日本」）が異例の増刷となり、とうとう創刊以来八六年ぶりの三刷が決まったとき、私も驚いたが編集部も驚いていた。生きものなのでその勢いを予測することはできないし、方向を制御することもできない。若い編集部の健闘によってでき上がったこの生きものには、さまざまな立場と世代の人たちが集まって放つエネルギーがあふれており、日本の作家と韓国の作家の名前がハングルも交えて表紙に並んだところは、潮目の変化を感じさせた。

特集名に即していえば、「韓国」に興味がある人、「韓国のフェミニズム」に興味がある人、「韓国」と「フェミニズム」によって照射される日本に関心がある人と、この生きものを迎えてくれた人にもさまざまな傾向があっただろう。一つ思ったのは、今や文芸誌が一部、総合誌の役割を負っているのではないかということだ。おもしろい小説を読みたい人たちとともに、社会と世界について考えたい人たち、自分の考えを一歩進めるきっかけがこのあたりにあるのでは？と鼻をきかせた人たちが、読者になってくれたのではないか。

当初から、この特集を保存版のようなものにしたいという意欲はあったが、ここに『完全版　韓国・フェミニズム・日本』をお届けすることとなった。雑誌での企画時に実現できなかった案も含めて今回、かなりの増補を行ったので、雑誌が手に入らなかった方にも読んでくださった方にも楽しんでいただけると思う。具体的には、小説ではチョ・ナムジュに加えて新たにパク・ミンジョンとユン・イヒョンのお二人の短編を収録（イ・ランの短編も雑誌掲載時とは違うものを掲載）、エッセイ・論考・対談では小川たまか、姜信子、鴻巣友季子、ハン・トンヒョン、渡辺ペコの各氏に加えて今回、新たに韓国からファン・ジョンウンとチェ・ウニョン、日本から江南亜美子、倉本さおり、豊﨑由美、ひらりさの各氏に書きおろしをお願いした。MOMENT JOON氏からも新しく「僕の小説は韓国文学ですか」を寄稿していただいた（「『82年生まれ、キム・ジヨン』は誰の文学なのか」という問いへの答えをずっと、考えている）。さらに「現代K文学マップ」と「厳選ブックガイド36冊」を追加して韓国文学の全体像を俯瞰できるようにした。また、好評だった「韓国文学一夜漬けキーワード集」も十ページから十六ページに増補した。

雑誌の企画を進めているときも、今回の単行本化にあたっても、ここに名前の上がっていない韓国の作家・評論家にも原稿をお願いした。その結果スケジュールなどの都合で断られたケースも複数あったが、企画の重要さを認めた上で丁寧なお詫びの手紙をいただくことが多く、友情を感じるやりとりが続いた。実りの多い二〇一九年の夏と秋だった。

日本での韓国文学紹介の流れを大きく見たとき、紹介されるべき過去の重要な作品が紹介されていない（あるいは、かつて紹介されたが長く入手困難な状態が続いているものが多い）ことがよく指摘される。それは翻訳者たち自身も常に感じていることである。そのことを踏まえ、韓国文学の読者の裾野が広がった現実を受けて、今後、体系的・系統的な作品紹介の実現が模索されていくだろうし、その一端は複数の出版社の企画ですでに始まっている。

また、近年紹介される韓国文学が、新しい作品、特に女性作家の作品に集中しすぎているのではないかという指摘をいただくこともある。いうまでもないことだが、韓国文学のおもしろさは一つの箱に入ってしまうようなものではありえない。そのことは今後、さらに多様な作品が紹介される中で証明されていくだろう。一方、現在の韓国では女性作家の奮闘が目覚ましく、彼女たちのほとんどがフェミニズムという言葉や概念を自然に標榜していることも事実だ。その成果はこの本にも表れているし、この秋に出版されたいくつかの小説や論集、雑誌の特集などからもはっきり読み取れる。

私的なことを記すとこの夏は、ある本の出版計画をめぐって印象的なできごとがあった。

『こびとが打ち上げた小さなボール』（チョ・セヒ、拙訳、河出書房新社）という小説がある。韓国で一九七八年の出版以来、百三十万部を売り上げ、今も現役のロングセラーで、経済成長の陰で蹴散らされるようにして消えたある一家の物語をポリフォニックに描いた連作短編集である。今年大きく話題になった『82年生まれ、キム・ジヨン』でいえば、キム・ジヨンの母親オ・ミスクが若かった時代の物語だ。私は一九八一年にこれを初めて読んで強い印象を受け、二〇一六年に、河出書房新社の力を借りて拙訳による全訳を世に出すことができた。

『こびと～』の作者チョ・セヒは寡作な作家であり、この強烈な代表作を書いたあと、何冊かしか本を出していない。そのうちの一冊『時間旅行』（一九八三年刊）はしばらく前に、信頼する韓国の友人に中古図書を取り寄せてもらって手元にあった。しかしこれはかなり難解な作品で、なかなか読み進められなかった。おそらく、軍事独裁政権の時代にあって、検閲の目をかわすために象徴的な書き方をしたり、あえて飛躍させた箇所が多いのだろうと思われた。だが今年になってこれを読み返してみたときすぐに、「二〇一九年」という数字が目に飛び込んできたのである。

舞台は今からちょうど四十年前、一九七九年のソウル。主人公はシネという主婦だ。彼女は朝鮮戦争のときには女子高校生であり、同級生と一緒に募金を集める活動をして様々な困難に巻き込まれた経験がある。また、一九六〇年の四・一九学生革命当時には、彼女の夫が命を落としかねない経験をしたということになっている。そんな彼女は一九七九年を迎え、高校生になった自分の娘が、公正でない社会に向かって勝ち目のない戦いを企てているらしいことに気づき、強い恐れを感じている。そして作家は「シネは口で言えないほどの疲労を感じた」と記した後、次のような文章にいきなり飛ぶ。

この先の話を詳しく書く能力が私にはない。一九九九年か二〇〇九年、遅くとも二〇一九年までには、ここに省略された部分を埋めることができるかもしれない。それまでの間に、また一世代が流れていくだろう（作家）

何枚か省略（作家）

「遅くとも二〇一九年までには」と書いたとき作家にとって、その年はどれほど彼方にあったのだろうか。四十年経ったその年に今、自分が生きていると気づいたとき、どんなに難解であっても『時間旅行』を日本に翻訳紹介したいと思った。可能なら二〇一九年のうちに。チョ・セヒ氏がずっと体調を崩されていることは知っていたので、これを今年、日本で出してかまわないだろうかと控えめにお尋ねしてみた。強く刊行を願いながらも、断られる可能性が高いのではないかと予想もしていた。あきらめる用意もあった。

しかし答えは違っていた。今年おそらく七十七歳である作家から返ってきたのは拒絶ではなく、自分はこの作品を書き直したい意志を持っているので、今は待ってくれというものだった。七〇年代〜八〇年代韓国のできごとは、いや、それより以前の朝鮮戦争前後からのできごとは、作家の中で全く終わっていないのだろう。

一九七九年に未来であった今年、二〇一九年の夏と秋、日韓の外交関係は緊張の中にあり、依然としてヘイトスピーチをする人々はおり、展覧会の一部が中止され、偏見をあおる見出しを用いた週刊誌は批判にあって謝罪し、韓国からは重要な作家が相次いで来日して読者と出会い、私たちは韓国の人々と協力して一冊の雑誌と一冊の本を作った。こうしたすべてのことも、記憶され、振り返られるだろうし、また、そうであるべきだ。今から十年後、二十年後の目が今このときを見ている。私たちはいつも未来から見られている。

■翻訳では小山内園子、すんみ、古川綾子の各氏、「現代K文学マップ」と「厳選ブックガイド36冊」ではクオンの金承福、伊藤明恵の各氏、「韓国文学一夜漬けキーワード集」では伊東順子、すんみ、古川綾子、伊藤明恵の各氏にご協力いただいた。御礼申し上げる。
■また、雑誌特集時に好評だった日韓作家の短編は二〇二〇年春に『日韓小説集（仮）』として刊行予定。

（さいとう・まりこ＝六〇年生。翻訳家）

目次

小説

家出

チョ・ナムジュ
すんみ／小山内園子 訳

가출

조남주

父が家出した。母から電話が入ったのは、会社帰りの地下鉄の中だった。一瞬、家出を出家と勘違いした。

「えっ？　父さん、お寺なんか通ってなかったでしょ」

「家出だってば。い、え、で。家を出ちゃったの」

いっそ出家したと言われたなら信じただろう。今年七十一歳。認知症のような精神疾患はない。七歳下の妻にもいちいち敬語を使う父。そのくせ、母がスプーンに箸、水と完璧にセッティングを終えるまでは食卓につこうとしない父。定年まで双方の親の葬式のときをのぞいて一度も会社を欠勤したことがなく、三人の子供が生まれた日さえ出勤していたという父。見えないものなんか信用できるかとクレジットカードを持たず、自動引き落としも、ネットバンキングも使わない父。そんな父が、家出しただなんて。

え？　なに？　十回ほど聞き返し、次の駅でいったん電車を降りた。よりによって人でごった返す乗換駅だった。乗換通路へどっと流れる人波にしばらく押され、ようやく抜け出したときにはすでに電話は切れていた。私は自動販売機で冷たい缶コーヒーを買い、ホームの奥にあるベンチに腰掛け、電話をかけ直した。

「どういうこと？　父さんがどうして家出するのよ。いつの話？」

「実は、もう一ヶ月になるのよね」

「えっ？　どうして今まで黙ってたのよ？」

「すぐ戻るだろうって思ってたから。あんたたちに言うのもためらっちゃってね。いい年して、とんだ恥さらしでしょ」

「ほんとに家出なの？　拉致されたとか失踪とか、そういうんじゃなく？」

「置き手紙があったのよ」

　中学の頃、私も置き手紙をして家出をしようとしたことがある。友達の家でこっそり酒を飲んだことがばれ、母にボコボコにされた翌日だった。私が悪かったとはいえ、あんな非人道的な扱いは我慢できない、私を探さないでほしいという旨の内容を、だらだら書いていたと思う。放課後、とりあえず友達の家に行って遊んだが、夕食の時間になると友達のお姉さんに目配せされ、その家を出ることになった。さして行くところはなかった。近くの公園で時間をつぶして家に帰るとちょうど誰もいないので、このまま家出はやめようと思った。ところが、机の上に置いて出たはずの手紙がない。仕方なくカバンを背負い、靴を持って、クローゼットの中に身を隠した。そのままうっかり眠ってしまったらしい。気がつくと母が、夕飯食べなさいと部屋のドアを叩いていた。寝ぼけていた私は、クローゼットを出ると靴を持ったまま板の間に行き、食卓の前に座った。

「靴は玄関に置いてきなさい。カバンも下ろして」

　母はなにくわぬ顔でそう言い、私も言われた通り靴とカバンを下ろしてご飯を食べた。兄たちも何も言わなかった。夕飯のあとはいつものように服を着替え、テレビを見て眠った。

父さんももしかしたらクローゼットの中にいるのではないだろうか。古びた靴を持って、クローゼットの中で体を丸めている父を思い浮かべてみた。一ヶ月もそうしているのだろうか。かなり足が痺れてるだろうに。

「もしもし？　聞いてる？　警察に届けようか？」

「家出って、受け付けてもらえるのかな。ちょっと調べてみるよ。お兄ちゃんたちはもう知ってる？」

「それが……あんたから伝えてくれる？　なんて説明したらいいかわからないのよ」

なんて説明したらいいかわからないのは私も一緒だ。ああ、父さん、いっそ出家してくれたらよかったのに。この世のあらゆる苦悩と煩悩から解き放たれたくて宗教に帰依したというのなら、一瞬恨めしく思いはしても、後は父さんも疲れてたんだろうと同情していられただろうに。深呼吸を一度して兄たちへ電話をかけた。上の兄はしばらく答えにつまっていたが、わかった、今から家に行く、と言った。下の兄は、そんな話ありえねーだろと怒り狂い、でも今日は結婚記念日だから話し合いは明日にしてくれ、と言い出した。お兄ちゃんこそありえないこと言ってないで、とっとと家に来てよ、と言って電話を切った。

携帯電話で路線図を確認した。実家に行くには地下鉄を二回乗り換えなければならない。父さんってば、なんで家出なんか。実家に着いたら九時、二時間ほど母から事情を聞いたり話し合いをするとして十一時、自分の部屋に着いたら十二時半、シャワーだなんだかんだやっていたら一時半。ああ、父さんってば、なんで家出なんかして！

路地に入ったとたん納豆チゲの匂いが漂ってきた。どこの家でこんな遅くに夕飯を食べているのだろうと思ったら、我が家だった。母はこの渦中でチャプチェを作り、サバを焼いて、かぼちゃのチヂミまで用意していた。上の兄夫婦と下の兄はすでに食事を始めていた。母は食卓に、私のスプーンと箸を置いた。

「遅かったわね。早く手を洗って、ご飯食べて」

今ご飯なんか喉を通らないよ、と言い返そうとしたところで下の兄が母に茶碗を差し出し、おかわり、と言った。仕方なく食卓についた。ご飯を食べる気分じゃないと思っていたのに、口の中いっぱいによだれがたまっていた。

私たち兄妹は小さい頃から納豆チゲが好きだった。母の作る納豆チゲには、刻んで入れた二十日大根のキムチのサクサクした食感、豚の挽肉と裏ごしした豆腐のとろりとした味わいがあった。仕上げに母の姉が作った自家製味噌をスプーンいっぱい溶き入れると、塩加減と風味が増す。だが、父はその納豆チゲをひどく嫌っていた。鼻につく匂いが服の繊維の一すじ一すじ、髪の毛の合間合間にしみついてとれないというのだ。だから納豆チゲが食べられるのは父が残業の日だけ。父の定年退職後は一度も母の納豆チゲを食べられずにいた。

チゲを一さじすくってご飯に混ぜる。なめらかで熱々の米粒が噛む間もなくつるんと喉を過ぎ、お腹が中から温まってきて額に汗がにじんだ。納豆チゲの味はいうまでもなく、すでに冷めていたチャプチェも、春雨がふやけて千切れることもなくもっちりと舌に絡みつく。同じキムチを分けてもらっているのに、不思議とここで食べるキムチの味は格別だ。夢中でご飯を食べているうちに十時を回っていた。

食事中はお盆や正月で集まったみたいに和気藹々とした雰囲気だったのに、居間で車座になると空気が重く沈んだ。上の兄の妻がみんなの顔色を窺い、コーヒーを淹れてくると台所に消えた。下の兄が声を舐め、上の兄をたしなめるように言った。

「アニキさあ、こんなときになんで義姉さんまで連れてきちゃったんだよ」

「家のことなんだから、あいつも知っておくべきだろ。じゃあお前、ヨメさんには話さないで来たのか？」

「あたりまえだろ。結婚記念日だから久しぶりに二人で外食でもしようって、ジュンもあっちの実家に預かってもらってるんだよ。今カミサンがひとりで飲んでるからさ、さっさと話、終わらせようよ。俺、早く帰んなきゃなんないから」

「そういうヤツがメシ二杯もおかわりするか」

兄たちをなだめ、母に事の顚末を尋ねた。母は長いため息をついた。

「先月の十七日ね、だから、母さんが頼母子講の集まりがあった日よ。出かけて帰ってきたら、冷蔵庫にメモが貼ってあったの」

母は床にお尻をつけたままずりずりとテレビ台に近寄ると、引き出しからメモを取り出した。

「残り少ない人生だ。そろそろ自分の思い通りに生きたい。探さないでくれ。貯蓄銀行の一六〇万ウォンを持っていく。すまない」

上の兄がひったくるようにしてメモをとった。下の兄が頭を寄せて音読し、力なく笑った。

「オヤジ、ボケたんじゃないの？」

そのとき、兄嫁がコーヒーカップを五つ、大きなお盆にのせて運んできた。下の兄は口をつぐみ、上の兄はメモを母に返した。母はもう一度メモに目を落とすと、突然ぽたぽたと涙をこぼした。

「今日は帰ってくるかな、明日は帰ってくるかなって……母さんひとりでやきもきしてたんだけど、やっぱり、このままじゃいけない気がして。どうする？」

下の兄がコーヒーをずずずっと啜ってから言った。

「何がどうする、だよ。警察に届けるしかねえだろう」

「失踪じゃなく家出だぞ？　警察が一生懸命探してくれると思うか？　メモ読めよ。どう見たって自分の意志としか思えないだろ。父さんはどこか体が悪いわけでも、分別がつかないわけでもないんだし。大の大人の男が家出してどうして警察なんだ。むしろ興信所を探したほうが話は早いだろう」

「アニキってどうしてそう否定的に考えるかなあ？　父さんの年考えろって。マジで突然ボケることだってありうるよ。おれたちが知らないだけで、カネの問題とか怨恨の線とかもあるかもしれないし、ひょっとしたら事件に巻き込まれたのかも」

「否定的なのはオレじゃなくてお前だろ。やたら縁起でもないこと言うなよ」

兄たちの言い争いを止めようと、もう一度母に話を聞いてみた。

「どっか、父さんの行き先をわかってそうな人はいないの？」

「そんな人いると思う？　父さん、退職してから毎日家でテレビばっかり見てたのよ。本家には、変わりありませんかって聞くフリして一度連絡入れてみたけど、全く知らない様子だったし。携帯電話にはあんたたちの電話番号と本家の番号、伯母さんの番号以外入ってなかったもの」

「携帯も置いてったの？」

「何も持ってってないの。パンツ一枚持たずに出て行ったんだから。ほら、この秋に買った登山服あったでしょ。登山もしないのにどういう風の吹き回しだろうって、あんたに話したじゃない。あの登山服着て、運動靴履いて、あんたが買ってくれた録音機だけ持って出ていったの。銀行に聞いたら、一六〇万ウォンは前日に引き下ろされてたし」

下の兄が私に聞いてきた。

「父さんに録音機買ったのか？」

「録音機じゃなくてMP3プレーヤーね。最近若い子たちがみんな耳になんかして歩いてるけど、何聴いてるんだって言うから。スマートフォンで音楽聴いたりラジオ聴いたりしてるんだよ、携帯かえたげようかって聞いたら、いいって。で、音楽だけ聴ける小さい機械もあるって言ったら、安いやつを一つ買ってくれって頼まれたの。演歌を百曲くらい入れてあげたよ」

「それいつ？」

「けっこう前。三、四ヶ月？」

「今までおまえにも連絡なかった？」

「うん。お兄ちゃんには？」

「いや。だって父さん、おまえのこと溺愛してたじゃないか」

上の兄も肯いた。

「だな。遅くにできた末娘だってあちこち連れ歩いて、トッポギは買ってやるわワンピースは買ってやるわ、とにかくやたら可愛がってたもんな。末っ子が独立するって大騒ぎしたときのこと思い出すよ。ホント、あのときは父さんがおまえのこと、丸坊主にすると思ったさ。そんな父さんがなんで……おまえの結婚、どうするつもりなんだ」

新しい職場が遠いのを口実に、二年前実家を出ると宣言したとき、父は、世間知らずがバカなことを言うとひどく怒っていた。

「結婚するまでは俺がお前の保護者だ。父さんがお前を、これまで通り、傷がつかないように守ってやる」

「私ももうすぐ二十九だし、社会人五年目だよ。なんの傷もついてないと本気で思ってるわけ？」

父は私が傷どころかぼこぼこの節だらけで、しかも自分ではその節をたいして気にかけていないと知って、大きな衝撃を受けていた。私の価値観や態度を問題視する父と毎日毎日ぶつかって心の溝は深まる一方、とうとう一緒に暮らすのが難しくなってしまった。

結局、父が降参した。家を借りるのに使えと、私の結婚資金の足しに貯めていたという三〇〇万ウォンの入った通帳をよこした。そのかわり二年後、つまり、借りる家の賃貸契約が切れたら結婚するようにと条件をつけてきた。どうせ彼氏とは、あと二年お金を貯めて結婚しようということで話がまとまっていたし、お金があるほどいい家は見つかるはずだから、私としてはなんの不都合もない提案だった。すぐに了解した。

たまに寂しいこともあったし、いくら一人暮らしとはいえ、洗濯も掃除も料理もすべてひとりでこなしながら会社勤めをするのは大変といえば大変だった。それでも親と一緒に暮らすよりはよかった。家を出てから父との関係も急速に回復した。そうこうしているうちに時は流れ、春がくれば約束の二年になる。

幸か不幸か私は彼氏とまだつきあっていて、父は、冬に両家で顔合わせをし、春に結婚すればちょうどいいだろうと言っていた。ところが、今やその父がいない。本当にどう嫁げというのだろう。彼氏にはなんて言おうか。顔合わせや結婚式は母さん一人で出席しなければいけないのだろうか。というか、父が家出しているこんなときに結婚をするというのもおかしな話だ。結婚しないなら、家の賃貸契約は更新したほうがいいだろうか。そんなことが次から次へと頭に浮かび、父の心配よりわが身のことばかり気にかけている自分に嫌気が差した。

私は頭を振って雑念を振り払うと、自分がビラを作って貼ると宣言でもするように言った。上の兄は警察に届けるという。それがいいかどうかはともかく、母は伯父と伯母にも知らせると話した。上の兄が下の兄に聞いた。

「おまえは何するんだ？」

「いろいろやってダメなら、俺が興信所を探してみるよ」

「どうしておまえ、家のことはいつも高みの見物なんだよ？　俺とコイツだけの父親か？　おまえにとっても父親だろうが。ずっと着るもんや食べるもんの面倒みてもらって、勉強もさせてもらっただろ！」

「冗談じゃないよ。生まれてこのかたアニキのお下がりばっか着せられて、肩身の狭い思いして、俺だけ大学行けなかったんだぜ」

「おまえが勉強しなかったから大学に行けなかったんだろ？　それがどうして父さんのせいなんだよ」

「コイツは自分で勉強して大学行ったけど、アニキは違うじゃねえか。二浪してやっと三流大学入ったくせに。俺もね、アニキみたいに二浪させてもらって、予備校のカネ出してもらえてたら、アニキよりいい大学に行けたんだって」

兄たちの声がだんだんに大きくなり、母がカッとなって声を荒らげた。

「いつまでそうやって喧嘩するの？　還暦になっても、母さんの葬式でも喧嘩してるつもりっ？　あたしはあんたたちの母親だよ。ここで一番の目上なのよ。どうして親の前でそんな失礼な態度ができるの？　誰も母さんの意見を先に聞こうとしないし。一人になった母さんの心配もしないで。こんなことなら育てるんじゃなかった、まったく。お嫁さんに恥ずかしいわよ！」

驚いた。母が大声を出したからでも、怒ったからでもなかった。滑舌が、あまりにもよかったのだ。食卓を囲み、果物を前にお茶を飲みながら家族で話をしているとき、たいがいは父が意見を言い、母は独り言のようにごにょごにょつぶやき、兄たちと私はただ肯いていた。一家の引越、誰かの進学や就職といった重大な決定から、旅行先、外食のメニュー、テレビのチャンネルのような些細な決定までも、結局は父親の意向通りになった。いつでも母は、ごにょごにょ言っていた。母さんもあれほど簡潔な文章と正確な滑舌で意見を言えるんだな。不思議だった。

なんの成果もないまま一回目の会議が終わった。坂道になった路地にぴっちり駐められた兄たちの車が無事出るのを見届けて、私も停留所に向かおうとしたときだった。母が物言いたげな目つきで私の腕を引っ張った。兄たちには言えない重要な情報でもあるのだろうか。私はおとなしく母に従って家に戻り、母は電子レンジの上から紙の束を取りだして私に渡した。電気料金、上下水道料金、都市ガス料金、携帯電話料金……各種公共料金の支払い請求用紙だった。

「これ、ただ銀行に持ってけばいいの？」

母がなぜ一ヶ月も経った今、父の家出のことを打ち明けてきたのかがわかった気がした。公共料金の納付締切日が迫っていたのだ。これまで母は、生活に必要な額だけを生活費として父から受け取り、お金がどこにどれだけ出ているか、あるいはどこから入ってくるか、一切知らされずに暮らしていた。退職した後、父は銀行に行く時間に余裕ができてうれしいと言っていた。仕事をしている頃は、公共料金の支払日になると昼食もまともにとれなかったというのだ。公共機関や銀行がらみのことは母に任せたらどうかと言うと、父は首を横に振った。

「それは父さんの仕事だ。そのために父さんは、この家にいるんだから」

父さんの仕事。父さんが自分の仕事だと言ったことは、他になにがあったっけ。二度ほど大学入試に失敗した上の兄が、もう自分は大学を諦めて就職し、弟や妹の学費を稼ぐと言ったときも、父は同じようなことを口にした。会社が大変で数ヶ月給料が払われていなかったことを後で知った母にもそうだった。祖母が倒れたという報せに、病院に駆けつける準備をしていた私達三兄妹を引き留めながらも言っていた。それは、父さんの仕事だ。

もうこの家には、生涯父が自分の仕事と思いさだめ、一手に引き受けてきた大小さまざまな務めをこなす人間がいない。母に、代わりに払ってきてあげると言おうと思ったが、母だってやり方を覚えておかなくてはと考えて、方法を説明した。番号表を取って、順番を待って、窓口に行って、職員にやってもらうの。私の簡単な説明に、母は膨れっ面になった。

「その程度なら母さんだって言えるわよ」


予想どおり、警察ではただの家出とみなされ、積極的な捜査は行われなかった。父の写真を載せたビラは、二時間経つと母にすべて剝がされてしまった。くだらない悪戯電話ばかりかかってくるからと言っていたが、本当は近所の噂になるのが嫌だったらしい。父から連絡はなく、日を追うごとに寒さだけがつのっていった。

土曜日に二回目の家族会議のため集まった。母は今回も納豆チゲを用意し、カルビを焼き、どんぐりムク「どんぐりのでん粉をゼリー状に固めたもの」をこしらえていた。エゴマの香りが濃厚などんぐりムクは大好物だったから、今度は私がおかわりをした。カルビに夢中で食らいついていた上の兄は、脂で口をてかてかさせながら、もう食事の支度はしなくていいよと母に言ってグエエエエップと長いゲップをした。

兄嫁たちはともに用があって来られなかった。母と三兄妹が居間に座って溜息ばかりついているあいだ、それぞれのパパについてきた三人の子供が父の部屋を占領していた。走っちゃだめという言葉を嫌というほど聞かされているマンション育ちの子にとって、おじいちゃんとおばあちゃんの一軒家は、世界一ワクワクする遊び場に思えるらしい。子供たちは机から飛び降り、キャスターつきのイスを乗り回し、ありとあらゆる引き出しを開けて内容物をすっかり取り出した。しまいには鏡の脇に掛かっていた日めくりカレンダーを一枚ずつ引きちぎって皺くちゃに丸め、雪合戦でもするみたいに投げあいっこし、キャッキャキャッキャと笑い声をあげながら居間まで駆け込んできた。母が慌ててコーヒーカップを手でかばい、子供たちに大声を張り上げた。

「コーヒーがこぼれるでしょ、この子たちはもう。あっちの部屋で遊んでなさい！」

今日にかぎってなんでこんなに騒ぐのだろうと思っていると、子供たちの話し声が聞こえてきた。久しぶりにこのお部屋で遊んだらすっごい楽しいね！　おもしろそうなものも増えたし！

私が出て行った部屋を、父は自分の書斎にした。本を読むのが好きなわけでもなく持っている本も少ないのに、机を置いていけとうるさかった。左手に五段の本棚が付いたh字型の机は、私が中学の時から使っていたものだ。引越先には必要最小限の家具が備えつけられていたので、机は気前よく残していくことにした。後で家に帰ってみると、父は本棚を、三国志、論語、企業トップの自叙伝といったもので埋めつくしていた。

以前なら、子供たちが来る日というのは私の部屋の本がすべて落とされ、化粧品が最低一個は壊され、引き出しがひっくり返される日と決まっていた。ところが、私の部屋が父の部屋になってから、家族は子供たちに何かと注意するようになった。別に父が部屋を散らかすなと言ったわけでも、その部屋に貴重品があったわけでもないのに。父も、平気だから前みたいに遊ばせておけとは言わなかった。子供のほうもだんだん自然に、小さな部屋はおじいちゃんの部屋で、入って遊んではいけない場所だと思うようになったらしい。

すでに大晦日まで引きちぎられ、綴じ紐だけがぶら下がっている日めくりカレンダー、机の上で階段状に折り重なった三国志、頬を上気させ、楽しそうに走りまわる子供たち。父の部屋からしばらく視線をそらすことができなかった。父のいない父の部屋が新鮮で、平和で、そんなことを思っているという事実に罪悪感を抱いた。

結局上の兄が興信所の話を持ち出したが、今度は下の兄が反対した。

「ちょうど俺、調べてみたんだよ。だけど調査費が必要だって言ってずっとカネだけ要求して、仕事は何もしないって奴らがやたら多いらしいよ。そうやってカネばっかとられても、怖い奴らだからイヤって言えないんだってさ」

母も同じ考えだった。

「そうよ。母さんもちょっと気が進まないわ。そんな怖い人と関わり合うのイヤよ」

「じゃあいつまでこうやって手をこまねいてるつもりだよ？　父さんがどこで何してるのか、こう言っちゃなんだが、生きてるのかどうかさえわからないままじゃないか。親しい友人がいるわけでもない、携帯電話も持ってってない、クレジットカードも使わない、手がかりなしだ。どっからどうやって探したらいいかもわからないよ」

あまり使ってはいなかったが、父はクレジットカードを持っていた。私が去年あげたものだ。現金を持ち歩くのは面倒ではないが、ばったり友人と出くわしたり、急ぎでメガネを作り直さなければならなかったり、病院に行かなければならないとき、たまにクレジットカードがあったらと思っていたらしい。最近の銀行員はクレジットカードに入会させるのも実績になるらしいし、せっかくならお前の彼氏のところで作るかと言われたが、あいにくそのとき、彼氏とは一ヶ月を超える冷戦状態だった。とりあえず、私のカードを使ってと渡した。彼氏のノルマに協力して作ったものの、年会費だけ払って使っていないカードだった。

「立派に育った娘からもらうお小遣いだって思ってよ。でもあんまり思う存分使わないでね。まさか、娘をブラックリストに載せたくないでしょ?」

わざと軽い調子で言った。父がいらないと言ったら、私も冗談だったかのように笑いながらカードを財布に戻そうと思っていた。父が退職するとき、兄たちと私でお金を出し合って毎月一定額を渡したいと言うと、父は、子供にカネをねだる親がどこにいるとかんかんになって怒った。父の考える親子の役割がそうならば、わざわざ父に居心地の悪い思いをさせたくはなかった。兄たちと私は、受け取ってもらえないお小遣いをコツコツ通帳に貯めておくだけにした。

父は私が差し出したカードをじっと眺めていた。ピンクの地に赤いハイヒールが描かれた「二〇三〇レディカード」。父は黙ってカードを受け取ると財布にしまい、母さんには内緒な、と言った。私はとまどい、なんの軽口も叩けず肯くだけだった。本当に万が一のためだけに持ち歩いていたのか、カードはほとんど使われなかった。食堂で一万三〇〇〇ウォンと、三万四〇〇〇ウォン。整形外科で二万三〇〇〇ウォン、洋品店で四万一〇〇〇ウォン。一年ちょっとで父が使ったカードの内訳はそれがすべてで、家出の後は使われていなかった。
母や兄たちに言いかけたが、言わないままにしておいた。父との約束を破ってまで、使われてもいないカードについて家族にあれこれ言いたくなかった。

二回目の家族会議を終えた次の日、つまり日曜日の朝九時に、一通のお知らせメールが届いた。

ｗｅｂ配信　カード利用のお知らせ
利用金額　４，５００ウォン
支払方法　１回
利用日　12月11日　09：11
利用先　サンゴリ食堂
合計額　４，５００ウォン

寝ぼけた頭で読み、迷惑メールだろうと思った。イラッとして携帯を放り投げ、寝返りをうとうとしてハッとした。父さんだ！　父が使ったカード明細が私に送られてきたのだ。頭に血がのぼって、目の奥がずきずきしてきた。上の兄に電話をかけようと連絡帳を開いたが、すぐにやめた。落ち着かなくちゃ。父は、自分が使うカードの明細が、私のところに送られてくることを知っている。整形外科での利用明細が送られてきたときに、父に電話をかけ、どこをケガしたのかと尋ねたことがあるのだ。
「最近は通知が携帯に来るの。私の名義のカードだから私に来るわけ」

「じゃあ今までのが全部行ってたのか。気になっておちおち使えないな」

父はそう言って笑ったが、数日後にはまたカードを使っていた。だから今度も、紛失したり事件に巻き込まれたりしたのではなく、父が自分でカードを使ったのだろうとは確信した。私に通知が来ることを知りながらも、サンゴリ食堂で四五〇〇ウォンの朝ご飯を食べ、ご飯代をカードで支払った父。なんでそんなことをしたんだろう。

ノートパソコンを開き、「サンゴリ食堂」と検索してみた。カルクスを売ったり、豚カルビを売ったり、太刀魚煮を売ったり、参鶏湯を売ったりするサンゴリ食堂が全国あちらこちらにあった。カード会社のホームページにログインしようとしたのに、パスワードが思い出せない。二回、三回、四回と入力を間違えてパスワードと一緒に住民登録番号〔国民一人一人に与えられた固有番号〕を入力するよう求められ、さらに二回間違えてしまった。これ以上間違うとアカウントが使えなくなるというメッセージが出た。お客様サポートセンターに電話をかけると、日曜日だから紛失と盗難以外の用件は受け付けられないという。

いっそ盗難手続きをしてしまおうかとも思った。そうすれば一応父を見つけることはできるだろう。しかし、父を泥棒扱いして探し出したら、そのあと父さんと私の関係はどうなるのだろう。我が家はその先どうなるのだろうか？　警察にこのお知らせメールのことを伝えてみようかとも思った。警察は速やかに父の現在地を把握し、駆けつけてくれるだろうか。警察にそんな権限や能力があるのだろうか。そうは思えなかった。

とりあえず、今まで使ってきたすべてのパスワードをメモ用紙に書き出し、すでに試したものを六つ消した。最近になって作った新しいものも消した。あまりに簡単なものも消した。すると最後に二つが残り、あれこれ悩んだ末に、そのうちの一つを打ち込んでみた。パスワードに誤りがあります。アカウントがロックされてしまった。お客様サポートセンターでロック解除後にご利用いただけます、だなんて。

ほかの家族には知らせなかった。通知がまた来るかもしれないと思ったのだ。しかし、その日のうちに父がまたカードを使うことはなかった。翌日お客様サポートセンターとの格闘の末、やっとログインに成功した。支払いの内訳を確かめてみると、父が利用したサンゴリ食堂は京畿道の光明市にあった。住んだことはもちろん、父の勤務地が光明だったこともない。光明に住んでいる親戚もいなかった。電話をかけてみると、主にクッパなどを売っているなんの変哲もない店だった。四五〇〇ウォンするメニューはもやしクッパで、近所にある市場の人たちが一人で来て朝ご飯を食べたりするので、昨日の朝、もやしクッパ一杯を食べた男性客は、数えきれないほどいるという。

二回目のお知らせメールは、一ヶ月後だった。弘益大学の前にあるコーヒー専門店で二万二〇〇〇ウォン。土曜日の午後で、私は光化門にある映画館で映画を観ていた。驚いてしばらくは画面をじっと見つめていたが、やがて我に返った。この店は先払いで、二万二〇〇〇ウォンは、コーヒー一杯の値段じゃない。父は飲み物とデザートを一緒に頼んだのかもしれない。だとしたらまだ店にいるはずだ。私は、彼氏の耳元で「ごめん、先に帰るね」と小さく言い、返事を聞く前に映画館を抜け出して、タクシーに乗り込んだ。

土曜の午後の道路は車でいっぱいだった。混んでいなければ二十分で行ける距離なのに、車が金化トンネルに差し掛かったとき、時間はすでに三十分を経過していた。気が気でなく、爪先でカッカッカッと床を踏みならしていると、運転手さんがルームミラーごしに私の様子をのぞき込み、約束の時間に遅れているのかと尋ねてきた。父を見つけなきゃいけないので、と漏らしてから、言葉が続かなくなってしまった。

「ああ、お父さん認知症か。じゃ、急ぎましょう」

運転手さんは、いっそ施設に預けたほうがいいだの、家族が疲れてしまうだの、それでもお客さんは孝行娘だだの、よく知りもしないくせにいろんなことをべらべらとまくしたてた。突然、涙があふれた。私はうつむいたまま両手で顔を覆ってウッ、ウッと声を上げ、車が目的地に着くまでむせび泣いていた。

全面ガラス張りの店内を窓からのぞくと、すぐ手前のカウンター席は客でいっぱいになっていた。ほとんどが持参したノートパソコンをいじったり本を読んだりしている。入口の脇に座っている男性客一人だけがぼーっと外を眺めていた。父の姿は見えなかった。レンガ造りの階段を一歩ずつ踏みしめると、足がぶるぶると震えてきた。ドアを開けようとするが腕に力が入らず、私はドアの長い取っ手を両手でしっかりと握りしめ、もたれかかるようにしてドアをぐっと押した。レジに並んでいた三、四人の客にも父の姿はなかった。

首を伸ばして中を見回しながら二階に上がってみた。席はほとんど埋まっていた。客は私と同じ年ごろの若い人ばかりだった。そのとき、奥の窓際の席に座っているお婆さんが一人、目に入った。グレイヘアのショートボブで前髪をきちんと耳にかけたその女性は、背筋をきちんと伸ばして座っていた。向かいには毛糸の帽子をかぶった、肩幅の狭い男性の後ろ姿が見えた。心臓が高鳴り始めた。思わずすっと身をかがめて二人に近づいた。話しているのは主に女性のほうで、男性はうなずいてばかりいた。BGMのせいか、それとも私が正気を失っているからか、二人の話はほとんど耳に入ってこなかった。テーブルにはサンドイッチの包み紙とお皿、フォーク、飲み物が入った紙コップが二つあった。心臓が口から飛び出しそうなぐらいばくばくと飛び跳ねていた。私は右手で左の胸をそっと押さえ、足を進めた。

震える手を伸ばし、とうとう男性の肩をぽんと叩いた。

「はい？　なにか」

振り返った男性は父ではなかった。近くから見ると、二人は、父より十歳は若く見える。

「人違いをして……」

ちゃんと謝ることもできずに、そそくさとその場を立ち去った。年配のカップルに近づいたときよりも激しく打っている胸をこぶしで叩きながら二階席の隅々にまで目をやった。周りが見知らぬ顔ばかりであることが、これほど怖いとは思わなかった。携帯を取り出して時間を確認した。お知らせメールが来てから、もう一時間も経っている。彼氏から不在着信が六件、メールも二通来ていた。心配だから連絡してほしいという内容だった。

一階に降りてもう一度店内を見回し、レジでアイスコーヒーを注文した。アルバイトに携帯に入っていた父の写真を見せ、一時間ほど前にここで二万二〇〇〇ウォンを会計しているのだが、見覚えはないかと尋ねた。彼女は二十分前からシフトに入っていて、その前のアルバイトはすでに帰宅していると答えた。

「どういうご事情かわかりませんが、監視カメラをご覧になりたければ、まず警察に届けを出していただかないと」

頭がキーンとするほど冷たいアイスコーヒーを一気に飲み干した。父は一体、誰と二万二〇〇〇ウォン分のものを買っていったんだろう。しばらくのあいだショートボブの女性の顔が頭から離れなかった。

父は戻らず、兄たちと私は以前よりも頻繁に母ひとりの家を訪れている。兄嫁と子供たちが一緒の週末もあれば、私たち三兄妹だけのときもある。せっせとご飯をこしらえていた母は、今はもう材料を買っておくだけ。私たちはみんなでキムチチヂミやサムギョプサルを焼いたり、餃子を作ったりした。下の兄が餃子をあんまり上手に作るのでびっくりした。食事が終わると二人の兄が流し台に並んで、一人は洗剤をつけたスポンジで皿を洗い、もう一人は洗剤をきれいに水で流した。私の知っている兄さんたちじゃないみたいと言うと、兄嫁が、うちではいつもしていることだと答えた。

「料理、洗い物、掃除や洗濯、全部上手よ。でも不思議なことに、この家の玄関くぐったとたん、なんか違う次元にワープしたみたいに何もしなくなって、お尻に根っこが生えちゃうのよ」

言ってしまってからマズいと思ったのか、兄嫁は横目で母の顔色を窺った。母は、そうよ、今の時代は家事も分担しなくちゃと頷いた。母がそんなふうに思っていたとは。意外だった。家事を分担するのが当然な今の時代でも、母は家事のすべてを自分でやるのが当たり前であるかのように受け入れ、一人でこなしていたのだ。

「母さんは家事が好きなんだと思ってたけど」

「まっさか、もう飽き飽きよ」

みんなでご飯を作って食べる機会が増えていくにつれ、お互いへの理解が深まっていった。上の兄は製菓製パンの資格を持っている。手作りのパンを出す小さなカフェを開くのが夢だそうだ。まだ計画段階だが、資金さえ集まればすぐにオープンするつもりで、兄嫁の同意のもと一緒に準備を進めているらしい。下の兄が不妊治療を受けていたこともわかった。なんの苦労もなくできた一人目と違い、二人目にはなかなか恵まれず苦労していたようだ。子供は一人でいいと夫婦で決めているのに、周りから二人目はまだかだの一人っ子だと可哀想だのしょっちゅう聞かされ、苦しい思いをしていたという。ときどきそんなセリフを口にしていた母は二人に謝った。メールもやりとりしていなかった私たち三兄妹に、チャットのグループができた。代わりばんこで毎晩母に電話をするようにもしている。私は彼氏と別れ、職場で昇進し、家の賃貸契約を更新した。

クレジットカードを利用したお知らせメールもたまに、途絶えることなく届いている。往十里のカラオケで一万二〇〇〇ウォン、坡州のアウトレットで五万八〇〇〇ウォン、智異山の登山口にある食堂で一万六〇〇〇ウォン、済州島の刺身店で十二万四〇〇〇ウォン……。最初は通知が来たらすぐにタクシーを捕まえ、決済された店に飛んで行った。しかし、そこに父の姿はなく、アルバイトも他の客たちも父のことを覚えてはいなかった。何度か無駄足を踏み、今ではもう、お知らせが来ても店に駆けつけることはしない。

妙に聞こえるかもしれないが、私はそれを父からのメッセージだと思っている。父さんは元気だ。この見晴らしはすばらしいよ。心配することはない。母さんには言うなよ。智異山に登り、済州島の海を眺め、テイクアウトしたコーヒーを飲みながら人でにぎわう街を歩く父の姿を思い描いてみる。父がいなくても、残された家族はうまくやっている。父も家族の元を離れて楽しく暮らしているようだ。だからいつか父が戻ったとしても、何もなかったかのようにまた変わらない毎日を暮らせると思う。

（七八年、ソウル生まれ。著書『82年生まれ、キム・ジヨン』）

解　題

ジェンダー差別に直面する女性の半生を描いた『82年生まれ、キム・ジヨン』（斎藤真理子訳、筑摩書房）で、韓国では販売部数が百万部を突破し、日本でも累計刷部数十四万部（二〇一九年十月時点）という空前のヒットを記録したチョ・ナムジュ。
『82年生まれ、キム・ジヨン』ではセクハラ、盗撮、出産とキャリア問題など、いま考えるべき様々な議論を持ちかけ日韓を沸かせたが、今作は家父長制の問題にピントを合わせた。「家出」の掲載時に行われたインタビューで、チョ・ナムジュは「理由はともかく、家父長制が一瞬消えてしまったら、家庭の雰囲気はどう変わるだろう。家族の価値観と態度はどう変わるだろうか。そういう疑問から、家長のいない家、父が消えた家の話を書いてみようと思った」と言う。執筆のきっかけになったのは、父の葬儀。父のため久しぶりに家族が集まっているのに、本人はいないという状況にいささか戸惑いを感じた。その気持ちを書き綴ったものに何度か手を加え、本作が完成した。年老いた父が、突然家出し、娘のクレジットカードを使うという設定だけが最初から変わっていないという。

　丹念な資料調査、丁寧なインタビューを土台にしたドライな文体が定評を得ているが、本作では語り手の揺れ動く気持ちを、ユーモアを交えて温かく描いており、著者の才能の幅広さを感じさせる作品となっている。フェミニズム小説と銘打たれた短篇「ヒョンナムオッパへ」（『ヒョンナムオッパへ』所収、斎藤真理子訳、白水社）、自分の置かれた「今」と格闘する60人もの女性のたくましい生き様を描いた『彼女の名前は』と、女性問題を扱った作品が続いた。しかし、5月に韓国で刊行された『サハマンション』では、経済成長一辺倒の社会から疎外されてしまった人々の話を描き、ジェンダー問題にとどまらないチョ・ナムジュの広い興味がうかがえる。さらなる進化が期待できる作家だ。（すんみ）

初出：「文藝」二〇一九年秋季号

小説

クンの旅

ユン・イヒョン

斎藤真理子 訳

쿤의 여행

윤이형

クンを取った。文字通り、除去した。長い、困難な手術だったと医師が言った。

私にくっついたクンは、私が成長するのと歩調を合わせて育っていった。最初のうち、ところてんやこんにゃくに近い、ぐにゃぐにゃした白灰色のかたまりだったそれは、すっかり育つと無表情な四十歳の女の姿に固まった。潤いのない髪、小さな目、広い肩、全体的に若干肉づきのいい体格の女。きれいというのとはちょっと距離があり、無口なせいか多少陰気に見えた。

病院に行くために家を出るときから、クンは激しく抵抗した。屠殺場に引かれていく動物のように泣きながら身悶えした。手足をばたばたさせ、髪をかきむしり、体を左右に揺らし、手に触れるものなら何でもおかまいなしに引っつかんで投げた。見かねた夫がひもを持ってきて私たちをぐるぐる巻きにした。夫のTシャツが汗でぐっしょり濡れた。それもそのはず、この体の主導権を握っているのは私ではなくクンであり、私はクンの背中にしがみついて生きてきたのだ。私はクンの首に腕を巻きつけ、両脚をクンの脇腹にぴったりつけておぶわれた姿勢で、彼女と一体となって生きてきた。私の胸とおなかはクンの広い背中にしっかり貼りついていた。クンは私を十分に支えられる体格を持っていたので、実は剝がれ落ちたのはクンではなく、私だったというべきかもしれない。

手術前日まで夫は私を説得した。絶対に取らなくちゃいけないのか、もう一回だけ考えてみないかと切ない声で私に聞いた。私はクンの首すじに頭を埋めた。辛くて、簡単には顔を上げられなかった。私と出会って以来、何もかも受け入れ、すべてを犠牲にして生きてきた夫だ。私がどんな姿でも、何をやっても理解してくれて、私の味方になってくれた彼だが、今回ほど大きな荷物を背負い込んだことはないだろう。クンの首すじからは甘ったるい匂いがした。固くしこっていた心がほぐれ、果てしない怖さが押し寄せてきた。私はクンの手を握っていた。それが私であるみたいに、放さずぎゅっと握りしめていた。いつもではなくクンの手を握っていた。私にそんなことができるだろうか。でも、最後の説得をしている最中にも夫は、私らっぽだった彼の手、寂しそうな彼の手、私が自分からその手を握ったことはない。落ちないようにクンの首にしがみついていたから、私の手が彼に触れることはなかったのだ。こんな格好で残りの人生を終えるわけにはいかないという気持ちが湧いてきた。私はクンを追い出さなくてはならなかった。

泣きじゃくるクンと私は横になって手術台に縛られた。医師たちが私たちそれぞれの足首に麻酔注射をし、一から数を数えるようにと言った。一、二、三……二十まで数えたことを覚えている。忘却が私を吸い込んだ。

何もない。なくなった。

何かが変わったという感じが胸やおなかにびりびりと広がり、頭へと上ってきた。リンゲル、抗生剤、複合再生剤を打ちながら回復室で三日過ごした。四日めに導尿カテーテルを除去すると、ベッドの手すりにつかまって起きて座った。夫が盛ってくれたごはんを食べ、車椅子でトイレとの間を行き来した。

包帯を巻いたおなかには力が入らなかった。包帯の上に腹帯を重ねて巻いて締めると、やっと腰を伸ばすことができた。ももと腕の内側に残った、黒ずんで湿った褥瘡《じょくそう》の痕を私はこわごわ眺めた。体のあちこちが古い機械のようにきいきいときしみ、骨盤がだるい。歩いてもいいだろうか？　私は不器用に片足で床を踏んでみて、悲鳴を上げて座り込んだ。涙とともに悪態がこみ上げてきたが、私はそれをごくんと飲みくだした。

一週間めになる日、物理療法を開始した。涙を拭きながら病室に戻ってくると、廊下の隅に立っている夫と娘が見えた。歩行補助器を押して歩いていく十メートルあまりの距離が限りなく遠く感じられた。ひらひら揺れるワンピースを着た娘は口を一文字に結び、気をつけの姿勢をして耐えていた。走って逃げだしたい気持ちが顔にありありと出ていた。私は歩み寄って手を差し出した。

こんにちは、むすめ。ママだよ。

子どもがためらいながら手を伸ばした。自分の目の前に立つ十五歳ぐらいの女の子の顔をじっと見つめている。ママ？　これがうちのママなの？　子どもが夫に尋ねた。夫がうなずいた。うん、ママだよ。だからびっくりしないでな。それと泣かないで。

子どもは泣かなかった。その気持ちがどういうものか、私には想像がつかなかった。これからも想像できないだろう。私は娘の手を握り、震える声で言った。

むすめ、ごめんね。ママが大きくなるから。すぐ、大きくなるから。

イシモチの干物を焼いて、ソーセージと卵も焼き、子どもにごはんを食べさせた。クンが楽々とこなしていた台所仕事がどうやっても私の手には余り、何度もターナーを落としたり、包丁を取り落としたりした。調理器具が全身で私を拒否しているみたいだった。どんどん回復していったが、中学生ぐらいに縮んでしまった体で、クンがやっていたのと同じように家事をやるのは無理だった。見えるところだけきれいに拭き、洗濯は一日二回から一回に減らした。

幸い子どもはもう八歳、自分で服を出して着て、友だちと遊びに行って帰ってこられる年齢になっている。だからといって母親が必要なくなったわけでもない。宿題や、学校へ持っていくものを準備してかばんに入れ、服の着方を直してやっていると、子どもがつぶやいた。ありがと、お姉ちゃん……うんママ。

気まずそうな顔で振り向きながら家を出ていく子どもを笑顔で送り出すのは、楽なことではなかった。PTAの集まりも授業参観も当分はあきらめるしかない。女子中学生の顔をして、母親たちに混じって座っているわけにいかない。クンを取らなきゃよかったのだろうかという後悔が初めて押し寄せてきた。だが、ずっと前にクンのところまで自分の足で歩いていっておぶわれたときと同じように、あの背中から降りることにしたのもやはり、他の誰でもない私の選択なのだった。子どものために、ぼーっと生きていてはいけない。子どものことを思えばこそなおさら、変わらなくてはならなかった。

私は落ち着かない心を鎮めて、シャワーを浴びた。新しく買ってきたTシャツとジーンズを身につけて、髪は高い位置のポニーテールに結った。リュックを背負って家を出て、バス停目指して歩いていった。

納骨堂は閑散としていた。百合の花を一りん供えて、香を焚《た》いた。背が縮んだので、つま先立ちをしないと母さんのいるスペースに手が届かない。

写真の中の母さんがかすかに笑った。四十歳だった娘が急に少女のような体になったことなど、気にも留めていない微笑だった。その微笑を真っ正面から見たことは、以前はなかった。いつもクンが私の代わりに母さんに会い、私の代わりに母さんの肩を揉《も》んでいたから。休みの日に母さんの店のカウンターの前に座っていたのも、料理を運んだのもクンだった。

母さんは私のおなかにくっついたクンと私を全く同じように可愛がり、懐に抱きしめるようにして育てた。南大門市場で買った布を裁って、穴のあいたワンピースを縫って着せ、他人の目には怪物だった私たちに、惜しみなく可愛いという言葉を言ってくれた。私たちが大学に行き、恋愛し、結婚するのを見守り、満足してくれたし、私の子をクンが出産したときは涙を流し、世界一幸せな人の顔をして笑った。私たちがやってみせる平凡なことが、日常のあらゆる小さな瞬間が、母さんにとっては驚異と感謝の対象だった。母さんは私たちを愛していた。だが、実は私がクンの背後でずっと母さんから顔をそむけていたことを知らなかった。

私は母さんを見たくなかった。母さんが経験してきた時間、耐えねばならなかった人生の重さを知りたくなかったし、母さんに似たくなかった。私はクンの背中から母さんに、食事はしたか、体調はどうかと尋ねた。だが、それ以上のことは言わなかった。私が何も言わずにいると、オーブンが予熱されるときのように、若干の時間が過ぎたあとでクンがゆっくり動いた。クンは毎年母さんの誕生日を祝い、葬式のときは私の代わりに母さんの遺灰を集めるところも見届けた。私は悲しくて、そんなことはやりたくなかった。

だが、いざクンなしで母さんの前に立ってみると、泣くには母さんのことを知らなすぎると思えてきた。写真の中の母さんは記憶の中の母さんより若くてきれいだと思っただけだ。私はティッシュをリュックに戻してポラロイドカメラを取り出した。香が燃え尽きるまで待って、自撮りをした。笑い顔のも撮り、深刻な顔のも撮り、Vサインをしたのも撮った。カッシャン、キィーン。カッシャン、キィーン。

納骨堂に来ている人たちが、おかしな女の子がいるもんだという顔をして通り過ぎていく。十枚以上も撮った中でいちばんよく撮れたのを母さんの写真の隣にテープで留めて、私はあいさつした。

母さん、バイバイ。またすぐ来るからね。

私は楽になり、速くなり、軽くなった。だが、クンなしで暮らしていくことは、言うほど簡単ではなかった。

他人の目があるところではそれでもましだが、家にいるといつのまにか、私の手と足が、腕とももが、いつもそこにあったクンの背中を探してうろうろしてしまう。あの広い背中に寄りかかることも、あの体にしがみつくこともできないなんて。もう二度とできないなんて。口の中がカラカラになり、痙攣《けいれん》が起こりそうだった。私は鏡を見ながら、覚悟を決めようとして努力した。若いんだ。まだまだ若いんだ。何度もそう言ってみると手足の震えがおさまり、心が落ち着いた。だが、ちょっとぼんやりしていて気づいてみると、私はまたもやクッションや娘のテディベア、大きな旅行かばんなどにぴったりくっつき、それがクンであるみたいに抱きしめているのだった。

もうちょっと経ったら一人でも平気になるよ。一度、大きなロッキングストーンにでも抱きつきに行ってみようか？　がまんにがまんした末に夫におんぶしてしまった私を夫は叱《しか》ったりせず、静かに背中をトントンしてくれた。そんな彼がありがたく、申し訳なくて、だからこそ私は夫の背中にずっと貼りついていられなかった。彼を私の二番めのクンなどにしてはいけない。今では私が成長するまで私を抱くこともできないのに、彼は怒りもせず、私をせかしもしなかった。

ずっとクンにくっついていた分だけ成長が遅いといえます。成長するためには世界を見ることが役に立ちますが、方法はいろいろあるので、気に入ったものから始めたらいいですよ。医師はそう言った。水をたくさん飲んでぐっすり眠って、人とたくさん話をしてくださいね。

私はコップいっぱいにミネラルウォーターをついで飲み、外に出た。近所のコンビニ、スーパー、ファストフード店、動物病院、めがね屋さんを順に回って、アルバイト募集の広告を見て来たと話を切り出した。みんなの目が、いぶかしさで大きく見開かれた。身分証と履歴書を一緒に差し出し、最近クンの除去手術をしたことをつけ加えたが、反応が大きく変わることはない。何人かは厳しいアドバイスをしてくれた。健康状態がよくなかろうが、他にどんな事情があろうが、そんなことは知ったこっちゃないんですよ。鏡を見てごらん、未成年者でしょ? 対人サービス以外の仕事を探した方がいいよ、と。私、毎日ここに通ってたんですよ、お得意さんですよとどんなに言ってみても無駄だった。みんな、クンから降りてきた私に気づかなかった。

夜になって外に出た。子どもを寝かせ、憂鬱な気持ちで歩いていると、「左側のおばあさん」がぶつぶつ言いながら歩き回る物音がした。私はいつのまにか、おばあさんの後について大規模マンションの方へ歩き出していた。左側のおばあさんというのは、夫と私がつけたニックネームだ。このおばあさんは昼間、人さえ見ればたしなめ、教え、腹を立てていた。ちょっとそこのおじさん、お母さん! 道を歩くときは爪先立って、左側をそっと歩きなさいよ! 法律でそう決まってんだよ! みんな聞くふりさえしなかったが、おばあさんは一日も欠かさず三叉路に出てきては左側通行を勧めた。夜、一人言を言いながら段ボール箱を拾って歩いているおばあさんが昼間のあのおばあさんと同一人物だと気づいたのは、しばらく前のことだ。右側、右側! ほら、右側にちゃんと寄って! 夜のせりふはこうだった。

私はちょっと距離を置いておばあさんについていった。資源ごみの分別に使えそうな段ボール箱がたくさんあった。隣のマンションのゴミ捨て場から箱をいくつか抜いて、重ねた。それを引きずって、公園の横を通っているおばあさんのところへ持っていった。右側に……とつぶやいていたおばあさんは、私を見るとぶつぶつ言うのをぱったり止めてしまった。

おーやおや、降りてきたんだね？　赤ん坊になっちゃって。こりゃまた、どっち側を歩いてそんなことになっちゃったの？

私は怖さをこらえて、段ボール箱の束をおばあさんの前に置いた。振り向いて家に帰ろうとすると、おばあさんの声が聞こえた。

苦労しちゃだめだよ！　苦労と成長は関係ないよ。

どこから世界を見るべきかがわからなかった。だから私はまず、自分の世界を揺すってみようと思った。揺すってみると、それはとってても小さくてとってもめちゃくちゃだった。それを整理することから始めようと思った。

アルゼンチンに住んでいるSさんにメールを書いた。十年前にそこの韓国人街に取材に行ったとき、彼女はクンと私を家に招待してキムチチゲを作ってくれた。温泉に連れていってくれて、古いホテルに泊まっている私たちが暑さで参ってしまうだろうと、かちんかちんに凍らせたペットボトル飲料を持ってきてくれた。それ、クンっていうの？　何だかわからないけど、体が普通と違う人は二倍用心しなくちゃね。彼女は、自分がやっている小さな洋品店でいちばん大きいTシャツを私にプレゼントしてくれた。自分をはじめとする移民たちがどんなに寂しく暮らしているか、必ず記事に書いてくれとも言った。

けれども韓国に帰ってきた私はその記事を書けなかった。なぜ書けなかったかを彼女に説明することもできなかった。デスクにカットされたわけじゃなくて、私自身があきらめたのだ。私にはもうちょっと派手でドラマティックな物語が必要だったのだが、彼女の話は素朴すぎた。

私はAにもメールを書いた。これまで連絡しなかったのは忙しかったからではなく嫉妬のせいだと正直に伝え、お父さんのお葬式に行けなくてごめんなさいとも書いた。

これまでに何度もAからメールをもらったが、一度も返信しなかった。彼女は外国の映画監督とメールをやりとりする有名な記者になり、本も売れつづけていた。会社を辞めて何年か経つと、私は彼女が書いている映画の話がもう理解できなかった。わかっているふり、楽しんでいるふりをしてメールに返信しようと何度か試みたが、そんな文章を書いているクンと、その後ろにくっついている自分が耐えがたかった。Aは何か月か前から、不当解雇された先輩記者たちと一緒に、新聞社のビルで経営陣と立ち向かって戦っていた。クンを剝がしてみると、そんな彼女を応援することぐらいはできそうな気がしてきた。頑張ってね、あなたは正しいことをやっているよと私は最後に書いた。私の心には嫉妬がそっくりそのまま残っていた。けれどもその言葉だけは嫉妬の混じっていない本心だった。

まるで死を控えた人のように、私はせっせとメールを書いた。このところ連絡していなかった人や謝りたいことのある人は結構多くて、全部書き終えると夜になっていた。

一週間が過ぎた。返事はどこからも来なかった。待ってないしと思いながら待っていると、その人たちの気持ちがちょっとわかるような気がした。

トッポッキとぎょうざを注文して、粉食店《プンシク》〔軽食を出す飲食店。211ページ参照〕にずっと座っていた。制服を着た子たちがわいわい入ってきて、ラーメンを食べて出ていった。家に帰るのかと思ったら、坂を登って学校へまた戻っていくのが見えた。中学生にも補習があるんだなあ。私はそうつぶやいて立ち上がった。夕食を食べて教室へ戻る子どもたちに混じって幽霊みたいに歩いていき、校門の前で立ち止まった。急いで走っていく子どもたちが振り向いて、制服を着ていない私をいぶかしそうに見ていた。

青く黒い夜の真っただ中に白っぽく浮かび上がったグラウンドは、何かが飛び出してきそうに奇怪な感じだった。少し離れたところから、明かりの灯った遠くの校舎を見ていると、冷や汗が流れた。あそこに入ってみようと決心して来たのだ。あの廊下をまた歩いたら、あの教室に入っていって座ったら、あの建物で過ごした時間が何でもないものに変わりそうに思えた。だが、そんなはずはなかった。

その時間は、中学に入学してまもなく始まった。私は勉強がよくできるわけでも、すごくできないわけでもなかった。誰かをばかにしたり、特別によくないことを言うわけでもなかった。ただでさえ目につく身なので、話自体ほとんどしなかった。だがどんなに用心していても、クンにくっついて、奇妙な袋みたいな服を着てよろよろ移動している子を普通の中学二年生が放っておくわけがない。みんなは私の髪の毛とロッカーと机と美術の宿題にガムやネズミの死体や真っ赤な絵の具で印をつけた。あんたは私たちとは違う、決して同じになることはできないという印だった。そんな印をつけられた日は、クンの体が空気でも入れたようにふくれ上がった。クンは日ましに大きくなっていき、それにつれてもっといろいろなことが起きた。私は最後まで耐えた。耐える以外にできることがなかった。

あのときのことを思い出すと胃がむかむかしてきた。遠くから見ていることはできたが、あれら全部、なかったことにはできなかった。踵《きびす》を返して歩き出し、私は結局、グラウンドの隅に少し吐いた。

Cにメールを送った。空色のTシャツ、赤いリュック。ポニーテール。窓側の席にいる。

あのー、もしかして……？　と言われて振り向くとCが立っていた。私はうなずいた。Cはぽかんと口を開けた。信じられないという表情だった。長い知り合いだが、Cもやはり私ではなくクンを私として記憶していたらしい。急におじさんになったみたいな気分だな、と席に座りながら彼がつぶやき、笑った。気まずいのは私も同じだった。彼はほんとに私のおじさんみたいに見えた。

パスタとピザを頼んだ。最近はSNSで毎日見ているが、Cの顔を最後に直接見たのは十年以上前のことだった。彼は写真より元気で生き生きして見えた。ろくでもないクライアントがいるから疲れることはあるけど、給料はちゃんと出るんだ。まあいい方かな？　いい方だよ。Cはギターの練習をずっと続けており、土日にはキャンプに行き、最近はキャトルベルと料理も習っていると言った。

いつそうなったの？　手術はうまくいったの？　じゃあ、子どもは誰が面倒見るんだい？　大変だろうに。

Cのクンが根掘り葉掘り質問してきた。そのクンはCでもあるのだ。私と同様、クンにおんぶされている身だった彼の体は、何年か前にクンと一つになった。Cが少しずつ小さくなっていき、クンの背中からしみ込んでいったのだとみんなが言っていた。その話を初めて聞いたとき私は失笑した。クンに吸収されるだなんて、Cもおしまいだなと思ったのだ。おなかからずっと何かの液体が垂れ、一人では大小便の始末もできず、人々から同情に満ちた視線を浴びる異様な体ではあっても、私の方がCよりはましだと内心思った。

だがクンを取ってみると、そして彼と向き合ってみると、わからなくなってしまった。彼は本当にクンの中に吸収されたのだろうか？　そんな噂を誰が作ったのか、自分がなぜそれを信じたのか気になった。目の前にいるのはCであり、他の誰でもない。彼は偽物にも、抜け殻にも見えなかった。

よかったよ、君が望んでやったことなら。事故に遭ったりして無理やり取ると回復が遅いって聞いたんだ。Cが慎重に言葉を選んでいるのが感じられた。私はずっと聞きたかったことを聞いた。

あなたもほんとは、取っちゃったんでしょ？　クンのことだけどさ。

それを聞きたくて呼び出したの？……好きに考えればいいよ。

ねえ……どうやったの？　その後はどうなった？

そうだなあ、僕、何かやったのかなあ？　いつも通りだったと思うんだけど。金を稼がなくちゃいけないから稼いで、その他の時間はやりたいことやってた。他には何もしてないし、他のことに時間をとられる理由もなかったんだよ。家族を作ったり子どもを育てたりするのは僕には贅沢だから、そっちの方はきれいにあきらめたんだ。君が結婚しちゃったあと、誰かとつきあいたいとも思わなかったし。

彼が笑った。私も一緒に笑った。私たちは二十三歳のとき合コンで会い、二か月つきあっただけだった。別れようと先に言ったのはCだったが、実際のところ、別れるとか何とかいうほどの何かがあったわけではない。私たちがつきあうことにしたのには二つの理由があった。当時流行していたチェコの作家の同じ本を偶然、同時に読んでいたこと、お互いのクンが気に入ったこと。そのとき彼のクンはどことなく寂しそうに見え、当時の彼に聞いてみたらたぶん、君のクンもそうだよと答えただろう。クンの背中に乗った少年と少女がお互いを見ることはできなかったはずだと、私は信じている。

私たちはお互いの目にだけ寂しそうに見えるクンにおんぶされて歩き回っていたが、それでも街行く大勢の普通のカップルの中の一組だった。Cと私はお互いのクンの耳にヘッドホンをかけさせ、クンどうし手をつながせて、レコード店に行くのが好きだった。そうやってクンにカゴを持たせ、ジャケットがきれいなCDを何枚も選んでカゴに入れた。今は不可能だが、当時私たちは自分の月給で賃貸マンションの月家賃を払えたし、そこそこいいレストランを回って食事をし、母さんにこづかいもあげ、コーヒーを飲み、良い演劇や映画を見たうえに、CDを何枚もジャケ買いすることができたのだ。そして二か月が過ぎると、それに飽きた。

私たちはもう連絡を取っていなかったが、一時期クンと一緒に四人でつきあっていた仲だけあって、引き続き人を通してお互いの消息は聞いていた。私が今、十五歳で、彼に未練や邪心を全く感じないのはラッキーなことだ。だが、聞きたいことがあるばかりにあまりに無神経に連絡したかもと思い、そんな自分がちょっと怖くもあった。

私を助けることってできる？　私は聞いた。

他人が助けてやれるようなことじゃないと思うけど。Cがそう言った。

そしてつけ加えた。ちなみに、僕は成長したいなんて思ってなかった。人が何と言おうと、できれば大人にならないで、このままでいたかったんだよ。なのに取れちゃったんだ、ひとりでにね。つながってた部分がだんだん伸びてきてぼろぼろになって、ある朝目が覚めたら、おなかの皮膚全体に引っ張られるみたいな痛みがあった。ひどく痛くはなかったけど変な感じがして、起き上がってみたらなくなってたんだ。跡形もなく。どうしたんだよって思ったよ。何だよこれ？　僕、何も間違ったことしてないのに、何で僕が大人にならなきゃならないんだ？　って。でもその後、僕の気持ちとは関係なく体がどんどん大きくなりはじめたんだ。僕、ほんとにこんなふうになりたくなかったんだけど。

お姉ちゃん、ううん、ママ。どうしたの？

ん？

嫌なことがあったの？

ママが？　違う違う。ホットケーキ作ってあげようか？

いらない。何があったの？　助けてあげるよ。

ほんと？

うん。私にできることがあれば。

私は娘の手を握って顔を撫《な》でた。

ありがとう。じゃ、ママが一つだけ聞いてもいい？

うん。

うちのむすめちゃんは前のママが好き？　今のママが好き？

娘はちょっと考えてから答えた。

昔のママは年とってたけど、今のママは違う。

そうだね。それで、どっちが好き？

うん……よくわかんない。昔のママは背が高くて好きだった。今のママはお姉ちゃんみたいで好き。友だちみたいだし。話もよく通じるし、服も可愛いの着てるし。前は、私の知らない歌もいっぱい知ってるから好きだったけど。

ほんと？

うん。だけど、ちょっと、ダイエットビデオに出てくる人みたいな感じもする。昔はそうじゃなかったのに。

ダイエットビデオに出てくる人？

うん。休まずに体を動かして、ずーっと笑ってて、それからまた体を動かして、いち、にい、さん、しい、いち、にい、さん、しい、まだいける、いけるよ、がんばって！　とかそんなことずーっと言ってるお姉さんみたいな感じ。

私はため息をついた。

だから嫌い？

嫌いじゃないけどかわいそう。お姉ちゃん、ううんママ。ママは体が小さいからしんどいんでしょ。ママの背が伸びなかったら、私たちずっと、お姉ちゃんと妹みたいに遊べるのにね。

だけど私はあんたのママなんだよ。今から六年後になってもママがこのままだったら、あんたはだんだんママより大きくなる。そうなったら、ママはあんたよりだんだん小さくなって、あんたにママが必要なときに助けてやれないよ。それでもいい？

娘はじっくり考えた。そして、正直に答えた。

ううん。そんなの、めっちゃ、やだ。


ずっとやりたかったことをした。

Cはそう言った。私はデパートに行って、好きなローズマリーの香りの香水を一びん買った。店員が、お客さまの年齢にはまだちょっと早いですよと言うので、桃の香りのも一びん買った。買ったけれどほこりをかぶっていたオーブンを出してきて、パンの焼き方を勉強した。新鮮な材料を買い、食パンとマフィンとジンジャークッキーを焼いた。

いつかバスの中から見た町にも行ってみた。鉄工所が建ち並ぶ古い道を歩き、鉄を叩《たた》くおじさんたちや、リヤカーを引いているおじいさんの後ろ姿を写真に撮った。家に帰ってきて、その写真を参考にしてスケッチブックに絵を描いてみた。私は毎日縄跳びをして、エドワード・ホッパーに関する本を買って読んだ。それでも私の体は少しも大きくならなかった。

夏と秋がのろのろと過ぎていった。冬はもっと長かった。そして、来ないかと思った春がやってきた。

ベンチに座って、二十年前に私が通っていた大学の学生たちを見物した。学生たちは当時も今も似たように若く、ださく、潑剌《はつらつ》としていた。大学のロゴが入ったジャンパーをみんなで制服みたいに着ている一年生と、似合わないスーツを着込んで忙しそうに歩いていく四年生を、私は簡単に見分けることができた。だが、誰もあのときの私のように、クンにおぶわれて校内を歩き回ったりはしていなかった。

母校には結構よく来ていた。春には桜の写真を撮りに、秋にはもみじを見に。ときどき時間ができると、クンと二人で散歩に寄ることもあったが、特に何も思い出せなかった。四年間ずっと、どうやっても私が所属できなかった空間だ。そう考えてみると、学校に通っている間も私はクンにおぶわれたまま、いつも散歩ばっかりしていたようなものだ。講義を聞き、単位を取り、試験を受けていたが、そのあいまあいまに何があったのかは思い出せなかった。私はこの空間を知らなかった。

図書館の前を通り過ぎて学生会館へ入っていった。サークル室のある三階の廊下のいちばん端の部屋に向かって歩いていった。丸い月の形の画用紙と、そこに書かれた文字を見た。「文学部演劇サークル〈昼の月〉」。何度か書き直し、貼り直したのかもしれないが、その文字は相変わらずその場にあった。

マスコミ系就活の準備を始め、毎日六種の新聞の主要記事をスクラップして読んでいた三年生の二学期の午後のことだ。吐きそうな気分で、ちょっと図書館から出てきて、演劇部の新入会員募集という貼り紙を見た。何に惹《ひ》かれたのか、気がついてみるといつのまにか〈昼の月〉のドアの前だった。

クンの手がドアノブに載っていた。あのドアを開けていたら、何かが変わっていただろうか？　だが私はそのとき一年生でもなく、もう三年生の二学期を迎える身だった。残った一年をびっしり就活に当てても足りないほどだ。ありえないと判断して、私たちはそのまま引き返した。

何がやれるのだろうか。

大学に入り直すことはできない。受験勉強をする時間も、授業料を払う余力も私にはなかった。この空間が大人になることを助けてくれるという証拠は消えて久しかった。ニュースにも、噂の中にも、その逆の証拠ばかりがあふれかえっている。だが、どうにかして、何かやらなきゃというような焦りはもうなかった。ただ、ここのことを思い出し、歩いてみたらいつのまにかここまで来ていただけ。そして、来てみたらやってみたいことがあった。

ドアノブに手を載せた。今度は、小さいけど私自身の手だ。それを回すことが、私のやりたいことだった。きいっ、と音を立ててゆっくりドアが開いた。

演劇部の仕事をしたいって？　君が？

複雑なパズルを合わせるような表情で、演劇部長が私を見た。

でもどうして？　自分の中学でやればいいんじゃないの？

事情があるんです。中学生じゃないんです。高校にも行きません……大人になりたいんです。でも、行くところがないんです。邪魔はしません。来てもいいって言ってください。

警察が来たり、テレビに出ちゃったり、そんなことになったりしないよね？　僕ら、そういうのはちょっと困るんだよ。ただでさえ疲れる人生なのに。

部長は面白い青年だった。日常的な話も、舞台で演技しているような調子で語った。もともとの声のトーンがそうなのか、絶えず稽古しているのかはわからない。彼が顔をしかめた。

家に送ってった方がいいんじゃないのかなあ。ご両親は家にいる？　ああ、うち、スタッフが足りないことは足りないんだ。もしかしたら君って案外、適任かもしれないよね。僕ら、可能なら大人になるまいとする心の持ち主だから。そうだろ？

大人の定義によって違うでしょ。隣に立っていた女子学生が言った。背の高さと、もじゃもじゃのショートヘアが目に入ってきた。演劇をやることと大人になることが相容れないとは、私は思わないな。大人という言葉が、責任を持ってやるべきことをやる人間を意味するならね。

彼女が、くるくる巻いた厚紙の束を私に渡した。まずは外に出て、これを貼ってくれる？

私は大学のあちこちを回って公演のポスターを貼った。掲示板にも、講義室の横の壁にも、空いている空間は多くない。企業の就職説明会や整形外科の宣伝物、デザインセミナー、ブランドイメージやクリエイティブ公募の広告、図書館でマックブックプロをなくした学生の呼びかけ文、家庭教師やホームヘルパーの求人、ルームメイト募集の広告が魚のうろこみたいにびっしり貼られていた。

学生会館に入っていく道で壁新聞を見た。二十年前の私は壁新聞があまり好きではなかった。嫌いだというより、単にどうでもよかった。新入生オリエンテーションで、猫をかぶってないでみんな早く仲良くなりましょうと言って、ぴょんぴょん飛び跳ねるような新入生歓迎ダンスを強制する上級生とか、あのころの男子学生が一人残らずビシッと立てていたポロシャツの襟と同様、単純に私の趣味じゃなかったのだ。あの特有の書体も、どことなく執拗《しつよう》に親しげなふりをしてみせる話し方や、話の内容の難解さとの不調和も、いまいちだった。クンがときどき壁新聞の前に立っていると、私は居眠りした。読んでみたところで何のことだかわかりっこなかったから。

今は、それらの文章がすーっと読めた。そんな場所に立っていると、「好み」という言葉を思い浮かべるだけで顔が赤くなることもあるのだと初めて知った。私は今、いまいちだなと思うことにも以前にくらべてがまんできた。新自由主義が何なのかも、非正規労働者がどんな待遇を受けているかも聞いておおむね知っていた。共感できる政治ツイートを見ればリツイートし、一か月に一万ウォンずつ市民団体にカンパもしていた。私のまわりの人たちが、私がフォローしている有名人たちが、休まずにそんなことを語り、心配していると、私は一生懸命聞いた。ただ、それがほんとに私自身の関心事であるのかどうかは、何日も考えてもわからなかった。

夢を見た。図書館の前で壁新聞を読んでいると、クンが音もなく近づいてきて背中に上ってくる夢。クンは太った二本の腕で私の首を抱きしめ、両脚で私を締めつけた。私はその場で前のめりにばったり倒れた。ようやく脚に力を入れてふんばり、立ち上がった。重いから降りてよ、どんなに寂しくてもあんたをおんぶすることはできないと私はクンに頼み、懇願し、怒った。だが、クンは降りなかった。体を傾けて揺らした。それでもクンは落ちなかった。クンのぶよぶよしたおなかが私の背中に触れて、一体になろうとしていた。誰かいませんか？　助けて！　助けてください！　叫びながら私はあたりを見回した。女の子が一人、私の方を見て顔をしかめた。図書館の中も外も一面、ワンピースを着た女の子ばかりだ。よく見ると顔がみんな同じだ。それは全員、私の娘だった。

娘に助けを求めることはできない。娘にクンを受け継がせることはできないのだ。私はクンをおぶったまま、うめきながら閲覧室へ行った。検索用コンピュータに「クン」と入力した。ミラン・クンデラに関するたくさんの研究書の間からタイトルを探し出した。『クンをなくす方法』。私は自然科学の書庫に行って本を探し、取り出した。クンが両腕で私の首を締めつけはじめた。

私はクンの腕をつかんで引き剝がしながら、やっとのことで本を開いた。クンを永遠になくす方法・鏡を見ること。本にはそう書かれていた。


一週間に三回大学へ行き、〈昼の月〉のサークル室で過ごした。公演準備の手伝いもしたし、いろいろな雑務もやった。練習風景を見たくてたまらなかった。だが、夜の時間にやるので、遅くまで残っているわけにはいかなかった。

初めのうちはちょっとわけがわからないと思っていたようだが、私という変な存在が入ってきてうろうろしていても、みんなすぐに気にしなくなった。そんなことに神経を遣っている時間はなさそうだった。みんなアルバイトを二種類ぐらいはやっていたし、サークル室と講堂と図書館、講義室と学校の外の仕事場を休む暇もなく行き来していた。そうでないのは演劇部の人たちだけだった。

キャンパスを歩いている学生たちのほとんどが機械を一つずつ手に持って、私などとは比較にもならないほど密度の濃い時間を送っていた。二十年前の休み時間には、私は女子学生休憩室に入ってクンと一緒にラーメンを食べて寝ていた。今、学生たちは、暇さえあれば英語の小説を読んだり、難しそうな資料を検索しながら何か黙々と考え込んだり、日本のドラマを見ながらせりふを一緒に言ったりしていた。彼らは遊ぶときも何か積み重ねているみたいな感じで、遊んだり休んだりするときも緊張を解かなかった。

ある日、舞台の背景に色を塗っていると、もじゃもじゃ頭の女子学生の先輩が私のそばに来て立った。彼女は私の手首をつかむと、低めの声で問いかけた。

あんた、ほんものの十五歳じゃないでしょ？

え？

降りてきたんでしょ？　知ってんだから。ほんとは何歳だったの？

私は答えられなかった。昼間からお酒を飲んだのか赤い顔をして、彼女は遠慮なく言った。

正直、おたくみたいな人たち、むかつく。年相応に生きられないからって、クンなんかにくっついてさ。優遇されて得ばかりしてきたのに、何もやりとげたことがなくて、年とってからあちこち若い子のいるところにちょっかい出してきて、親しそうに振舞ってさ。知らないと思ってんの？　あんたたちって、コーヒー一杯飲みながら三十分ぐらい話聞いて、コラムに書いたりテレビに出てしゃべったりするじゃないの。二十代の若者が今何を考えてるか、どう生きてきたか、今どう生きてるか、これからどうなるか。そんなことがそんなに面白い？　いったい何のために？　どうしてここに来たの？　何をしたいの？

私はしばらく黙っていた。

息を整えて、彼女に近寄って言った。

先輩、ごはんおごってください。

え？

彼女は理解できなかった。

何で取っちゃったの？　不便だから？　不便だからって、今のその状態ほど不便じゃないでしょうに。

どうしてわかったんですか、私のこと？

ごめん。人体について勉強したくて人を観察してたんだ。詳しく話したら気を悪くするだろうから、ただ見てたらわかったってことにしとくわ。でも理解できないな、おたくがここで何してるんだか。

私は彼女が不快ではなかった。私の方にも彼女を理解する方法がなかったから。彼女は二十年前の私よりずっときれいで、ずっと一生懸命に生きていた。それなのに彼女は暇さえあれば自分から酒に浸り、酔えば誰かつかまえて怒鳴っていた。ばかにしないでよ！　私をばかにしないでってば！　昼間から誰にも手がつけられないほど酔っ払っていることも何度かあった。そんな状態になると彼女はサークル室のソファーに寝て上着をかぶり、海老のように体を丸めて寝て、一時間ぐらいするとごそごそ起き出し、トイレに行って顔を洗った。一度、彼女がサークルの日誌に何か書いているのを見たことがある。内容は読めなかった。ただ彼女が、自分で書いた一ページ分の文章を黒いボールペンでぐいぐい消して、完全に文字が読めなくなるまで几帳面に塗りつぶしているところを、そしてその黒い廃墟を穴があくほど見ていた姿を覚えている。彼女はそのページを破る代わりに糊《のり》で貼りつけていた。裏に、他の人が書いた文章があったかららしい。

ただ、自分が何を逃したのか、何を見ずに過ごしてきたのか、知りたかったんです。

彼女は私をじっと見た。

で、わかった？

いいえ、まだ。

私、見逃して惜しいと思うほど大切なものなんて見たことないと思うな。私にもそんなのがあることはあるのかな？

もちろんですよと私は言いたかった。だが言えなかった。

私のように百四十万ウォン出せば大学に一学期通えたり、バックパック旅行に行って偶然、同じ科の友だち三人とばったり会うような余裕のある時代に生まれ合わせていたら、彼女はもっと多くのことができただろう。しかしそれはただ、彼女として生きてみたことのない私の印象にすぎない。向かい合って座ってからやっと二時間が過ぎただけだった。私は彼女を知らなかった。

俳優になりたかった。でも公務員にならないといけない。それだって、ものすごくうまくいったときの話だよ。たぶん死ぬほど面接受けて、やっと引っかかったところに入るだろうけど。就職したら、もう舞台にも出られないし、その後はときどき趣味で演劇を見ることさえ難しくなるだろうし。

……

うちの部長ね。あの人、フランス語で戯曲書いてんだよ？

フランス語で戯曲を？

うん。そのうちフランス行くんだって。小さいころから親と一緒にあっちこっち外国に行って、韓国に戻ってきたんだよね。そんなふうに見えないでしょ？　でもそうなんだ。大学は二つめで、もしかしたらまた別のとこ行くかもしれないんだって。親が演劇をやれって後押ししてくれるから、卒業後は劇団に入ることもできるし、別に就職しなくてもいいの。羨ましすぎ。

そうですね。

演劇が好きだっていう共通点がなかったら、あの人と私、親しくなれたかな。よくわかんないよね、どうしてあんな人が私と一緒にこんな小さいサークル室にいるのか。私たちは全然立場が違う。あの人が見ているこの世の中と、私が見ているものは、同じものなのかな？　同じだと思う？　そんなことありえないんじゃないかな？　でもおかしいのは何だかわかる？　そんなあの人が、私よりずっとサークル活動に熱心だってことだよ。あの人は徹夜で練習するのに、私は本読みもちゃんとやれてない。口では演劇が好きだって大口たたいているけどさ。何のせいで私、こんなふうになっちゃったのかな？

……

……ごめん、ちょっと今日、私、気分が晴れなくてさ、あれもこれもぶちまけちゃったね。さっき結構、嫌だったと思うけど、ちょっとだけわかってね。

……先輩。

……ん？

ありがとう。

何が？

私の先輩になってくれて。

私、そんなんじゃないよ。おたくが勝手にそう呼ぶんじゃん。

生まれて初めての先輩なんですよ。

……何、それ。まじ、むずむずすんなあ。

お願いがあります。

え？

私に、演技、教えてくれませんか？

息を深く吸い込む。胸を通って腹まで、空気がいっぱいに満ちる。吐き出す。口と鼻を通って頭の上に青い息が抜け出していく。

大声で叫んだ。喉が痛いほど叫んでも、誰も来なかった。

私をがらあきの講堂に連れていって、彼女がいちばん最初にやらせたことは泣く演技だった。真似をしてみたが、私の目からは涙が出てこなかった。笑って笑って、死にそうになるまで笑ってごらんというのが次の指令だった。笑うのは泣くより簡単だったが、途中でむせて咳が止まらなくなった。

だめだねえ。それじゃ次は、悪態ついてごらん。おたくが知ってる最高の悪い言葉を言ってみて。叫んでみて。はい一、二！……何？　それがあんたの知ってる最高の罵倒なの？　ほんとに？

彼女はかなり長いこと頑張ってくれた。私に、鳥や猫になってみろと注文した。神と戦う唯一の人間になってみろとも言った。私は空を飛んでひらひらと舞い降り、一日中ぐったりと昼寝をし、げんこつを振り回して虚空を殴った。額に汗が吹き出した。

今度は、何でも、なりたいものになってごらん。

私は黙って立っていた。目に見えない巨大な疑問符に押しつぶされるような気がして、がらあきの客席が私に敵対しているようだった。

私は私を愛している人間になりたかった。そうだった。それが私のなりたいものだった。だけど、どうやってまばたきしたらいいのか、どうやって息をすればいいのかさえ私にはわからなかった。

私が黙って立っていると、彼女は私に、世の中でいちばんいたくない場所を思い浮かべてごらんと言った。そういう場所を想像してみて。いちばん暗くて重くて悲しい場所を。そしたら次に、そこから飛び出して走り出すんだよ。自分自身が死ぬほど嫌になると、私、そうするの。走っていったら反対側の場所がわかる。自分がなりたかった自分が、まだ見えてはいないけど、そこで待っていてくれるのを感じるよ。

それで私は、自分がどこへ行くべきかがわかった。

彼がぱっと、目を覚ました。

いつ来た。

父の両足がベッドの外に飛び出していた。彼の体に比べてベッドが小さすぎるせいだった。ベッドの横のテーブルには、さっき持ってきたような新しい花束と、きれいに包装されたプレゼントが積んであった。

来いと言ってからずいぶん経つのに、やっと来たのか。ここには誰もいないのに。

肝臓と肺に問題が生じて病院暮らしになる直前まで、父は全国を回って講演をしていた。十六歳の高校生から、五十歳を過ぎた中年の会社員たちまで、大勢の人々が彼の話を聞くために、開演の何時間も前から行列を作った。メンター、先生、師匠、私の精神的支柱。彼らは彼をそう呼んだ。彼が話す言葉に涙を流した。痛みを慰め傷を癒す人。それが彼の職業だった。

ほんとに情《じょう》がないんだな。ここで私がどんなに辛かったかわかるか。

何人もいない、私が本当に好きな人たちまでが彼を尊敬し、彼にとてもとても会いたがっていた。そうか、そんな人なのかと私は考えてみた。考え、また、考えた。

尿瓶《しびん》を替えてきてくれ。

彼がいっぱいにした尿瓶を持って、私は廊下に出た。トイレの鏡に映った自分を見た。覚えのある感覚が通り過ぎた。ずっと前、私がクンに会った日もちょうどこうだった。私を愛さない彼をみんなが愛しているという事実を私が知った日、鏡に映った私は、自分でも別人かと思うほど不完全で、このままではとても耐えられないと思った。

あの日偶然そこで転がっていたクンには、だから何の過ちもなかったのだ。ところてんみたいにぶよぶよして、こんにゃくみたいにつるつるした小さな白灰色のかたまりであるだけだった。私は自分の前を通り過ぎようとしていたクンをつかんで、両手で握りしめた。その瞬間、クンの表面にだらだら流れるほどの水気がしみ出してきた。あわてているような感じが指を通って伝わってきた。とらえきれない部分が上下にぐっと伸びた。そして、逃げようとしてありったけの力を尽くして上に伸び上がってきた。

私は指に力をこめた。

母さんは彼を愛していた。私のためだった。だったとしても、十四歳の私には母さんが理解できなかった。私のためではないかもしれないとか、そんな愛もあるのだろうと考えることは、私にはまだできなかった。

身悶《みもだ》えしていたクンの上の部分がだんだん、平べったい大きな円盤の形にふくらんでいき、私の上半身を絨毯《じゅうたん》のようにふんわりと覆った。逃げ道がなく、自分なりに自分の体を守ろうとする動きだった。一瞬、何も見えなくなった。息が詰まった。このまま死ぬのかと私は思った。だがそれは一瞬だった。クンに覆われた体がだんだん温かくなってきたのだ。私は振り回していた両の腕を止め、激しく息をして、何秒間かそのまま立っていた。それから、そのじゅくじゅくしたかたまりの中に手を入れて、それを抱けるだけ抱きしめた。

あの日私と触れ合ったあの瞬間から、クンは私の体にくっついて生きるようになった。私の外見を選び、私の命令に服従し、私の歴史を共有し、私の代わりに醜くなっていった。だから本当はクンが私を飲み込んだのではなく、私がクンを選んで、使って、捨てたのだ。

空《から》の尿瓶を持って病室に戻った。

だけどお前、どうしたんだ。中学生みたいだぞ。

私は答えなかった。

何でそうなったんだ。

彼は何でああなったのか。なぜ一生、母と私を殴り、役立たずどもと罵り、結局は家を出てしまったのか。クンがいたときには見えなかった。しかし今、私の耳は、彼の巨大な体の後ろから聞こえてくる細い声を聞き分けることができた。

私は彼に近づいて言った。

謝りなさい。

何を。

私たちにやったことを。

私は待った。しばらく経つと、彼が小声ですすり泣いていた。

すまない。

……

もう、楽にしておくれ。

私は彼を横に寝かせた。私の手のひらにすっと入る彼の小さな頭を撫でてやった。ちゃんとすわっていない彼のかぼそい首を両手で包んだ。自分のクンに押しつぶされてあえいでいる小さな彼を、私は今、まっすぐ見ることができた。クンを追い出した私が、大人になりたいと言いながらも実はまた別のクンたちをずっと探し求めてきたように、彼もやはり何かに耐えられず、際限なくクンを追い求めてきた不完全な子どもにすぎなかったのだ。


クンを取った。長く辛い手術だったと、医師は言った。

父のクンは、彼が育った姿通りに育ち、今や彼と一緒に息をひきとった。私は彼のクンを火葬して骨を海にまき、幼い彼の体は引き取って日当たりの良い場所に埋めた。

また春が来たとき、私は夫と子どもと一緒にそこを訪ねた。新しい芽が伸びている墓のまわりを歩いたとき、ふと思った。クンに会わずに生きてきたら、自分の空っぽの部分を空っぽにしたままで生きてきたら、私たちが出会うことはあっただろうかと。また、一生に一度とはいえ、私が家を出られただろうかと。

私は墓の前にしばらく立って、土の中で虫と、血や膿《うみ》、暗闇に生々しく耐えている私の小さな父に言ってあげた。

大丈夫よ。育たなくても。

娘が私の手に自分の指をさし入れてきた。娘の手は温かく、私の手に比べてまだ小さかった。そして時間はまだ、残っていた。

夫と娘の手を握りしめて、十五歳の私はゆっくりと歩きだした。

（七六年、ソウル生まれ。著書に、本作を含む短編集『ラブ・レプリカ』、『個人的記憶』〈いずれも未邦訳〉などがある。）

解題

ユン・イヒョンは二〇〇五年のデビュー以来、SF・ファンタジーの手法も交えて韓国社会の諸相を鋭く描いてきた。そこには常に透明な抒情と特異なユーモアがあふれ、ストーリーテラーとしての才能も一流である。その代表ともいえる本作は、二〇一四年の李箱文学賞の最終候補に残った。「クン」という自分の分身との格闘と別れが淡々と描かれる。著者によれば「クン」は無意識につけた名で、あとで考えてみて「コクーン」という音を連想させると思ったが、意図したものではないとのことだ。

実は本作の発表後、作家は、読者からの相反する二つの反応に戸惑うことになったという。つまり、これは「父殺し」なのか「父への許し」なのかという問題である。ユン・イヒョン自身がそのことを「女性について書くこと」という優れたエッセイに記しており、その日本語版（すんみ訳）が『エトセトラ VOL.2』（エトセトラブックス）に収録されているので一読を強くお勧めする。二〇一六年の江南駅殺人事件以後、女性問題について考え、学ぶようになったという作家は現在、「フェミニズムに入門した女性作家」と自己規定しており、そんな立場からの執筆活動の結実である中編「彼らの一番めと二番めの猫」で、二〇一九年に李箱文学賞を受賞した。従来からクィアな恋愛関係を描くことでも知られ、今後の日本への紹介が強く待たれる作家の一人だ。

来年には、短編「デニー」がクオンより刊行予定。近未来社会を舞台に、孫の育児に疲れたおばあさんと育児ロボット「デニー」との交流を描いた作品だ。（斎藤真理子）

小説

モルグ・ジオラマ

パク・ミンジョン

斎藤真理子 訳

모르그 디오라마

박민정

一一五センチメートル、十五キログラム、Rh＋のA型、両眼とも視力一・二。

小学校に入って初めての身体検査の結果は、いろいろと疑わしいものだった。その後とは明らかに違っていたから。血液型は今までの全人生にわたってずっとRh＋のO型で確定している。血液検査にまで誤った結果が出ることがあるのかどうかという知識が、私にはない。父母の実際の血液型はそれぞれAO、BO型だったので、私がA型でもO型でも問題なかったわけだが、当時、自分の血液型を妻と同じBO型と思い込んでいた父が疑いを抱いたのだった。常識化していた生物学の知識と、浮気されたという意識が結びついて生まれた悲劇だった。父も当時まで、自分の血液型を正確に知らなかったのだ。そのことが、しばらく私を遠ざける一因となった。

身長と体重の記録も疑わしいことでは同じだった。本当に一一五センチしかなかったなら、なぜその私が教室のいちばん後ろに座っていたのだろう。きゃしゃな体つきだったことは事実だが、三八〇〇グラムで生まれた私がその年齢で一五キロしかなかったというのも疑わしい。私はいつもクラスでいちばん背が高いグループだったことを覚えている。当時の七歳児の平均身長データを調べてみても、一一五センチは決して大きなグループに入るとはいえない。私はいつも背が高い方だったし、初経から三年で成長が止まったとはいえ一七〇センチまで伸びた。いつも教室のいちばん後ろの席だった。

あの年のクラスの人数は四十八人、四班に分かれ、一班は十二人で、二人ずつ六列に並んで座っていた。教室は限りなく広く見え、黒板もぼんやり遠くに見えた。担任教師の板書が見えないと言い訳するのに十分だった。私はいちばん後ろの列に座っていたからだ。

初めての子の身体検査結果をめぐって父母がどんな葛藤を経験していたのか想像すらできないまま、私は毎日父母におねだりしていた。黒板に何が書かれているのかまるでわからないので、いつも隣の男の子のノートを借りて写さなくちゃいけない。隣の子がおとなしい子ならさっさとノートを出してくれるけど、ほとんどの子は私の髪の毛を引っ張っていじめたりする。この間抜け、めがねかけろよと。それを聞いた母さんは、私を学校のすぐそばのめがね屋へ連れていった。

視力検査の結果、学校の身体検査とはちょっと違う両眼とも〇・八という結果が出た。正直なめがね屋の主人は、いかめしい顔で私に言った。めがねをかけはじめると視力が落ちていくんだ。〇・八は絶対に矯正しなくてはならない視力ではないよ。そして彼は母さんの方を振り向いて言った、担任の先生に席を替えてくれるように頼むのもいいと思いますよと。私は首を振った。ショーケースの中にある、首にかけられる赤いべっこう縁のめがねを指差して、自分は背が高いから絶対に前の席には行かせてもらえないと私は主張した。自分はいつも後ろの席に座ることになっているのだと。母さんは、最近の子たちはめがねをかけるのがかっこいいと思ってて、黒板の字が見えないのを口実にするんですよ、とめがね屋の主人に言った。

そうはいっても母さんは私のおねだりに勝てず、赤いべっこう縁のめがねを買ってくれた。身長、体重、血液型、視力に関する錯覚と誤謬と誤記と。母さんが言ったみたいに、他の子のようにアクセサリー感覚でめがねを欲しがっているのではないと私は主張した。実際、当時から黒板の字は見えづらく、乱視でものが二重三重に重なって見えることもあった。両眼一・二または〇・八という記録は、私にとって重要ではなかった。それは振り返ってみれば、あそこへ行くための準備過程だった。私がしばらく死んでいたときに行ったところ。

以後の人生で私は、実際に視力が非常に落ちたために苦労し、今はレーシックを受けて両眼一・〇になったが、ときどき、いつ何時あのときに戻ってしまうかもしれないという恐怖にとらわれる。目が見えなくなってしまう瞬間。ときに夢の中で、私はあの日と同じように写真を撮られており、「パッ」という音を立てて霊魂が自分から飛び出していくのをはっきりと感じる。映像メディア学科に在学中、ゲーテの残像現象〔ゲーテが一八一〇年に『色彩論』で発表した理論。単一の色を見つめてから明るいところを見ると、最初に見た色の補色が見え、暗いところを見ると最初の色の残像が見える〕について学んだ際、カメラはどこまでも人間の視覚への不信から発明された機械であり、コロジオン湿板で肖像写真を撮っていた当時、人々は実際に霊魂を吸い取られると思って怖がったという話を聞きながら、ほんとのところ私だってあんまり変わらないと思った。私は中世や近代に生きていた人間などではないし、しかも写真理論を専攻した人間ではあるが、写真に撮られると霊魂が逃げていってしまうといまだに信じているのかもしれない。

写真は霊魂を奪い取ることのできる近代の武器だ……最近になって毎日、この言葉を実感している。あの事件があってからだ。あのことでうちの会社はほぼ十年ぶりに、大型ポータルサイトのリアルタイム検索に名前が上ったのだ。

こうなってしまうともはや、大多数の人の「あの会社まだあったの?」という反応は全然、変には思えなかった。もう誰も、グーグルやネイバーなどのポータルサイトや検索エンジンの一般名詞としてこの会社の名前を口にしない。大学生だった十年ちょっと前にはそうではなかった。外資系ポータルサイトとして、わが社の名声はグーグルを上回っていたと記憶する。もっともそれは、「マック」と言わず「マッキントッシュ」という名詞が通用していたころのこと、それくらい昔のことだ。でも残念でもあった。久しぶりに会う大学の同期生は、私の会社の名前を聞くと、そこ、まだあるの？　とびっくりして聞き返した。一時期は検索エンジンの代名詞だったこの会社は、いまや名前だけでも笑いのネタになるほどだったのだ。私はときどきまじめな顔で言った。覚えてない？　うちの学校の前に同じ名前の飲み屋があったの。こんなことも同期生たちには、一種の自虐ギャグと受け取られた。名刺を見るなり失笑する奴もいたし、会社のイントラネット・メールアドレスを見て、自分も人とは差をつけるためにここでメールアカウント作ろうかな、などと減らず口をたたく奴もいた。

大学を出て初めて入社した当時、会社は鍾路《チョンノ》の真ん中の大きなビルに入居していた。ここぞ資本主義のアジェンダだよね、私はそこに堂々と歩いて入っていくんだな、と思ったものだ。うちの会社だけが入ったビルでもないのに、そこが超高層ビルだという事実がどんなに私の胸をいっぱいにさせたかわからない。大学同期の誰よりも早かった。卒業式よりも前に有名な外資系企業に入社したのは私だけだった。

昔話だ。

その年にスマートホンが誕生し、多くのポータルサイトや検索エンジンがモバイルサービルを準備しはじめた。スマートホンを持って歩く人たちが一人二人と増えていたころ、私はそういう人たちを全員まぬけだと思っていた。カメラならカメラ、携帯電話なら携帯電話でしょ、いろんな機能を結合させること自体インチキくさいと思い、それまでガラケーのカメラも使ったことがなかった私だ。携帯で音楽を聴いたことも、写真を撮ったこともなかった。デスクトップでも十分にできることを歩き回りながらやるなんて。韓国人ほどインターネットをむやみに使う連中もいないとかいうのに、スマートホンの到来は世の中を落ち着かないものにした。会議中に堂々とスマートホンを出して検索したりメモを取ったりする人を見て私は驚愕した。業務時間中に電話を出すなんて失礼じゃないの？　というわけだ。振り返ってみれば、驚くほど古くさい考え方だ。昔からウェブ2・0時代を吹聴して回っていた部長を含め、社員全員が私のような考えではなかったはずだが、当然ながらスマートホンの出現以後、会社は傾いた。

　今ではみんなが知っている。結局会社は事業基盤をスマートホンに合わせて刷新することができず、それが没落の始まりだったということを。スマートホンはもはや人間の肉体の一部になった。スマートホンを使う誰にとっても、モバイルは現実の関節と変わらない。いつのまにかメールサービス、コミュニティ、個人ブログ、デジタルアーカイブを利用する人が減り、同期の連中の反応のように、会社の名前は衰退したブランドを意味するものになってしまった。しかしはっきりしていたのは、私がまだこの会社にいるということだった。常に兆候は見えていながらまだ事実にはなっていない終末をついに目撃しながら。

　会社はもう鍾路の真ん中の超高層ビルにはなく、私ももう、もっともらしい「広報チーム」所属の社員ではなかった。空間と所属がしょっちゅう分裂した。一年前、ライトバンに荷物を載せて鍾路を離れ、文来《ムルレ》洞《ドン》に来るときはまじめに悩んでいた。こうなったからには本当に辞めるべきなんじゃないのか、もう辞めようか。終末を信じ、空しく地下シェルターでそのときを待つ狂信的な信徒になってしまったような気がちょっとした。

　文来洞に移転した後は、台湾にある本社の指示で、韓国内のウェブトゥーンサイトと合併した。そこは起業でスタートしてかなり規模を拡大してきた会社だが、サイトは悪質コンテンツ一色だった。その会社のサイトに出ている成人向けウェブトゥーンを何本か見て、あきれてしまった。何十本ものウェブトゥーンが上がっていたが、すべて暴力的な内容ばかりだった。特に、盗撮カメラの被害女性の苦しみを描いているふりをしながらそれを見世物にするやり方は、それこそモンド映画〔猟奇的、過激な内容を扱う見世物的な映画〕そのものだった。しかも、アクセスするや否や出てくるポップアップ広告はすべて、似たような風俗広告一色だ。こんなものを扱ってる人たちと同じ事務所で働かなくちゃいけないなんて——しばらくの間、そんな気もしていたと思う。

その日、四方八方からライトバンが続々と古びた建物のまわりに集まってきた。私は八年めの課長だったが、やっと教育を終えて階級を付与され、配属された新兵みたいに萎縮していた。鍾路にいたときより小さいオフィスに、知らない人たちと混じって座るのが辛かった。入社同期の子たちと、会社の近くの路地でタバコを吸いながら嘆いた。どうせ優秀な連中はみんな良い会社にスカウトされて行っちゃったんだから、残った私たちはほんとに殉葬組かもしれないね。タバコを三本、四本吸ってると、ウェブトゥーンサイト担当の部長が路地の入り口をにらみながら現れた。女性社員が団結する文化っていうのはいいねえ？　と言いながら。

今日も、女性社員とだけ団結しようかなあ、どうです？

女性社員とだけ。私はその言葉にこめられた含意をよく知っていた。部長は機先を制しようとしたのだ。少なくとも三年前ならどうだっただろう。私たちは威勢よく対峙して、対決しなかっただろうか。暗に彼らのコンテンツを皮肉って。合併とはいっても、あんたたちはうちの会社の植民地も同然なのだというメッセージを伝えようとして。だが、そのときの私たちはどうしようもなく無気力だった。

いいえ、私たちは結構です。

　私たちは誰からともなくタバコを消してその場を立ち去った。そのとき、ウェブトゥーンサイト担当の部長がどんな表情だったのかは覚えていない。一瞥さえしなかったので。

　ウェブトゥーンサイトと同じオフィスになって初めて見た中で最も印象的だった場面は、漫画家に督促電話を入れているところだった。その仕事をやっているのは正規社員ではなく、何か月か後に辞めたところをみるとアルバイトだったようだ。彼は一日中、有線電話で電話ばかりしていた。先生、ほんとにそれじゃ困りますよ。今日じゃなきゃだめです。喪中ですか？　昨日はご病気で今日は喪中なんですか。めったに聞けないそんな話は面白かった。だが、その受話器の向こうにいる漫画家たちが、盗撮カメラ被害者の性器を詳細に描き、薄くモザイク処理している人たちだと思うと、混乱してしまった。

　そのときはまるでわかっていなかった。盗撮カメラ被害者の性器露出がどれだけ重要な問題かということを。私にとってそれは、閲覧数稼ぎのためのウェブトゥーンサイトの低俗コンテンツにすぎず、何より、人間のそれではなかった。あくまで、人を真似て描いた漫画の中の人物にすぎなかった。モザイク処理をしたとはいえ、ぱっと見にも明らかに女性の性器をリアルに描写したものであり、間違いなく不本意に映像を撮られた被害者のトレース画像だということもすべて、バーチャルだと思えばそれまでだった。

　まるでバーチャルの原本を見せてやろうとでもいうように、今や一年に一、二回アップされるだけだった動画アーカイブのメニューに「本物の」それがアップされたとき、私は映像メディア学科三年生でいちばん尊敬していた教授に習ったモルグ・ジオラマを思い出した。その学期のテーマはポートレートの歴史だった。教授は、スペクタクルの暴力について研究している写真理論の専門家だった。十年あまり流れた今も、あの日の授業が忘れられない。パリの死体安置所《モルグ》の開放……。身元不明の死体を公開して遺族を探すことが目的だったのに、結局パリ市内の最も面白い見物先になってしまったモルグ・ジオラマについて。目をつぶっているだけのように清らかで美しい少女の死体について、「その少女はなぜ死んだのか？」を執拗に問うた人々。教授はアメリカ留学組だったが、当時ＣＳＩ〔警察の科学捜査部門〕写真鑑識班で働いたことがあると言っていた。そのたびに私は、モルグ・ジオラマのことを思い浮かべましたよ。物干しロープに洗濯物のように干された死体を見物することだけが唯一のスペクタクルだった当時の人々の気持ちは、いったいどんなものだったのかと。——彼女はその話をするとき目をぎゅっと閉じ、片手を教卓についていた。

ＣＳＩ以後、私のクオリティ・オブ・ライフは五段階ぐらい低下しましたね。あの写真たちを忘れられないから。

その言葉を自分も実感することになるだろうとは、当時は全く予想もしていなかった。

小さいころにちょっとだけ死んだことがあるという話は、何度もみんなにしたことがあった。そのころの友だちとは主に臨死体験とか死後の世界について話しながら遊んでおり、ＵＦＯや宇宙、世界の終末への関心も人一倍あった。それは私たちにとって特別なことではなく、私をおかしいと言って疎遠になる子は一人もいなかった。しばらく死んだことがあると言うとみんな近寄ってきて、冗談のように、それはフレディに捕まったんだよね？　と聞いた。一、二、フレディが来るよ、三、四、ドアを閉めて、五、六、十字架をつかめ……。みんながいちばん怖い映画だと思っていた『エルム街の悪夢』のワンシーンだ。私はその映画を見ていなかったけど、友だちが、フレディが来るよ……と言いはじめると鳥肌が立った。大人になってから友だちの一人が、あれは英語だったのにどうしてあんなに耳から離れなかったのかな、と述懐した。

友人はさらに言った。芸術高校で文化哲学を講義している人だ。最近の子はあんなの理解できないよ。ノストラダムスの終末論とか、UFOによる拉致とか、バミューダ・トライアングルとか。私たちにしか通用しないわよ、世紀末ムードなんて。そんなこと言ったら老人扱いされる。覚えてる、ミレニアム？　近ごろの子たちってみんなミレニアムキッズなんだもんね。二〇〇〇年一月一日にニュースキャスターがまじめな顔で「皆さん、地球の終末は来ませんでした、ミレニアムバグも発生しませんでした」って言ったなんて、信じやしない。学生の反応はただ、おおー、すご、ばかじゃない？　ってそんなもんだよ。あのころの子どもも大人も別に、ただ世紀末ムードに浸って間抜けじゃなかったんだってこと、最近の子は絶対理解できない……。金魚鉢の中の金魚を二本指で拡大して見ようとするとかいう新人類は、もっとでしょう。

友だちの言う通り、あのころは学級文庫に『終末以後、我らの霊魂は？』『UFOから生還した子ども』『携挙』といった本があることも珍しくない時期だった。私たちが中学生だった一九九九年、いつもIMF経済危機を口実にしておこづかいをくれなかった両親のため息とともに私たちを魅了していたのは、まさに「この世界はもうすぐ終わりだ」というムードだった。それは私が、すぐにでもつぶれそうな会社で、殉葬組であることを予感しながらとどまっているのとは全く違う種類の感情だった。怖かったけれど、ときめいていたのだ。もしも地球最後の日が来るならば、愛する人たちと手をつなぎ、目をぎゅっとつぶって消滅しようと私は思っていたし、そんなとき思い浮かべるイメージはいつも、臨死体験の話をしたりこっくりさんをしたりして遊んでいた友だちと体育館の隅のマットレスの山にもたれて消滅する場面だった。ノートにその絵を描いたこともある。そこに両親はいなかった。

友だちだけが、私が「UFOみたいな地下室でちょっと死んでから生き返った子」だということを信じてくれたからだ。いつも一緒だった四人の親友は、それぞれ違う分野に熱中していた。宇宙、バミューダ・トライアングル、UFO、ノストラダムス。そのうち一人は常に悪夢に悩んでおり、夢の中でいつもブラックホールに吸い込まれるのだと言っていた。その子はお母さんに連れられて睡眠障害クリニックにも通院していたが、中学を卒業するまで宇宙への関心を捨てることができなかった。毎日のようにそれに関連する本を読んでいたけれど、地球科学とか物理とか、関心事に活かせそうな科目の点数となるとお話にならないほど低かったと記憶する。毎日バミューダ・トライアングルについて深刻に悩んでいた友だちは、常に面倒を見てやらなくてはならない二歳違いの弟が急にそこに消えてしまうかもと心配していた。弟は小さい男の子によくあるように落ち着きがなく、うろうろしては突然道に迷ってしまうのが常だったが、そのたびにバミューダ・トライアングルに追放されたかと思ってわあわあ泣きながら探したということだ。

私はUFOっていうより、正確にはUOに行ってきたと言った方がいいな。

飛ばなかったもん、あれは。未確認飛行物体じゃなくて、厳密には未確認物体だよね。

賢そうなふりをして私が言うとみんな真剣な表情でうなずいた。幼稚園のころからノストラダムスを師と崇めていた友だちの家に集まって遊びながら、私たちはいつもそんな話をしていた。その家の居間の床に敷いてあった赤紫色のカーペットの模様を覚えている。私は記憶力のいい子どもだった。母さんは、三歳のときに行った雪岳山《ソラクサン》旅行のときに寄ったカフェの情景を話す私を見て、舌を巻いた。私が産んだ子だけど、ほんとにお前は記憶力がいいわ。勉強もそれくらいできればいいのにねえ。私はいつも、後半の言葉は無視していた。

それはたぶんカーペットの色と補色関係にある、濃い緑色の格子模様で埋められた五角形だったと思う。じっと見おろしながら私は言ったものだ、うん、UOは……暗くて冷たかったよ。ずーっと背中が壁にくっついてて、後ろ頭も壁にくっついてて、全身がぞくっとするほど寒かったんだ。

何でそこに行ったの？

あのとき私は、そこがどこだったのか、なぜそこまで行くことになったのかについて、決してみんなに教えてやらなかった。そこは父さんの会社があった汝矣島《ヨイド》で、父さんは私を病院に連れていったあと、一日じゅう連れ回して遊んでくれた。そんなことは初めてだった。ウェンディーズでハンバーガーを食べ、63ビルで水族館を見物し、生まれて初めてアイマックスで映画を見た。ローラーコースターに乗る話だったが、当時としても画質も椅子の動きもひどいレベルで、映画を見終わった私は食べたものを全部吐いてしまった。トイレから出てくると父さんが見当たらず、私は63ビルの中にあるUOに行くことになったのだ。

あのころ、名前を聞くだけでも大勢の子どもたちが胸をときめかせた超高層ビル、63ビル。オリンピック大路を通り過ぎるたびに、今はとんでもなく低く見えるあのビルを、あのときはなぜそんなに高く見えたのかと思ったものだ。

そこがどこで、なぜ行ったのかははっきりわかっているのに、みんなの質問に本当に答えられなかった理由はほかにあった。この部分に関しては、私に記憶がないのだ。なぜ背中と後頭部が壁にくっついていたのか？　冷たいものじゃなくて、あたたかいものはなかったのか？

わからない。

ほんとに、何一つ少しも思い出せないのだった。成人になった今でも。

そこに誰がいたの？　それとも、あんた一人だった？

この質問についてはみんなに、覚えているのとは反対の嘘をついた。

たぶん一人だったと思う。

パッ。

白いフラッシュが閃いて、そのとき私は死んだの。


そのときも世紀末だった。十九世紀末。パリのセーヌ川の真ん中のシテ島にあったモルグ。日に一万人以上の見物人が押し寄せたこともあるという。ショーケースの中にある死体を見に。一八八〇年代後半、セーヌ川から引き上げられた少女の頭像、「セーヌ川の身元不明の少女」について教授は眉間にしわを寄せながら説明した。暴行の跡もなく清潔で、そのうえ予想にたがわず美しく……満面に微笑をたたえていたのです。男のせいで死んだという噂が好事家の間に広まりました。彼女が埋葬される直前に、病理学者によって公式にその頭部の石膏型が取られました。このデスマスクからはたくさんの複製品が作られ、ずっとのちに大学の口腔科で、気道確保訓練に使われる心肺蘇生マネキンになりました。

教授は説明を終えて、すみません、と言いながらバッグからミネラルウォーターを取り出し、薬を二粒出した。ＣＳＩ写真鑑識班にいたことを聞いたあとだったため、私は彼女の症状を一種のＰＴＳＤと理解して授業に臨み、自分のやりたい勉強を一生懸命やっていただけなのに病気になるなんて、本当に人生は理解を越えて残酷だと思ったのだろう。

ＣＳＩ以後、私のクオリティ・オブ・ライフは五段階ぐらい低下しましたよ。

私もそう言えるだろうか。

あの映像を見た後、私のクオリティ・オブ・ライフは五段階ぐらい低下しましたよ。小さいころ、得体の知れない空間に監禁され、ちょっと死んでから生き返ってきたのに何ともなかった私が。ところでクオリティ・オブ・ライフは何を基準に判断されるのだろうか？　このクオリティの五段階ほど上はどういうもので、五段階ぐらい下はどういうものだろう？　私が二度とあの映像を見る前に戻れないことははっきりしている。臨死体験をする前に戻れないのと同じように。私はこのとき初めて、自分がいちばん尊敬していたあの教授は単に腺病質だったわけではなく、自分の状態をはっきりと説明できる比較的健康な人だったことに気づいた。

あの事件を、私は完全に自分だけで担当しなければならなかった。八年めの課長で、アーカイブサービスについていちばん詳しいのが私だったので。あの日、大勢の人たちに忘れられていたわが社の名前が、今では旧時代の遺物ぐらいにしか扱われていなかった会社の名前が、大型ポータルサイトのリアルタイム検索語一位に躍り出たとき、友人たちからメールが来た。最初、とうとうあんたの会社がつぶれたんだと思った。なのにいったいどういうことなの……私は携帯を切り、路地で同期たちとタバコを吸った。同期の一人がくどくどと言った。私、これって呪いみたいなものだと思う。ばかみたいな言い草だってことは認めるけど、あの会社と合併したからじゃない？　結局、あの会社の陰湿な「気」がこんなことを引き起こしたんじゃない？

だが、それが本当にばかみたいな言い草だということは私たち全員がよく知っていた。

動画アーカイブにこれといったコンテンツがアップされたことは、この何年間かほとんどなかった。一年に一、二度、９・11テロの内幕といった映像を個人で保存するためにアップするユーザーがいるだけで、それほど使われていないメニューがあること自体、会社が衰退一途であることを意味するのみだった。もう子どもが遊びに来ない無人の公園できいきいときしんでいる、錆びたぶらんこのようなものだったのに、その日、動画が十本も一度にアップされたのだ。

ウェブトゥーン作家たちの適当なモザイク処理さえされていない、女性の性器が露出した映像が。しかもそれは盗撮映像だった。正確にいうなら、同意を得ていない性的撮影物の流布。うち三件は状況から見てレイプと推測された。サイトはしばらくアクセス不能になるほど混み合った。ログインも成人認証も不要なサイトに犯罪映像が生でアップされたのだから、その日はあらゆるメディアがうちの会社のことを報道した。ポータルサイト◯◯コリア、わいせつコンテンツを大量アップロード……ほとんどのメディアが選んだ見出しはこれだ。誰かが夜中にアップロードしたその動画は何時間も放置され、削除された後もすでに広く流布されていた。オフィスは弔問客のいないお葬式のようになり、部長は室内でずっとタバコを吸っていた。

その映像を全部、見なくてはならなかった。動画一つひとつに意味のわからない名前がついていた。識別コードのようでもある名前。インド象12、インド象M－14……。男性社員たちが、これ品番だろとか何とか言っていたが、私はそのとき品番という言葉を初めて聞いた。それは日本のAVの商品識別番号だと聞いたけれど、同意できなかった。これらの映像は全部、スナップフィルムにすぎなかった。これらはポルノではなかった。

つぶれかけた会社にこんなことをするとはどういう人間なのだろう。顔を見たらつばでも引っかけてやりたかったが、アップロードした者をつきとめて警官と一緒に会ってみると、思ってもみなかったことにそれは中学生の男の子だった。その子は背が低く、おとなしそうに見えた。取り調べ中ずっと、がっくりと頭を落としていた。私は唇をかんで、やっとのことで一言だけ言った。

どうしてやったんですか?

いとこの兄さんの家に遊びに行って……大急ぎで僕のIDに保存しておこうと思ったんです、気に入ったものだけ……

だってこんな盗撮ものを。いえ、これ、犯罪行為でしょ。

男の子は顔をそっと上げながら言った。

でも、ほんものだから……いとこの兄さんが、国産じゃなきゃ見る意味がないって言ったんです。外国のは全部、にせものだからって……

警官がにやっと笑って言った――しょうもない話はやめなさい。

刑法第二四三条、わいせつ画頒布の罪、それより情報通信網利用促進および情報保護等に関する法律、わいせつ物流布行為処罰規定、こいつ保護観察処分にしてやるべきだよな、といった言葉が行き交っているさなかに私は突然、いつか聞いた法律の条項のことを思い出した。

民法第八四四条一項、妻が婚姻中に妊娠した者は、夫の子と推定される。

私は看護師が私の腕を何度もこすっていたのを覚えている。あの日、私が死んだ日のことだ。その日、自分が受ける検査が血液型検査だということをすでに知っていた私は、歯が震えた。BO-BO型の夫婦の間にA型の子が生まれるはずがないと父さんは考え、私が小学校に入って初めて受けた身体検査の結果を信じて、毎日母さんを追及したらしい。誕生直後から一貫してO型と判定されてきた血液型が、一回だけA型と誤記されたせいで起きたことだった。記入間違いだろうという母さんの抗弁に、父さんは、直接検査を受けて証明しなければ信じられないと言った。明日連れていって俺の友だちのところで検査を受けさせるからな。その言葉を私は部屋のドアのすきまに耳をくっつけて聞いた。父さんは民法第八四四条一項などということは知りもしなかっただろうし、そんなことを調べようとする寝取られ男は世の中にいないだろう。それは、そんな法律条項ができる前も後も変わらないだろう。

それでも私は、あの日の外出を楽しんだ。病院に行く前までは。

幹線バスと呼ばれていた市内バスに初めて乗った日だ。父さんはわざと自家用車を使わず、バスに乗せて私を汝矣島に連れていった。父さんの会社に行くのは初めてだよな、そうだろ？　父さんは優しくて、私たちは蚕室《チャムシル》から汝矣島まで、窓の外を眺めながら旅行のような気分で行ったのだ。父さんの会社はあそこだよ、と父さんは63ビル近辺のビルを適当に指差してそう言った。父さんの会社に行けるのかと思っていたが、私たちが行ったのは薔薇アパートの近くにある古い家庭医学科の病院だった。

医師は父さんの友だちだった。あとで大学生になってから、私は彼に汝矣島の飲み屋でばったり会ったことがある。まわりの医者たちに、親友の娘なんだよと私を紹介する彼を私はぼんやりと見ているだけだった。今になってみるとお母さんにそっくりだね。その言葉に反感を抱いた私は頭を下げて、先生もお仕事ご繁盛で何よりですと挨拶して店を出てしまった。その昔、彼が幼い私を横に座らせて話していたことを思い浮かべてみる。血液型というのは単純なものじゃなくて、抗原抗体が……シスAB型や、A型・B型の亜型の事例を見ても……。彼が父さんを説得しようとしたことはわかっている。重要なのはその言葉よりも、私の肘の内側に残った感覚だった。看護師は、このお子さんはすごくやせてるから血管を探すのが大変なんですよ、と言いながら注射針を何度も差し入れた。もうやめたらいけない？　怯えた私がそう言うまで。

パッ。

めがねの子、ちょっとこっちおいで。

ＵＯに行くとき、私は何日か前に買った赤いべっこう縁のめがねをかけていた。

ケツの青いガキが大人の見るものに手を出しやがって、こいつ。不良じゃないとわかったから大目に見てやるんだぞ。部長はまるで公安刑事みたいに男の子をどやしつけた。男の子は、法律違反をした少年に関する法律によって処分されるだろうということだった。大人の見るもの。私は部長の言葉に、終末の気配を感じた。私は初めてグーグルにアクセスして、「ソウル」「ストリート」「一般人」そして「ソウルの一般人の女」を見てみた。

これがソウルのピトレスクだった。あの教授ならそう言っただろう。一九九九年の私たちなら、みんなで布団をかぶって、ここは私たちの死後の世界だよ、ここに適応して生きていきたくないなら、何とかして逃げる努力をしなくちゃ、と言ったかもしれない。

だけどここから抜け出しても、どうせまた私たちの暮らしてる世の中に戻ってくるだけだよ。私はそう言っただろう。ノストラダムスを師と崇めていた友だちが、違うよ、そこは暗黒、世界の果てだよと言っただろうし、毎日バミューダ・トライアングルに思いを馳せていた友だちは、私たちは世の中が知らないところにいるんだよと言っただろうし、宇宙のせいで夜も眠れなかった友だちは、大丈夫、ユニバースは無限なんだからどこか行き先はあるよと言っただろう。こんな話は私たちどうしだけの、ごく秘密の話だった。

性器の露出さえなかったらこんな赤っ恥はかかなくてすんだだろうに、と部長は立て続けにタバコを吸いながらこぼした。マーケティング部の課長をしている同期入社の同僚は、よりによって何であの部分の、あそこのクローズアップ映像が入ってたんだろう、あのガキが、と言った。そして私は映像を秒単位で点検しなくてはならなかった。警察に行く前に確認すべきことは何よりもまず、この映像が情報通信法に抵触しているか否かだったからだ。大学時代の課題を思い出した。シナリオ実技特講という授業で、映像に使われている技法、場面、せりふをカット単位でテキストに起こしたのだ。みんなで貸し会議室に集まり、真っ赤な目をして停止ボタンを何度も押しながら必死になってタイピングした。あのときと同じように私は、秒単位で犯罪映像を止めては、性器がどこまで出ているか確認しなくてはならなかった。女性の顔がはっきりと見えた。男性の声が聞こえた。もう……全然会えないんだから……生きていけないかと思ったよ。とてもとても優しい声だった。

映像を分析した日、同期と飲んだ。大変だったでしょ？　と彼女は私に尋ねた。こういうのが終末なんだね。最後にクソみたいな目に遭うんだからもう、と酒をあおった。

私、実は、性犯罪の被害者なんだ。

同期はだしぬけに告白した。そんな話を聞いたことはなかった。私は乾き物を手にのせてつまみながら、顔を上げずに尋ねた。いつ？　どこで？　あ、こんなこと聞いたらいけなかっただろうか。同期は淡々と言った。性犯罪に遭ったことない人っているのかな？

私は顔を上げて、言った。

私は違うけど？

同期は口角を上げて笑いながら、そう、うっかりしちゃったと言って会話を打ち切った。

私は違った。

私はあの日、ちょっと死んだだけだった。一時的に目がくらんで。

あのことをきっかけに臨死体験に興味を持つようになり、視力の不安定さについて考えるようになって、映像メディア学科に進学したのだ。私はちょっと死んだだけだったのに、記憶とは正確ではありえないものだ。

あのことについて、母さんは繊細とはいえないやり方で私を追及した。

思い出せないって、そんなことある？　あんたみたいに記憶力のいい子が？　あんた離乳食の食器のデザインまで覚えてるような子じゃないの。早く思い出してごらん。何があったのか。

あの日、63ビルの一階非常口の向こうにあった未確認空間に、私は一人でいたのではなかった。もう一人のモンタージュがちらつく。私はその形態や触感、匂いなどを思い出すことができない。それは私にとって、まるで壁に描かれた影のようだった。それは点、線、面、立体からなるオブジェではなかった。オブジェはただ、あの空間だけだった。

そんな私が、父さんのタバコの箱の裏に印刷されていた行方不明児童捜索広告の写真を見て仰天してしまった。

「子どもを捜しています」という文字とともに、十四歳ぐらいのめがねをかけた男の子の写真がタバコの箱に印刷されていた。私はその写真を見た瞬間、激しく興奮した。あの子だ、あの子だわ。その後のことは思い出せない。目を開けてみると母さんと父さんが両側から私を見下ろしていた。母さんはおしぼりを替えながら何度も尋ねた。あの子は誰なの。あの子が何をしたの。そのときから私には、具体的な感覚ではなく観念で、十四歳ぐらいのめがねをかけた青少年がUOのモンタージュとして記憶されるようになった。制服で坊主頭の男の子のイメージが、そのままUOのモンタージュになってしまったのだ。

そして、まるで炎のように、誤って入ってきた光が風景を消すように、今でも削除されたままの場面がある。

めがねかけた女の子、ちょっとこっちにおいで。

ちょっと来てごらん。

赤いめがね、可愛いね。

私は歩いていき、返事をした。何よ、あんただってめがねかけてるじゃない。めがね、めがねってからかう気？

何？　ちびのくせに反抗するのか？

そして記憶が消える。

冷たい壁。飛び出した後頭部と背筋がやたらと壁に触れていた感覚、パッと閃いたフラッシュ、足首にまとわりついた洋服……


私は終末を信じて救済を待つ狂信的な信者のように地下室にしがみついているのをやめ、会社に辞表を出した。間もなく台湾にある本社が解散指示を出すだろうという噂もあった。最初の職場で、長く勤めた会社だったけれど、特に整理するほどの荷物もなかった。デスクの一番上の引き出しに同期たちがときどき入れてくれたチョコレートやキャラメルなどを見ながら、ちょっと寂しくなった程度だ。長い間、会社でも家でもインターネット・エクスプローラー起動時の画面はうちの会社のホームページに設定していた。変えたかったが、何に変えたらいいかわからない。あの男の子がアップした映像のイメージが忘れられなかった。私は勇気を出して、画像・映像を交換できるクラウドサービスにアクセスしてみた。成人向けカテゴリーで「国産」というタグのついたコンテンツを一つずつクリックしてみた。どれも、同意を得ていない性的撮影物だった——「友だちが撮った彼女の……」というような。私は今までにこんなに大勢の「一般人」たちと対面したことはない。コメント欄は、「男の声が、知り合いの自動車修理工場のおじさんに似てる」といったどうでもいい話でいっぱいだった。

死者たちの識別肖像そのものがスペクタクルだったのですよ。モルグ・ジオラマについて説明するとき、教授はずっと顔が蒼白だった。彼女はいつも厚い革の表紙がついた講義ノートを持ち歩いていた。一度でもあれをのぞいてみたいと私は熱望していた。今になって思うのだが、たぶん教授がいつもかかえていたあのノートには、肖像の歴史とスペクタクル理論に関する完結なまとめだけではなく、ときどき耐えられなくなった瞬間にあふれ出た独り言のようなものもあちこちに書いてあったのじゃないだろうか。

私は初めて、心理相談センターにカウンセリングの予約を入れた。

カウンセラーは最初のセッションから「記憶日誌」を書くという課題を出してくれた。記憶力にかけては近所でも最高だと自負してきた私だ。母さんが言うように、「離乳食の食器のデザイン」みたいなこと、私がうさぎの描かれた哺乳瓶をくわえているとき、母さんが父さんに「さっさと消えてよ」と言ったこと、今までの担任の先生の名前とそのプロフィール、一九九七年に、デイヴィッド・レターマンのショーを真似たイ・ジュイルのお笑い番組で、大統領選挙の候補者三人をそっくりに真似していたコメディアンたちの身振り、こういったものを私は誰よりも正確に覚えている。

だが、ある部分については記憶がない。

私はカウンセリングの六回めになっても、記憶日誌を提出することができなかった。

カウンセラーとは初診時の問診やいくつかのテストを通して、「死」に関する考えを交換しあってきた。あなたにとって死はとても観念的で興味深いものなんですね。実際、自殺とは、自傷の最も極端な段階とみてよいでしょう。「自分がしたいと思う自殺方法のイメージがある」というのがあなたの結論ですが、そういう人には自殺はできません。小さいときに視力のこととか、臨死体験や死後の世界に強い関心があったのには、おそらく他の要因があると思うんですが……。

カウンセラーは用心深く尋ねた。彼女は繊細に追及する方法をわきまえた人だった。

何があなたをＰＴＳＤ患者にしたのでしょうね？　その最近の映像の事件ではなくて、小さいころのことです。

子どものころ、ずっと憂鬱でした。身体検査の記録が間違っていて、両親がそのことでけんかして、父さんが私を本当の子じゃないと疑ったんです。お出かけのふりをして病院に連れてって、血液型検査をさせました。でもそのころ、私たちの年ごろの子どもにとって世紀末的なムードはごく普通のことだったので、死とか終末とかいった単語に魅了されていたのは、それほど特別なことではないと思います。

カウンセラーは私の目をじっと見つめた。

今も論理的に話そうとして努力していますね。楽に話してもいいんですよ。

そのとき私はぼんやりと、教室で友だちが紙で顔を隠してそっと近づき、歌っていた歌を思い出した。

一、二、フレディが来るよ、三、四、ドアを閉めて、五、六、十字架をつかめ……

私は目がくらんだのではなかった。ＵＯのモンタージュが私の制服のシャツのネクタイをほどき、私の目をふさいでしまったから、暗闇にとじこめられただけだ。ＵＯは真っ暗で、フラッシュがたかれ、そのときの私には実際には聞こえなかった音、「パッ」が幻聴のように聞こえ、そのとき魂が飛び出していった。タバコを吸いに行って戻ってきた父さんは、非常口のドアの前に倒れていた私を発見した。
私はカウンセラーに答えた。
私は死んだことがあります。
（私は裸にされて、写真を撮られて）そのとき死にました。

（八五年、ソウル生まれ。作家。著書に『妻たちの学校』、『ミス・フライト』〈いずれも未邦訳〉。本作で二〇一八年に現代文学賞受賞）

解題

パク・ミンジョンは二〇〇九年にデビュー、キム・ジュンソン文学賞、文知文学賞、若い作家賞などを受賞してきた。近年は韓国の家父長制やミソジニーを正面から見据えた作品が多く、旗幟鮮明という印象を受ける。二〇一八年に発表された初の長編『ミス・フライト』は、大手航空会社のフライトアテンダントを主人公にしたミステリー仕立ての作品。乗客のセクハラや会社からの不当な圧迫に苦しんだ果てに謎の死をとげる主人公ユナと、軍人出身で保守的なその父親が娘の死の真相を追う姿が緊張感ある文章で綴られ、韓国の女性をとりまく現実を克明に暴いてみせた。

「モルグ・ジオラマ」は『82年生まれ、キム・ジヨン』でも扱われていた盗撮問題を描き、現代文学賞を受賞した作品。子ども時代の経験と成人してからの経験が重層的に語られ、家族の物語としても成立している。パリの死体安置場モルグ、世紀末の韓国の繁栄を象徴する汝矣島、IT社会のごみためと化したオフィス、と複数の場が錯綜して、性暴力が魂の死であることが端的に浮き彫りにされている。35ページのユン・イヒョンと並び、今後日本での紹介が楽しみな実力派である。（斎藤真理子）

小説

手違いゾンビ

イ・ラン
斎藤真理子 訳

똥손 좀비

이랑

「すみません！　来る途中、電車で人身事故があって……僕、どこ行ったらいいですか？」

　撮影準備に忙しいスタッフたちは息を切らせて駆けずり回り、誰も聞いていない言い訳をしながら立っているヨンフンに誰一人、注目しなかった。ヨンフンはあたりをキョロキョロ見回し、少しでも知っている顔を探そうと必死になっていた。

「エキストラの皆さん、こちらに一列に並んでください！」

　演出部のスタッフがメガホンを持って叫ぶと、一群の人々が声のする方へもたもたと集まっていった。裸足で片足を引きずっていたり、服がぼろぼろだったり、頭が破裂して脳髄が流れ出し、目玉が飛び出してぶらぶらしていたり、歩くたびにおなかからこぼれた内臓がゆらゆら揺れたりしている。ゾンビ映画のエキストラたちだ。ヨンフンはあたりの様子をうかがいながら、人々があふれ出てくるテントへ駆け込んだ。

「あのー、今日ゾンビ役で出るチェ・ヨンフンというんですが」

「え？　何ですか？」

「ゾンビです、ゾンビのエキストラで……」

「もうゾンビの群衆シーンの撮影に入っちゃうんですけど？」

　ヨンフンはあわただしく周囲を見回した。特殊メイク室に使っている簡易テントの中はもう、着付けとメイクの嵐がひとしきり吹き荒れて去ったあとだった。あちこちに置かれた部分かつら、血糊がべっとりこびりついた衣装、床に落ちた内臓の模型を一個一個片づけている扮装のスタッフたちを見て、ヨンフンは気がせいてきた。

「僕、ゾンビのエキストラなんです。来る途中、電車でちょっと事故があって遅れたんです。もう撮影始まるみたいですけど、ちょっと衣装とメイクを……」

ヨンフンは床を掃いていたスタッフをつかまえて事情を説明してみた。イヤホンをしてほうきを使っていたスタッフは腰を伸ばすとつっけんどんに言った。

「あのね、扮装するならもうちょっと早く来て言ってくれないと。私たち、夜中に出てきて一度も休まずに六時間で五十人分の対応したんですよ？」

「遅刻したくてしたわけじゃないんです、電車で事故が……」

「おい、どうしたんだそこ！　さっさと片づけろ！」

そのとき図体の大きな制作スタッフが怒鳴りながら近づいてきた。スタッフはあわてて床を掃きながらすーっとその場を離れた。ヨンフンはうろたえた顔で、ぼんやりと突っ立っていた。

「おい！　お前、何でそこに突っ立ってんだ！」

「エキストラなんですけど」

「何だって？　エキストラがこんなところにいてどうすんの？」

目障りだというようにヨンフンを上から下までなめるように見ていた制作スタッフが、にやっと笑って言った。

「遅刻したくせに、メイクしてくれってごねてんのか？」

「いえ、僕……すみません」

制作スタッフのポケットの中で無線機がジー、ジーと鳴った。イヤホンで無線を確認して外へ出ようとしていた制作スタッフは振り向くと、床に落ちている服を足でぽんと蹴りながら言った。

「やりたかったらこれ着て、五分以内に駆けつけろ」

「はい、はい、ありがとうございます！　すぐ行きます！　あ、それでメイクは……」

「メイクだとこの野郎！　何でも自分でさっさとやれよ！　軍隊で習っただろう！」

制作スタッフがわーっと怒鳴ってテントを出てい

ったあと、ヨンフンはすみっこで大あわてで着替えた。更衣室に入っている暇もないので、自分が着てきた服とかばんを放り出し、下着も丸見えのままで着替えているヨンフンを、掃除中のスタッフがちらちら見ている。ヨンフンはずたずたに破いたとおぼしきズボンを引っ張り上げながら、まだメイク道具が散らかっているテーブルに近寄っていった。そしてあれこれ確かめる暇もなく、最初に目に留まったものを取り上げて顔に塗りはじめた。ヨンフンの顔はたちまち真っ青なアイシャドーでおおわれた。自分が見ても鏡の中の自分は不格好に見えたのか、ヨンフンの手は止まりがちである。

「エキストラの皆さん、撮影現場に移動します！」

外からメガホンの声が聞こえてきたので、ヨンフンは塗るのをやめてそのまま外へ飛び出した。

「ちょっと！　何でそれ持っていくの！」

あとを追って出てきた衣装スタッフがヨンフンの持っている青いシャドーを奪い取り、怖い顔でにらむとテントの中へ戻っていった。ヨンフンはすみませんとも言えずにぽかんとして立っていたが、メガホンの声がする方へ走り出した。並んで大きなバスに乗り込んでいくエキストラたちの群れが目に入ってくると、さらにスピードを上げた。

「遅れてすみません！」

「早く乗ってください……え、ちょっと何それ！」

ヨンフンが息を切らしながらバスに乗ると、スタッフがこらえきれずに吹き出した。

「あー、笑える。どうしたんです、その顔？」

「え？　すみません、僕、遅刻しまして」

「いいから早く乗ってよ」

ヨンフンは無事にエキストラ専用バスに乗り込んだ。バスの中はゾンビに扮した出演者たちでいっぱいで、胃の弱い人なら見ただけで気持ちが悪くなるような光景が広がっていた。特殊接着剤と血糊のせいで、ひどい悪臭まで漂っている。それでもヨンフンは、内臓が飛び出したり、脳髄がぐちゃぐちゃになって流れ出したりしている他の出演者がいちいち羨ましかった。ヨンフンが羨ましそうにみんなを見ながら空席を探してキョロキョロしていると、誰かが彼の名前を呼んだ。

「おい、ヨンフン。何でこんなに遅れたんだ」

ヨンフンは声のする方へ振り向いたが、奇怪な扮装のせいで自分を呼んでいる人が誰だかすぐには見分けがつかない。

「どなたですか？　すみません、扮装でよくわからなくて」

「俺だよ、ジンギだよ」

「ジンギ先輩？」

ヨンフンは同じ事務所に所属しているジンギに会えて安心し、彼の隣の席に座った。エキストラは一日に十人、二十人と団体で現場に出るため、同じ事務所の者どうしが顔を合わせることは頻繁にある。話し下手で、待ち時間にも一人で携帯を見ながら弁当を食べているヨンフンと違い、ジンギは「次のステップに行かなくては」というのが口癖で、常に俳優としての抱負を語っており、何て明確な目標を持った人なんだろうとヨンフンはときどき驚異を感じるほどだった。

ジンギの特殊メイクは、誰だかわからないくらいに派手だった。目に入れた白いコンタクトレンズ、上唇を持ち上げてむき出しにした歯茎、もともと薄い髪がところどころ雑草がからまったようになって、誰かにむしり取られたみたいに見えるヘアスタイル……ヨンフンから見たら、それこそ完璧と言いたいほどのゾンビスタイルだった。

「お前、何でそんな格好してんの？」

「電車の事故で遅れてですね。これ、自分でやったんです」

「自分でやっただあ？　コメディにでも出るのか？　いったい、何塗ったんだよ」

「青い粉みたいなのですけど、目についたのがそれしかなかったんですよ。ひどいですかね？」

バスはしばらくガタゴトと山奥にある撮影現場へ向かって休まず走っていった。道路が舗装されていないので、切り株を踏んで通り過ぎるたびに車体が揺れ、エキストラの小腸や大腸、腎臓もガタガタと飛び上がる。その間もヨンフンの顔をよくよく見ていたジンギが笑い出した。一度吹き出した笑いは止まらなくなり、ジンギはため息をつきながらやっと笑いやんだ。そしてまだらになった片腕をすっと差し出した。

「ここに塗ってあるのちょっと取って、こすりつけておけよ。お前、そのまま行ったら編集で全部切られちまうぞ、すぐにはさみでチョキチョキだ」

「ありがとうございます、先輩」

ヨンフンは感激した表情でひたすらペコペコ頭を下げ、ジンギの腕に点々とついた黒い色を手にとって、自分の顔にすっすっと塗っていった。こってりした濃い質感が、靴墨のようだった。

「目の下にも。そうそう、そこを重点的に塗っていきな」

「はい。それにしても車がずいぶん揺れますね、へへへ」

ヨンフンの手つきは速まり、顔のあちこちに黒い模様が広がった。バスが揺れるたび、指先が思わぬ方へすべってしまい、メイクはだんだんめちゃくちゃになっていく。一方、火に焼け焦げたように黒ずんでいた左腕からだんだん肌色が見えてくると、ジンギの顔が不快そうにこわばった。

「おい、そのぐらいにしとけ。俺のが消えちゃ困るじゃないか」

「すみません、先輩。ほんとにありがとうございます」

黒っぽい色を重ねると、ヨンフンの顔にはさらに得体の知れない生気がみなぎってきた。まるで殴られたスマーフみたいで、哀れっぽい感じもする。ジンギは舌打ちをして、ヨンフンを見つめた。

「俺の内臓出してやるから、持ってくか？」

「ほんとですか？　先輩、ほんとにいいんですか？」

「いいよ。それじゃかわいそうだからな。誰もお前見て、怖いとか逃げ出したいとか思わないもん」

「ですよね。でも、芝居でうまくカバーすれば……」

「芝居で？　おーやおや、名優気取りかよ」

ヨンフンはさっきより緊張が解けたのか、いつものように照れ笑いをしている。その横でジンギは、おなかにくっつけていた内臓をそっと引っぱってみた。

「これ、うまくはずせないな。下手に取ると俺の皮膚まではがれそうだ。どうしよう？」

「先輩、僕これでいいですよ、ほんとに要りませんから。それ先輩の内臓ですもん。煤を分けてもらっただけで十分です。ここからは自分でちゃんとやりますから」

「そうか？　じゃあ、残りは芝居でうまくカバーしろよ！」

ジンギはヨンフンの背中をパーンとたたいて励ました。ちょうど撮影現場に到着したのか、バスが止まるとみんな体が前に傾き、ジンギをはじめエキストラたちはあわてて内臓を握りしめた。

「エキストラの皆さん、すぐに教会の前に集合してください！」

運転席の横や通路に中途半端に座っていた何人かが、折りたたみ式の椅子を持って先にバスから降りた。それまでに血糊が乾いたためにごわごわする衣装を着た彼らは、よたよたと教会の前に移動した。

その日の撮影シーンは、ゾンビの攻撃を避けて無人の教会に隠れていた主人公の一行が、外が静かになったすきを狙って裏門から出ていき、ゾンビの群れに出くわすという場面だった。五十人ほどのエキストラが動員されて制作費を相当に引き上げているだけでなく、映画の緊張感とスピード感を最高に盛り上げる最重要シーンだという説明が続いた。予告編や映画紹介番組に高確率で取り上げられるシーンである。エキストラたちは、現場のムードに歩調を合わせてきびきびと動いていた。特殊メイクがうまくいった人たちが一番前に出て、残りは頭数をそろえるために後ろに控えている。前にいる人たちは特別に、ゾンビの動きの専門家から簡単なコーチを受けているようだった。ヨンフンはいちばん後ろの位置にいたので前の状況がよく見えない。忙しく稼働する現場で、ヨンフンの状態に目を留める人はいなかった。撮影スタッフは、リハーサルを終えるや否やあわただしく本撮影の準備に入った。

「ゾンビ群衆シーン、撮影入ります！　皆さん静かにしてください！」

演出部のスタッフがメガホンを持って大声で叫ぶと、エキストラの間に緊張が走った。ヨンフンは思わずため息をついた。無事に撮影に入れただけでも、その日の仕事を終えたような安堵感がある。ここからは誰の目にも止まらないように与えられた役割をこなし、ゾンビの演技を忠実にやりとげようと、彼は固く決心していた。

「サウンドー」

「スピード！」

「Aカメラー」

「ローリング！」

「Bカメラー」

「ロールです！」

音響監督と撮影監督のコールが終わると、カチンコを持った演出部の若者が大声で叫んだ。

「37－1Aの1！」

「ゾンビたち、思いっきり動いて！　期待してるよ！　アクション！」

監督が言い終わるや否や、エキストラたちはそれぞれ奇声を発しながら動き出した。後ろのすみっこで、できるだけ目立たないようにしていたヨンフンも、思いきり首を曲げて歯をガチガチいわせ、一歩ずつ前へ踏み出した。前列のゾンビたちは主人公の一行と激闘をくり広げたあと、首を吹っ飛ばされないと退場できないので、その場に立ったままもたもたしている。それでも後列からゾンビたちが押し寄せてくるのでボトルネック現象が起き、前列のゾンビたちは人波に押されてフェンスのあいだにはさまってしまった。その状態で押さえつけられたため、リアルに苦しそうな表情が画面に収まる。幸い、そのころ主人公一行がしりぞいたので、息のできる空間が生じた。

バーン！　バーン！

男性主人公がズボンの後ろから取り出した銃を連発すると、前方のゾンビたちがもがきながらバタバタと倒れていく。他のゾンビたちは銃声に刺激されたようにさらに前へと押し寄せ、主人公の方へ腕を伸ばして奇声を上げた。

「顔、もっと歪めて！　手はもっと上へ！」

モニターを見つめていた監督が叫んだ。ゾンビたちはカメラが近づいてくるのを感じ、互いに押しつ押されつ苦しみながらも熱演をくり広げた。ヨンフンもいつのまにか前の方へ押し出されて、カメラの方へ手を伸ばして奥歯が見えるほど大きく口を開け、力いっぱい奇声を上げた。

「カット！　いいぞ！」

監督の満足そうなサインに、エキストラたちはすぐに動きを止めた。銃に撃たれて倒れていたゾンビたちも、衣装をパンパンたたきながら立ち上がる。ひどくもみくちゃにされたおかげでぶらぶらしていた目玉や内臓が落ち、地面に転がっていた。

「こちらのゾンビのメイク、ちょっと面倒みてあげてください！」

やっとワンテイク終わっただけなのに、エキストラたちは極度の疲れを感じていた。朝っぱらから現場に出て特殊メイクを施され、前の撮影が遅れたので何時間も待機し、メイクが取れてしまうかもしれないのでろくに水も飲めず、何も食べられない。次のカットの待機で地面に座り込んだエキストラたちは、お互いひそひそと会話していた。

「いったい、ごはんはいつ食べるの？」

「ごはんなんかくれないよ。さっき、メイクが落ちるから水も飲むなって言われたでしょ」

「ずっと声出さなきゃいけないのに、腹が減ってちゃ声が出ないよね」

「出してるふりすればいいよ。声はどうせ後で入れるんだから」

「そうだね。あれ、ところであの人、あの顔、何であんなことになってんの？」

「え？　僕のことですか？」

ヨンフンは急にみんなの視線が集中したのでぎくっと驚き、立ち上がった。

「今日、来る途中で事故があって遅刻して……メイクしてもらえなくて、自分でやったんです」

「そうやってたら一カットでも映るの？　必死だなあ」

後ろ頭に大きな穴をあけたエキストラが、ケラケラ笑いながら言った。

「そばにいないで、あっち行って立っててよ。下手にそばにいられると、こっちまで切られちゃう」

「すみません」

ヨンフンはペコッと頭を下げてみせ、後ろへ行った。そして地面に座り込み、ペッペッと手に唾を吐くと手のひらに土をつけて、顔、首、髪の毛にすっすっと塗っていった。いつのまにメイク直しが終わったのか、カメラが準備を始めた。

「ゾンビたち、立ってください。もう一回行きますよ！」

おなかをすかせたゾンビたちが、うーんと言いながらその場に立ち上がる。ヨンフンも適当に土をこすりつけるとぱっと立ち上がった。どんな顔になっているのか確認する暇もなかった。監督のサインとともに、誰かのおなかからぐぅーっという大きな力強い音が鳴り響いた。

「アクション！」

＊

「ねえ、ちょっと。止めてみて、止めてみて」

「何で？」

「さっき何か変なのが……ちょっと」

ベッドの上で、一組のスプーンとお箸のように男の子と重なって寝ていた女の子が、ガバッと体を起こした。女の子はノートパソコンで再生していた映画を止め、十秒前に戻した。

「どうしたんだよ、面白いとこなのに」

「ねえええええ、これ、見てみなって」

「何だよ？」

「ほら、ここ！」

しばらく後、二人はベッドの上にバタンと倒れてケラケラ笑いはじめた。その反動でベッドのすみに置いてあったお菓子の袋から粉が四方に舞い散った。

「マジ笑う。何だ、これ？」

「この人、イースターエッグか何かなのかな？」

「とりあえずキャプチャ取ってみ」

モニターからカシャッというシャッター音が響き、一時停止した映画の場面が画像として保存された。二人がケラケラ笑いながら見ている画面の片すみには、青い顔が鮮明に目立っていた。真っ青な顔にゾンビらしくない真っ白できれいな歯をむき出しにして、短い両腕を上下にゆらゆらさせているヨンフンの姿だった。

「この人だけ何でこんななん？　これ、事故じゃないの？」

「だよね。でもここまでのレベルだってことは、意図的なんじゃないかな。作ってる側が知らないわけないし」

「知らないわけないよな。僕らが気づくぐらいだから、絶対知ってるだろ」

「でも何でこんな人、使ったんだろ？　これ恐怖映画でしょ」

「わかるわけないじゃん。監督の意図じゃなかったらもう、ただのダメダメだよね。それはそうとこれ、いつ公開されたの？」

「昨日だと思うよ」

「えー、封切り翌日にもう海賊版が出てるなんて」

「あんたがダウンロードしたくせに」

「お前が見ようって言ったから」

「とにかくさあ、これ、どうする？　ちょっとすごいもん拾っちゃったみたいだけど」

「みんなに見せてやろうよ。僕らもどっかからもらってきたみたいにして。これは人間として共有すべきだよ」

「あんた、天才だね？」

　二人は同時に起き上がって、デスクの前に並んで座った。男の子が画像編集ソフトを起動させ、同時にインターネットのウィンドウを開いた。そして、会員数が何十万人にも上るコミュニティサイトのお笑い掲示板に入った。

「うますぎるとだめなんだ。ざっくり作って、適当にアップしたみたいにするんだよ。わかる？」

「あんたってそういう方面にだけは、ほんとによく頭が回るんだね？」

　男の子はある投稿のスタイルをそのまま真似てレイアウトを作った。そして、さっき保存した映画の場面を呼び出して真ん中に入れ、タイトルを書き込んだ。


今上映中のゾンビ映画にイースターエッグ発見。


　完成したページを画像として保存すると、完璧に、掲示板にアップされた投稿をキャプチャしたように見える画像が完成した。

「これをシェアすれば、僕らもどこかから持ってきたみたいに見えるだろ」

「こういうの、額縁構造〔物語の中に別の物語が入れ子状になっている構造〕とかっていうの?」

二人はケラケラ笑いながら保存した画像を携帯にダウンロードした。そして、それぞれが所属している団体チャットルームにその画像をアップした。何十人も所属している団体チャットルームの特性上、どうせ誰がアップしたのかもよくわからなくなるに決まっている。すぐにチャットウィンドウには笑いのマークが乱舞しはじめた。

「あんた、これどこにアップした?」

「僕? 同期のグループ。四十人ぐらいいるよ」

「私はうちのマラソン同好会の」

「何人いるの?」

「六十人ちょっとかな」

「わ、すげ」

「それじゃもう百人は超えてるね」

「これ、フェイスブックに上がったらすごいことになるよ。誰か代わりにアップしてくれたらいいのに」

やがて二人は並んでベッドに横たわり、天井を眺めながら第一発見者の満足感を満喫した。そんな中でも目が合うとこらえきれず、クスクス笑いが勝手に出てくるのだった。

*

ヨンフンはコンピュータの前に座り、ずっとプロフィールを修整していた。まず、最近公開されたゾンビ映画を経歴に追加した。そのときヨンフンの携帯が鳴り、画面に「ジンギ」という名前が現れた。ヨンフンはすぐに電話に出た。

「おい! 手違いゾンビ!」

「は? それ何です?」

「お前ネットもやってないのか? 今、大変なことになってるぞ。手違いゾンビだって」

「手違いゾンビ? それ何だろ?」

「一度、電話切れよ。俺がカカオトークに送ってやるから。めっちゃ笑うで。こんなことになるなんて誰が思ったか」

「何だかわかりませんけど、いいことなんですかね?」

「いいよ、大当たりだよ。俺らの人生でこんなに注目を浴びるなんてありえないよ。とにかく、切りな、送ってやるから」

「はい、ありがとうございます」

ヨンフンはめんくらったまま電話を切り、メッセージを待った。アラームが鳴るとすぐに携帯を確認した。ヨンフンは、ジンギが送ってくれた何枚かの画像を順番に開いて見ていき、びっくりしてしまった。ある投稿をキャプチャしたものと見える画像には、ゾンビの扮装をしたヨンフンが大きく拡大されていた。その下のコメントには「過去最高のダメゾンビメイク」「スマーフゾンビ」「手がすべったゾンビ」「手違いゾンビ」などと、ありとあらゆるニックネームが面白おかしく書き立てられている。ヨンフンはこわばった表情で携帯を置き、ポータルサイトの検索窓に映画のタイトルを打ち込んでみた。関連検索語として「手違いゾンビ」が真っ先に上がってくる。最初の検索結果をクリックしてみると、すぐにキャプチャされた投稿が出てきた。さっき見た画像の下に、それまでのコメントが何ページにもわたって連なっている。ヨンフンは首をかしげて映画の公開日を確認した。おとといで間違いない。いったい、映画館で今上映中の映画がどうして動画ファイルになって流出したのかわからないが、とにかく間違いなく自分だった。ゾンビの群衆シーンで、ヨンフンがかろうじて端っこに見えている何秒かの場面が連続でキャプチャされて、お笑い写真として出回っているのだった。

ヨンフンはしばらくその画像を見つめた。顔を精一杯ゆがめ、片方の肩をがっくり落として、怒ったように咆哮しているその顔はとても真摯だった。演技を云々するのは気がひけるレベルだが、その瞬間だけは自分の役割に忠実だったと自分でも言える。ただ、まわりにいる他のゾンビたちを見ていくと顔がかっかしてきた。上手に特殊メイクされたゾンビたちの間に真っ青な顔を突き出して恥ずかしげもなくゾンビの演技をしているヨンフンの姿は、立体映像のように浮き出て見えた。画面の端っこぎりぎりに一瞬出てきたヨンフンの顔だけが切り取られて拡大された動画ファイルも出回っていた。書き込みのタイトルは「手違いゾンビ熱演映像」だったが、何分かの間に閲覧数が一万を超えている。いつのまにかヨンフンのニックネームは「手違いゾンビ」に決定されたらしい。ヨンフンはプロフィール修整作業のウィンドウを閉じ、お笑い掲示板のコメントを読んでいった。笑いのマークばかりのコメントの中で、「イイネ」がたくさんついたコメントが目に止まった。

知り合いの先輩がこの映画にゾンビのエキストラで出たっていうから聞いてみたら、手違いゾンビと一緒にいっぱい仕事したことあるって、インスタのアカウント教えてくれた。

驚いたことに、コメントの終わりのところにヨンフンのインスタのＩＤが書き込まれている。ヨンフンはあわてて携帯を探して手に取った。インスタを開く彼の手はぶるぶる震えていた。いつも二ケタだったフォロワーが千単位で増えている。何ヵ月か前に撮影現場で撮った足の写真には、コメントが何百もついていた。地面の上の古いスニーカーを撮った写真だ。撮影現場は絶対に明かしてはいけないので、ヨンフンは毎回、現場に踏み入れた自分の足の写真を撮ってはアップしていたのだ。その写真の下に「聖地巡礼に来ました」「ここがあの有名な手違いゾンビのアカウントですか」「本人ならどうぞ一言言ってください」「メイクはどこで習ったんですか」など、人々の関心があふれ返っていた。メッセージフォルダもひとしきり、大変なことになっている。どうやって知ったのか、新聞、雑誌の記者たちまで必死でヨンフンを探していた。

そのときプルルと携帯が鳴った。ヨンフンが何年か前から所属しているエキストラ派遣会社の室長だった。

「おい！　この大騒ぎ、見たか、見てないのか！」

「はい、室長。さっきジンギ先輩から連絡が来て、見てたところです」

「お前、あの日あそこにいたっけ？　日誌に名前がないんだけど」

「あの日、僕、遅れて到着したんですよ。室長はもう先に出てらしたみたいです」

「今、制作会社から電話が来て大騒ぎになってんだ。

どうする？」

「え？　僕が何をどう……」

「まずは会社に来い。あの日の日当ももらってないだろ」

「あれは僕が遅れたんで、いいですよ」

「いいから、とにかく早く来い」

「はい、わかりました」

ヨンフンは電話を切って、深くため息をついた。そして帽子をかぶると部屋を出た。

＊

「お前、芸能人かよ？　何でそんなに帽子、深くかぶってんだ」

「髪、洗ってなくて……」

事務所に到着したヨンフンは、気まずそうな様子で帽子を脱ぎ、ソファに座った。四十代後半の室長は、連続ドラマに脇役で出たことがあるという人だった。彼はことあるごとに「俺も俳優出身だから言うんだが」云々と言い、日当の支給が遅れることもたびたびだったが、ヨンフンはいつも彼に礼儀正しく接していた。向かいに座った室長がテーブルの上に封筒を載せた。

「何でしょう？」

「これな、あれの出演料。お前がマスコミに出て、出演料ももらわずにあれに出たなんて言ったらうちの会社がどうなると思う」

「いえ、僕はいいんです……」

「つまらんこと言ってないで受け取れ、この野郎。仕事したらしたって言わないと。お前みたいなやつらのために、うちみたいな良心的な会社まで、金も払わずに人を使ってるって非難されるじゃないか」

「すみません」

「もういいよ。で、どうする？」

「何を……」

「さっき制作会社から電話が来たんだよ。あっちじゃ、こうなってかえってうまくいったって言ってる」

「うまくいった？　何がです？」

「この映画、もうてんでだめだっただろ。マスコミ試写会のときから最悪で、悪い噂が出回る前にすぐＩＰ放送に回しちゃおうってタイミングだったのに、お前のおかげで起死回生になったんだから。今、それなら最初からＢ級コンセプトで押してみようとか、カルト映画としてＳＮＳマーケティングをやってみようとか、大騒ぎだぞ。それでまずはお前に会わせてくれっていうんだよ」

「え？　どうして僕に？」

「もう大っぴらにやっちまえってことだろ。お前の話をネタにしてバラエティに出して、うまくやろうってんだ」

「僕、何も話せることがないんですけど……」

「そんなのは適当に作ってくれるさ。あっちはその方面にくわしいんだから。そうだろ？」

ヨンフンが黙ってうつむいていると、室長はもどかしそうに舌打ちをした。

「こいつ、今、ものすごい運が回ってきてるのも知らないで……。こんなチャンスが毎日あると思ってんのか。しっかり、やれよな。とにかく、これだけはわきまえておけ。お前はうちの会社の所属で、これからも、どの局に出ても出演料は折半、手数料は今まで通り。わかったな？」

「はい、それはわかってます」

「わかったらもう行け。明日ミーティングやるから、朝一で出てこいよ」

「どこにですか？」

「どこって何だよ、テレビ局だよ」

ヨンフンはぐずぐずと席から立ち、丁寧に腰をかがめて挨拶した。そして、また帽子をぐっと深くかぶって事務所を出ていった。室長は疲れたように、席に座ったまま手だけ振り、ヨンフンが出ていくや否やソファに長々と横になった。

「あいつ、天然ボケかましやがって。まぐれで大当たりを当てたもんだな。とかくこの業界はわからんもんだ」

＊

「ずいぶん緊張してらっしゃるようですけど、そんな必要ないですよ。私たち、悪者じゃないですからねー」

「すみません、僕、テレビは初めてだもんで……」

「お芝居をされてるときとはかなり違いますね」

「あれは芝居ですから」

「今のこれも芝居でしょ。私たちもみんな、仲よさそうな芝居をしてるんです」

　録画が進んでいるスタジオで、四人の男性MCが、ガチガチにこわばっているヨンフンに熱心に声をかけ、緊張を和らげようと努めていた。ヨンフンは、ゾンビ映画に主演していた男女の俳優と並んで座っていた。撮影現場ではちょっと離れたところから見ていた俳優のチョイがすぐ隣にいるので、ヨンフンはすっかり身をすくめて前だけを見ていた。

「ヨンフンさん、今、チョイさんがいるからなおさら緊張してるんでしょ？」

「撮影現場でよくお会いになってたでしょうに、どうして？」

「遠くからお目にかかったことはありますけど、こんなに近くでは初めてです」

「チョイさんすごくきれいでしょ？　振り返ってちゃんと見てごらんなさい」

「そうよ、ちょっと私のこと見てください、ヨンフンさん」

　チョイが声をかけると、ヨンフンはびくっとして緊張した表情を隠せなかった。

「見てくれないんですねえ。じゃあ、私が一度見てみようかな？」

　チョイが、頭をすっかり引っ込めたヨンフンの前に顔を突き出すと、ヨンフンはぎくっとして体を後ろへ引っ込め、ソファに寝てしまいそうになった。

「わあ、これじゃ放送事故になっちゃいますね？」

「ヨンフンさんは放送事故専門の役者さんだからね。私たちも予想はしてますよ」

「す、すみません」

「すまないことないですよ、ヨンフンさん。とにかく、撮影当日にどうしてあんな格好でカメラの前に立つことになったか、内幕のお話を聞きたいんですが」

「そうですよね。他のゾンビの方たちはちゃんとしてるのに、どうしてヨンフンさんだけあんな真っ青になっちゃったんです？」

　観客たちがケラケラ笑うと、ヨンフンは顔を赤らめたままで話しはじめた。

「あの日は、地下鉄に乗って撮影現場に向かっていたんです。ところで、ソウルではほとんどの駅にホームドアが設置されていますが、郊外の方に行くとホームドアのない駅が多いんですね」

「そうですか？　それは知らなかった」

「当然知らないでしょ。あなたはマネージャーの車でしか移動しないんだもの」

「そういうあなたは、最低賃金がいくらか知ってて私にものを言ってるのかな？」

「いや、私、別に国会議員選挙に出るわけじゃないし」

「そんなの誰にわかります？　将来、何になるかなんて」

　ヨンフンはどのタイミングで話を続けたらいいか様子をうかがった。

「そ、それでですね」

「あ、ヨンフンさんの話を聞かなくちゃ。すみません」

「そうだよ。やっと出て来てくださったのに。僕らの話がどうして出てきたんでしたっけ？　で、ホームドア」

「撮影現場が、路線の端の方まで行かなくちゃいけないところだったもんで、地下鉄に乗ってかなり経っていたんですけどね」

「撮影現場って普通、郊外にありますからね」

「はい。ところで、駅名言ってもいいんでしょうか？」

　ヨンフンが振り向くとADが手でだめだというジェスチャーをしてみせた。

「それで、ほとんど終点に近い駅で人身事故が発生したんです」

「え、もしかして？」

「はい、自殺だったようです」

　チョイが小さく身震いしながらヨンフンの方へ体を傾けた。MCたちは話にちょっと空白ができると、またもや内輪で騒ぎ出した。

「自殺される方たちも気の毒な事情がおありなのは

わかりますが、そんな公共交通機関ではやめた方がいいですよね。運転士の皆さんに罪はないのに。そのためにトラウマが残る方もいるだろうし」

「でも、さぞかし思いつめていたんだろうから。そんな局面で他人に配慮する余力なんかないでしょう」

「でも、それが大迷惑じゃないですか。ぶっちゃけ、わが大韓民国は自殺率が世界一なんですからね。辛口かもしれませんが、そろそろこういう意見が出てきてもしょうがないんじゃないですか。生きてる人には生活があるのに、自分勝手すぎる方法じゃないですかね……。処罰規定を設けて、他人に迷惑がかかるケースを規制したら、そういう事例は減るんじゃないですか？」

「後始末も大変ですもんね？」

「そうですよ。そういうシステムについても話し合っておくべきところまで来てるんじゃないですか、今や！」

「この人、本当に国会議員選挙に出るかもしれないね」

「そうだよ、そろそろ気持ちを固めるべきじゃないの？」

風采の良いMCが高笑いすると、観客たちもつられて笑った。ちょっと寒々しくなった雰囲気を挽回するかのようにスタッフが「大爆笑」と書いたスケッチブックを持ち上げると、笑い声がだんだん大きくなる。ヨンフンはそろそろ話を続けた方がいいのかと周囲を気にしてひやひやしながら、MCたちのやりとりを見守った。そのときテーブルの下で、誰かがヨンフンの膝にトントンと触れた。びっくりしたヨンフンが振り向くと、緊張をほぐしてあげようとでもするように、チョイが笑いながら目を細めてみせた。ヨンフンはしばらくうっとりとチョイを見つめた。

＊

地上波のバラエティ番組に出演してから、ヨンフンの生活はさらにあわただしく流れていった。ヒューマンドキュメンタリー番組で、エキストラとして働くヨンフンの一週間がずっと密着撮影されたり、便秘薬の広告モデルの話が入ってきてコマーシャルを撮ったりもした。ヨンフンは顔を真っ青に塗って片手に便秘薬を持ち、「手違いだけど、腸はきれい！」と叫んだ。ハロウィンには大勢の人が手違いゾンビの扮装をして通りを練り歩き、ニュースで報道されたりもしたし、有名ユーチューバーたちが我先に「手違いメイク」特集を組み、ヨンフンと一緒に動画を撮った。いろいろなイベントにも呼ばれて出演していると、いつの間にか少なくないお金がたまっていた。

この十年間、演技者を夢見ながら、食べていくのに汲々としてきた時期に比べたら、ヨンフンはいつにもまして安定し、豊かだった。事務所ではテレビとイベント中心のスケジュールを組んでくれて、やむをえずスケジュールが重なったときには、いちいちマネージャーと車を提供してくれた。もちろん出演料を精算するときに見てみるとその分も漏れなく請求されていたので、ヨンフンはできるだけ公共交通機関を利用した。だが、どんなに帽子で顔を隠して後ろを向いていても、人々は目ざとくヨンフンを見つけた。初めのうちは他の乗客に迷惑がかかるかと思ってそのつど断ったが、目の前で生意気だと言われてからはおとなしく撮影に応じた。とにもかくにも庶民的で純情なイメージで行くという事務所からの断固たる指示も無視できなかった。

そのころヨンフンは、地下鉄の駅の近くでライブ放送をしていたユーチューバーと偶然に出くわした。彼は、ライブ中に入るコメントを読んでアドリブでいろいろな課題にチャレンジすることで有名な人だ。その日ヨンフンたちを発見した視聴者たちは、「手違いゾンビを一日中マークする」「即興二人芝居、すぐにスタート」「手違いゾンビのおうち公開」などコメント欄に書き込み、ノリでチャレンジ課題を要求しはじめた。自分を見つけた視聴者たちにありがとうと言って予定通り地下鉄に乗ろうとしていたヨンフンは、車輌の中までついてきたユーチューバーに困惑した顔を見せた。すると彼はヨンフンを「芸能人病」だと非難しはじめた。事態がだんだん物騒になっていくのを見守っていた一人の乗客が撮影の中断を要求すると、ユーチューバーはばかにするなと激昂した声で詰め寄った。

　結局、乗客の通報によって二人は次の駅で待っていた駅員たちに連行され、視聴者たちはそれをリアルタイムで観戦し、方々に映像をばらまきはじめた。動画の中のヨンフンは気が気ではなく、あちこちにむかってペコペコしていたのに、投稿のタイトルは「手違いゾンビ、衝撃の乱闘映像」となっていた。書き込みには、撮影を敢行したユーチューバーが礼儀知らずだとか、ひどすぎるというものが多かったが、あいまあいまに手違いゾンビを非難するものも少なくなかった。「手違いゾンビが元凶だよね」「大儲けしたくせに地下鉄なんか乗って。庶民ごっこかよ」「手違いゾンビのキャラ、全部演技なんだって。ほんとは失礼な奴で有名なんだって」。ヨンフンとしては読むだけでも胸がドキドキする内容だ。だが事務所では、ちょっと落ちていた話題性がまた盛り返したと言ってひどく喜んでいる様子だった。

　ヨンフンは手違いゾンビとしてテレビに出て以来、テレビ番組のために別スケジュールを組む以外には撮影現場に出たことがなかった。ただ、ギャグ番組でスペシャルゲストとして出演したとき、エキストラの役を演じただけだ。コーナー名は「死して名を取る手違いゾンビ」というものだったが、エキストラとして働く手違いゾンビが何をどうやっても結局は撮影現場で死ぬという設定だった。手違いゾンビに扮装したヨンフンは、布団をたたいていればベランダから落ちて死に、ポンデギ〔蚕のさなぎを味つけしたスナック風の食べもの〕を食べていれば気道が詰まって死に、縫いものをしていれば針が刺さって出血多量で死んだ。ヨンフンはまじめに演技しながらもずっと冴えない気分だったが、自分が死ぬたびに観客たちも死ぬほど笑うのがそれでも慰めにはなった。

　ヨンフンはときどき現場の空気を思い出した。退屈な待機時間、いつ始まるかわからないスタンバイ、それでも忙しく行き来するスタッフの間で感じた安心感……。現場への足が遠のいたのは、ヨンフンだけではなかった。事務所ではゾンビ映画撮影現場での事情を聞いてからというもの、ジンギに「手違いマスター」というニックネームをつけてやった。そして、ヨンフンが忙しくて行けない地方のイベントや地域のケーブルテレビにジンギを出演させた。あの日ジンギに手伝ってもらったことは事実だが、するといつのまにかジンギが自分でヨンフンのメイクをしてやったという記事が出たのである。もともと現場で会えば話す程度の仲でしかなかったが、その後、二人の関係はいっそうぎこちなくなった。事務所で会っても互いに無言で頭を下げるだけだった。

そんなある日、ジンギから電話がかかってきた。

「よう、手違いゾンビ。俺だ」

「先輩、どうかしたんですか？」

ジンギは、どうかしない限り電話もできないような仲じゃないだろ、というような決まり文句は口にせず、自分の近況をべらべらしゃべっていたが、ちょっと間を置くと切り出した。

「お前、台本もらった？」

「え？　何の台本を？」

「まだ会社から通知が行ってないのかな。俺はもう、条件さえ合意すればＯＫなんだけど……そうはいっても俺とお前はツートップだから、契約前に一度話をすり合わせておいた方がいいだろ？」

「何の話ですか、ツートップって？」

「こんど、俺たちの話で長編映画を一本作る話が入ってきただろ。予算十億ウォンの低予算映画だけど、それでもうまくやりゃ大作になるかもしれない。アル・パチーノが最初から『ゴッドファーザー』に出たわけじゃないからな。みんなそうやって大きくなっていくんだから」

「僕、本当に何も聞いてないんですが……『俺たちの話』って何のことだか……」

「あれだよ、手違いゾンビとそのマスター。夢に向かって疾走する二人の若者が突然時代のアイコンになる。彼らの栄光と彷徨、成功と転落」

「いきなりそんなこと……僕、まだ経験も足りないし発声もだめですから」

「おい、手違いゾンビ！」

「はい？」

「お前、俺にまで設定キャラで対応すんのか？　その設定でテレビに出てるからって、まだそんなこと言うのかよ？　俺だから聞いてやってるけど、どっかでそんな口たたいたら、ボコられるぞ」

「でも、現場経験ももっと積みたいんですよ。それに、僕の話が事実と違うふうに作られていくのもちょっとあれだし」

「事実？　何くだらないこと言ってんだ？　お前、俺がサブキャラでちょっとテレビに出てるのが目障りなのか？」

「いえ、そんなんじゃなくて……」

「おい、事務所がお前を切ろうとするたびに、あいつも頑張ってるんだからって説得して、現場にだけは出られるようにしてやったのは俺だぞ。こんなことまで言いたくなかったけど……あの日の扮装で、俺の役割が決定的だったってこと忘れたか？　真っ青なだけじゃ、カメラが回っても見えやしないよ。煤がついてたから目に留まったんだぞ」

「それは感謝してます。でも……」

「何が『でも』だよ。高いところに上ったせいで回りが見えなくなったのか？　手違いゾンビだけでいつまで食ってけると思うんだ」

ジンギが言い終わると、沈黙が流れた。ヨンフンは電話越しに聞こえてくる激昂した息づかいに耳を傾けながら、思いにふけった。やがてジンギが最初のような優しい声でつけ加えた。

「まあ、そう言わずにもう一度考えてみ。お前は弟も同然だからこんな話もするんだよ。早めにキャラの乗り換えしないと、もたないからな。こんなチャンスは一生に一度だよ。いや、電話でこんな話してないで一杯やりながら話そう。今どこだ？」

「僕、スケジュールがあってすぐ出ないといけないんですよ。お酒はそのうち……」

「そうか、お前最近かなり忙しいんだったな。わかった。そのうち時間があいたら絶対、一杯やろう。それまでは決定は保留だな」

だが、何度か念を押した末に電話を切るとジンギはすぐにメッセージを送ってきた。

すぐ電話しろ。一度、腹を割って話そう。

＊

「『話せない日』助演オーディション」と書かれた

紙が俳優養成学院の練習室のドアに貼ってあった。まともなオーディション会場を押さえられない独立映画制作チームが、練習室を借りて実施しているらしい。ヨンフンは、狭い廊下を行ったり来たりしながらせりふを暗記するのに余念のない人たちの間で、片手に履歴書を持ち、帽子を深くかぶって立っていた。

「チェ・ヨンフンさん、お入りください」

狭い部屋の中央に折りたたみ椅子が置かれ、向かいの机に助監督と演出部スタッフが座ってオーディションは進んだ。二人はヨンフンが入ってきても一度も目もくれず、書類を見ながら忙しくひそひそと会話していた。ヨンフンはわきまえて机の上に履歴書を置き、椅子に座っていた。そのときになって助監督がヨンフンの履歴書をじっと見、演出部のスタッフは携帯カメラで撮影準備をした。

「履歴がすごくシンプルですね？　この仕事をされてどのくらいになりますか？」

「始めてからは十年ぐらいになりますが、ほとんどはエキストラです」

「ちょっと帽子を脱いでみてください」

ヨンフンは帽子を脱いでぎこちなく何度も髪の毛をかき上げた。そのとき、携帯カメラで映像を撮っていたスタッフが悲鳴を上げた。

「助監督！　この方、有名人じゃないですか」

いぶかしそうにしている助監督にスタッフが近づき、耳打ちした。ヨンフンはスタッフの唇が「手違いゾンビ」と発音しているのを読み取ることができた。その瞬間、ぎゅっと握りしめていた手のひらから汗がにじみ出た。

「あの、チョイと一緒にテレビに出てらしたの、拝見しましたよ。でも今、売れっ子の方がどうして……こんな小さい役に」

「……ないもんですから」

「はい？　何がないと？」

「仕事がないんです」

「何をおっしゃる。このごろテレビさえつければあなたが出てるのに」

「僕はエキストラの仕事がやりたいんですが、そういう仕事がないんです」

「エキストラですか？」

「はい」

「いえねえ先生、今、外で座って待ってる人たちが聞いたらそれこそゾンビの群れみたいに走ってきて、噛みつかれちゃいますよ」

「え？　どうしてですか？」

「言わせてもらいますが、エキストラが先生の位置にまで上り詰めるのは大変なことでしょう。ロトに当たるのと同じぐらいの確率で一発当てた人が、こんな役まで狙ってどうするんです。人はみんな、自分に合った茶碗で飯を食うもんです。商道徳が足りません」

「でも僕は、上に行きたいわけじゃないんです」

「我々としては、先生が出てくだされば嬉しいですよ。面白くなりますよね。でも今度の役がどういうのか、わかってて来てくれたのかなあ？　助演と言えば聞こえはいいですけど、失語症の人の役だからせりふが一行もないんですよ」

「それは関係ないんです」

ヨンフンが断固たる口調で、力をこめてそう言うと、助監督とスタッフは顔をつき合わせて検討をした。

「助監督。演技力は五十歩百歩ですけどこの人で行きましょうよ。手違いゾンビがちょっと変わった趣向に変身とか言えば、制作費の助成金ももっといっぱいもらえるはず」

「俺もそう思う。でも、外にいる人たちのこともちょっとは考えてあげないと……すぐオーディションをやめるのも何だから、君がざっと撮るふりして短めに切り上げてよ。俺は先に出て監督に報告するから」

「それじゃもう一人つけてくださいよ。一人じゃできません」

「わかった。制作部の誰でもいいから呼んできて座らせて」

助監督がわざとらしくズボンをパンパンたたいて、席から立ち上がった。うつむいていたヨンフンもつられて立ち上がった。助監督は大股で近づいてくると、ヨンフンに握手を求めた。

「先生、よろしくお願いしますよ。今日先生が見せてくださった熱意に、我々は感動しました。ご存じの通り独立映画ですから資金は不足していますが、だからといって私たちに情熱がないわけでも、能力がないわけでもありません。すべては環境に邪魔されているだけです。その意味では先生も私たちも同じということですね。すぐに監督に話して今日からもうミーティングに入りますから。幸い、シナリオがまだ完成していないので、いざとなったら先生の役をぐっと変えることもできるはずです。私たちの映画は失語症状態に陥ったこの社会の搾取構造を告発するものですから、それを隠喩的にとらえてゾンビ映画に仕立てるとか……」

「ゾンビ映画に？」

ヨンフンはびっくりして、握手していた手を離してしまった。助監督が目を細めてヨンフンの肩をトントンたたいた。ぐったりと疲れきっているヨンフンの体が、紙人形のようにひらひら揺れた。

「アートもいいけど、映画はやっぱり大衆性がなくてはね。我々はともに、水に入るべきときにはともに入り、ともに櫓を漕ぎましょう。オーエス！　オーエス！」

助監督が櫓を漕ぐ身振りをしてみせると、後ろに座っていたスタッフたちがバッと立ち上がり、腕を思いきり広げて叫んだ。

「手違いゾンビ、ファイト！『話せない日』もファイト！　公開するぞ！　大当たりを狙うぞ！」

廊下で順番を待っていた人たちが、室内から聞こえてくるやかましい物音にじっと耳を澄ました。

＊

「おい、この野郎！　何様のつもりで独立映画なんかに！」

室長が厚い台本をテーブルの上に投げ出しながら怒鳴った。この前オーディションを受けに行った映画制作チームから、事務所に台本と契約書が送られてきたらしい。室長の隣ではジンギが固い表情で腕組みをし、ヨンフンをにらみつけていた。

「俺が送ったメールは見たのか？」

ヨンフンは罪人のように深くうなだれた。

「お前ら二人を組ませて長編映画を作ろうとして、俺があちこちでどんなに苦労したと思ってんだ？　その恩返しどころか、よそでくだらんことしやがって」

「室長のご尽力ははかりしれないほどですよ。でもあんまり興奮なさらず、話し合いで解決しましょうよ」

ジンギがドリンク剤のふたをあけて丁重に室長に差し出した。室長は鬱憤のやり場がないのか、ハアハアと荒い息をしていた。

「はっきり言ってお前と俺は戦友以外の何物でもないじゃないか。夜中じゅう一緒に宮殿の歩哨役で立ちんぼしたり、戦場で銃弾に当たって並んで寝転んだまま太陽が昇るのを見たり、激アツのサウナで汗を拭き合った仲だろ。俺に腹を割って話せないことなんてないはずだぞ」

ジンギがとりわけ優しい声で二人の思い出を並べたので、ヨンフンもちょっと安心した。

「先輩、でも僕はそんな器じゃないですよ」

「そりゃまた何のことだ」

「僕は主人公の器じゃないと思うんです。でも、先輩にはできるしきっとうまくやれると思います」

室長がチッチッと舌打ちをしながら割り込んできた。

「何だよ。それじゃこいつを一人で出せってのかい？　この野郎、人前でずいぶんな仕打ちをするもんだな」

「お前が器じゃなくても、この兄貴が助けてやるって言ってんだよ。俺を信じてついてきてくれよ」

ヨンフンには事務所内の空気が重く、息苦しく感じられた。こんなふうに毎回引きずり回されていたら、もうやっていけないと思い、震える心を引き締めた。

「何で絶対に主人公じゃなきゃいけないんですか？」

ジンギがソファからバッと立ち上がった。

「おとなしくしてて現状維持できると思ってんのか？　他の連中がみんな人を蹴落として前へ前へ行くのに、じっとしてたら結局お前だけ取り残されるんだぞ！」

ジンギが大声を出すと、ヨンフンも激昂した声で答えた。

「先輩は前に行ってくださいよ。僕は反対に行ってもかまわないんですから。エキストラがどんなに重要か、先輩も知ってるじゃないですか。主人公しか出てない映画が本当っぽく見えますか？　後ろで小さい役の人が動いててこそ、ほんものになるんでしょ。僕はそれが本当に意味のある仕事だと思うんですよ」

ヨンフンがブルブル震えながら熱弁を振るうと、室長が爆笑した。

「こいつめ、話聞いてみりゃずいぶん高尚な野郎だな。違うか？」

ジンギは呆れたように、カラカラ笑っている室長の隣にぺったりと座り込んだ。室長はさっと笑いを引っ込めると険悪な顔で話を続けた。

「まずは当面、バラエティで予定の入ってるのは出ろ。何が何でも出ろ」

「そのあとは？　またエキストラで出てもいいですか？」

「これをやってから言え。それにお前、もうこんなに顔が売れちゃったんだから、どこ行ったってエキストラはできないよ。わかったか？」

ヨンフンはやりきれないのか、手のひらでずっとみぞおちのところを撫でおろしていた。

「お前、うちと五年契約だってことわかってるよな？　年数じゃなくて日数でだ。これはお前を説得するために言ってるんじゃない。契約の話をしてるんだ。しっかりしろ」

「それ、どういうことでしょうか？」

ヨンフンがあわてた顔で聞くと、室長は恐ろしい声でつけ加えた。

「契約不履行で訴えられたくなかったら、考えてものを言え」

＊

家のあちこちに設置されたカメラが、ヨンフンの一挙手一投足を撮っていた。朝起きて、コマーシャルの一場面のように総合ビタミン剤を口に放り込み、体操をする様子、簡単に朝食を作って食べ、皿洗いをしながら鼻歌を歌っている様子、鏡の前で台本を持って練習している様子……平凡な日課が続いていくと急にブザーが鳴った。予定外の状況だったので、ヨンフンは冷蔵庫の中に隠れているプロデューサーをじっと見た。プロデューサーは早く出ろと無言の手振りで伝えた。ヨンフンがそっとドアを開けてみると、きれいに身支度した老夫婦がドアの前に立っていた。

「何のご用件でしょう?」

ヨンフンの顔を見るや否や、おばあさんがわっと泣き出した。戸惑ったヨンフンはともかくお入りくださいと言って、老夫婦を家に上げた。おじいさんが何度も何度も頭を下げながら、おばあさんを支えて中へ入ってくる。老夫婦はもたもたしながらもヨンフンから片時も目を離さなかった。家の中に設置されたカメラや、隠れているスタッフたちのことは意識していないようで、撮影中だということもわかっているようだ。ヨンフンは急いでキッチンからお茶を持ってきた。お茶を飲むと落ち着いたのか、おばあさんはバッグを開けて写真の入った額を取り出した。そこには、ヨンフンより少し年上に見える男性の微笑む顔が収められていた。まだわけがわからず面くらっているヨンフンに、老夫婦は写真の中の男性の事情を話してくれた。

三十歳をとうに過ぎて、趣味を持ってみようかと入った一般人対象のミュージカル教室で、男性は新しい世界に目覚めた。遅ればせながら演技者を夢見るようになった彼は、仕事を辞め、両親と一緒に暮らしていた故郷の家を離れ、一人でソウルへ上京した。インターネットの求人サイトでかろうじてエキストラの仕事を見つけて現場へ出たりしていたが、それで得られる仕事のチャンスはべらぼうに少ない。そうこうするうちに、現場で顔なじみになったキャスティング担当の室長の紹介で、その人のエキストラ派遣会社に入ることになった。男性は会社に所属したことを単純に喜ぶばかりで、どんな会社なのか調べてみようともしなかった。彼は、現場の仕事がないときに事務所で手伝いもできるかと聞かれて、喜んで「はい」と答えるほど意欲に満ちていた。だが徐々に、現場に出るよりも事務所で仕事をする日の方が多くなっていく。休日もなく、土日にも出勤して働いた。室長は男性の月給も、出演料の支払いも日一日と引き延ばした。そうやってまる一年、無給で働いた。男性は家の保証金まで使い果たしたが、それでも来月の家賃を払うお金が足りなかった。どうしようもなくなった彼が両親にすがると、父母は、芝居の仕事は辞めて故郷に帰ってこいと説得したが、男性は夢をあきらめることができなかった。その後も何ヵ月間か、交通費をもらうだけでがまんしていた彼は、やっとのことで室長に、遅配になっている給料をくれと切り出した。「こんど」という口約束で言い争いになり、言い争いがついにとっくみあいになってしまった。彼をけしからん奴だと考えた室長はしばらく後、関わりのあるチンピラどもの会社に頼んで彼を監禁、暴行した。そのようにして何日か続いた暴力の現場からやっとのことで逃げ出し、家に帰った日、男性はプラットフォームに入ってきた電車に向かって身を投げた。ヨンフンが手違いゾンビとして生まれ変わったあの日、あの駅でのことだった。

「テレビで見て、まるで私たちの息子の恨みを晴らしてくれたみたいで」

おばあさんは感激した声で何度もくり返した。隣でおじいさんが無言のまま、首をゆっくりと縦に振っていた。ヨンフンは彼らの手を握りしめて泣き出した。まるで幼いころに戻ったように、おいおいと声を上げて泣いた。男性の写真の上に涙の粒が絶え間なくこぼれ落ちる。しまいにはかえって老夫婦が彼の背中を撫でて慰めてくれる始末だった。とうとうプロデューサーが姿を現してヨンフンに声をかけたが、無駄だった。その間もカメラは低いアングルから、彼が体を震わせて泣いている姿を逃さずとらえていた。ヨンフンは老夫婦が帰ったあともかたつむりのように体を丸めたまま、無念そうに泣いていた。胸の奥から湧き上がってくるような泣き声は、視聴者たちに言葉以上の言葉を伝えた。

すっかり気勢をそがれてしまったそのバラエティ番組は、圧倒的な視聴率を記録した。再生回数がその局の再視聴映像中で歴代最高を記録し、ユーチューブには何百本ものリアクション映像がアップされた。「夢を歌う」という内容のポップソングをかぶせて編集された映像がＳＮＳに乗って、把握できないほどのスピードで広まっていった。いつのまにか政府の掲示板にエキストラの生計と待遇改善を要求する請願が寄せられた。その週のニュース番組がすばやく「人権の死角地帯――エキストラの実態」というタイトルでこの問題を扱ったため、話題は続いた。しばらく他の番組に登場していなかったヨンフンは番組の最後のインタビューに出て、現場の実態と苦衷を生々しく語った。「青年問題」という彼の一言がパラダイムとして位置づけられ、ヨンフンはこの問題の中心人物になった。

＊

真夜中十二時を過ぎてもやかましく鳴りつづける携帯をのぞきこんでいたヨンフンは、電源を切って床に投げてしまった。そしてソファの上に長々と伸びてテレビをぼんやり見つめた。ケーブルチャンネルで、シーズンを過ぎた韓国映画をやっていたのだ。画面の上に出ているタイトルには見覚えがない。ヨンフンは首をかしげて、画面の中に情報を探してみた。登場人物がポケットから出した携帯の機種を見ると、少なくとも五年は前の映画らしい。見慣れた顔の主演俳優が喪服を着て火葬場の前に立っている。その隣でエキストラたちがタバコをくわえて談笑しており、主人公がその中の一人に近づいていって火を借りた。そのときヨンフンはガバッと起き上がった。

「え？」

ヨンフンは画面の中に入っていきそうな勢いで思いきり体を低くした。彼が画面から目を離せずにいるうちに、誰かが主人公を呼ぶ声が聞こえてきた。主人公はあわててタバコを床に落として消し、声がする方へ走っていった。近くにいた人たちが驚いた顔で彼を見つめる場面が一瞬流れた。

映画の最後に端役の俳優たちの名前がまとめて現れ、すーっと流れていきそうになると、ヨンフンは急いで携帯を握った。だが、携帯の電源が入る前にエンドクレジットは終わってしまった。ヨンフンは立ち上がってノートパソコンの前に行き、検索窓に映画のタイトルを打ち込んだ。すると、再放送のサイトがずらずらと連なって出てきた。やっと映画を再生したヨンフンは、火葬場の場面を探して早送りで見てみた。そして、主人公の隣でタバコを吸っていた一群の男性たちが画面に出た瞬間、停止ボタンを押した。画質がよくないので男性たちの顔は白っぽくぼやけている。何人かは画面に背を向けており、顔も見えない。ヨンフンは再生と停止のボタンを続けざまに押しながら、穴があくほど画面を見つめた。同じ場面で秒単位で停止ボタンを押していき、とうとう見たかったものを見つけたのか、手を止めた。そして画面に指を持っていくと、その上に何度も丸を描いた。その中には、首をかしげたままタバコを踏んでもみ消している一人の男性がいた。

＊

「いらっしゃいますか？　昨日電話した映画社の者ですが」

帽子を目深にかぶった男性が、半地下の部屋のドアの前で、故障したのか鳴りもしないブザーを何度も押してみては、ドアをドンドン叩いていた。中からはのろのろと動く人の気配がしたかと思うと、鈍い音をたてて金属のドアが開いた。

「やらないって言ってるのに、どうしてここまで来るんだ」

中から出てきた老人が、帽子を脱いでぺこりと挨拶するヨンフンを見て驚いたのか、あんぐりと口を開けた。

「ちょっとお邪魔しますね」

ヨンフンが老人をそっと押しのけて家に入った。老人は当惑顔をして、中腰になってヨンフンについて家に入る。狭い一間だけの空間を見回したあと、ヨンフンはすみに置いてあるお膳の前に腰を落ち着けた。そして、老人をまっすぐ見上げながら言った。

「カン・ギナムさん、もう嘘はやめてください」

老人はうーんという声を上げて、ヨンフンの向かいに座った。

「私をどうやって探し出したんだ。テレビ局で聞いたのか？」

「いいえ、自分で探したんです。映画に出ていらしたから」

「映画？」

「はい。夜中のケーブルチャンネルでやってたんですよ。『父母のすべて』っていうの」

「あーあ、何に出たんだか憶えてもいないが。年をとって……」

ヨンフンが大きくため息をついた。すると老人がちらっとヨンフンをうかがい見ながらつけ加えた。

「若い人は、人真似も上手だね」

「名前を見つけて検索してみたら、シルバー俳優サイトに登録していらっしゃるし、写真も電話番号も載っていましたよ」

「それでわざわざ訪ねてきたのか？　私を問い詰めに？」

「問い詰めたいんじゃなくて……」

「調べたいならテレビ局の連中に聞け！　私は大した金ももらってないんだ！　そうでなくとも、顔が売れてしまったから当分は仕事もできないんだ。こんなうるさいことになると知っていたらあの仕事は受けなかったよ。ううう」

「じゃあ、どうしてついたんです、あんな嘘を」

「嘘だなんて。そんなことはよく知っているはずの君が何を言うんだね？　私はただ仕事をしただけだよ。撮影現場に行って、あのばあさんと私とペアだと言われりゃ、そんなもんかと思うだけだ。この年になって、食っていくのも一苦労なんだ」

老人は、口元に白い唾がたまるまでだらだらと話しつづけた。

「あの日は、覚えなきゃならんことも本当にたくさんあってね。私もばあさんも苦労したよ。それでも私は大したことなかったな。あの人はせりふも私の倍ぐらいあった。そのおかげでギャラも倍もらっていったがね。それだけのことはあるだろう」

じっと聞いていたヨンフンの口から、虚脱したような笑いが流れ出た。

「そうですか。息子さんのストーリーがすごく長かったけど、おばあさんは隠れた名人ですね」

「私もあの半分でも消化できてたら、こんなに隠れて悔しい思いをすることもなかったろう。君もそうじゃないか。あの番組でいちばんいい目を見たのは誰だと思ってるんだ。お門違いだよ。怒りたいならテレビ局に行って問いただせ」

「すみません、怒りに来たんじゃなくて……」

「私はもう怖くて、びっくりしちまったよ」

「映画に出てらっしゃるのを見て僕もびっくりしたんですよ」

二人はしばらく無言で、黄色い床を見おろしていた。老人は膝をつかんで立ち上がり、冷蔵庫からコーラを出してきてヨンフンに差し出した。

「今、稼げるだけ稼いでおきなさい。そうすれば、年をとってから嘘をついて憎まれたりすることもなく、生きていけるよ」

ヨンフンは何と答えていいかわからず、ぐっとうつむいたままコーラの缶を受け取った。

＊

ヨンフンはポケットの中で、ぬるくなったコーラの缶をまさぐった。地下鉄の駅に入ってからしばらく時間が経ったようで、電車が隣の駅を発車したという案内放送が流れてきた。ソウル中心部からかなり離れた郊外の駅には、やはりホームドアが設置されていなかった。

あの日電車に身を投げた人は誰だったのか。演技者を夢見たものの搾取と暴力に苦しんだあげく、自ら命を断ったという男性の事情は、完全に放送作家の手から生まれたお話だった。その中のどこかの部分には事実が混じっていたのではなかったか。だが、誰に何を聞けばいいのか。

黄色い線の内側に一歩下がれという案内放送がくり返された。ヨンフンは事故で止まった電車の中で撮影現場に遅れるかもしれないと不安に震えていた自分の姿を思い浮かべた。あたりを見回すと、何人かの人が線路の方へ近づいていた。ヨンフンがもう一歩踏み出せば、このうちの誰かの人生が変わるかもしれない。その人生にはどんな別名がついてくるのだろう。

「あっ、手違いゾンビだ！」

もうちょっといい別名ならいいのに、とヨンフンは思った。彼のまわりに人々が集まってきた。携帯のカメラのシャッター音がせわしく響きつつ近づいてくる。ヨンフンはポケットから手を出して帽子を脱いだ。そして、つぶれた髪を手でかき上げながら、集まった人たちに背を向けた。ヨンフンの顔を確認した人たちが喜んで歓声を上げていた。電車がホームに入ってきて、警笛を大きく鳴らした。


（八六年、ソウル生まれ。著書『悲しくてかっこいい人』、『私が30代になった』）

解題

音楽、文筆、映像とマルチな仕事でどんどんファン層を広げているイ・ラン。エッセイ集『悲しくてかっこいい人』（呉永雅訳、リトルモア）、『私が30代になった』（中村友紀・廣川毅訳、タバブックス）も好評だ。

「手違い〜」は、直訳すると「糞の手」。不器用な手という意味で、運がないというニュアンスも含む（対義語は「金の手」）。「ぶきっちょゾンビ」などいろいろな訳語を検討したが、「手」の一文字を活かしたかったことと、メイクの結果が思ってもみない運命を招いてしまったことを考え合わせて「手違いゾンビ」とした。

実はこの作品は、途中で大きく書き換えられている。完成形と当初の原稿を比べると、エピソードも違い、何より深刻さと切実さが大きく増して、端々に男性の生きづらさが浮かび上がってくる。その様子を見ながら、韓国の現実と若者の悩みの大きさに即した表現を模索するクリエイターの奮闘過程を目撃する感があった。

「文藝」二〇一九年秋季号では、エッセイ風の作品「あなたの可能性を見せてください」を紹介したが、今回は、より物語性のある「手違いゾンビ」でイ・ランの多様な世界を見ていただきたいと考えた。なお、本作も「あなたの可能性を見せてください」も、韓国で十月に刊行された『イ・ランのお話の本——アヒルの名前づけ』に収録されており、同書の日本語版『手違いゾンビ』（仮題、拙訳）は河出書房新社より二〇二〇年に刊行予定。

斎藤真理子×鴻巣友季子

世界文学のなかの隣人

祈りを共にするための「私たち文学」

写真＝宇壽山貴久子

韓国文学の始まり

鴻巣　韓国における文学の成り立ちとはどのようなものでしょうか？　例えば西洋では、文学は韻文の物語詩や戯曲から始まります。歴史上活躍した英雄の記録や、国家を讃える叙事詩などです。日本の近代化は十九世紀の後半でしたが、比較的散文文学の発達が早く、平安時代に『源氏物語』という世界文学が生まれていますよね。これにより、男性が韻文や漢詩を書く一方で、女性の手による散文のかな文学という流れができました。漢字・漢文の輸入翻訳文化を持ちながら、同時に独自の言語を用いた文学を発達させてきた稀有な例かと思います。

斎藤　そうですね、韓国も漢文優位だったことは間違いないです。朝鮮王朝第四代王・世宗《セジョン》が一四四六年に、国字としてハングルをつくります。ハングルができたことで、古くからの口承歌謡が記録されたり、『春香伝』などの小説がハングルで書かれました。『春香伝』は日本でいえば忠臣蔵のようにポピュラーな物語です。とはいえ、両《ヤン》班《バン》（219ページを参照）が漢字で書く文学と庶民がハングルで書く文学とがあって、その中でハングル小説は一段低い扱いではあったのですが。

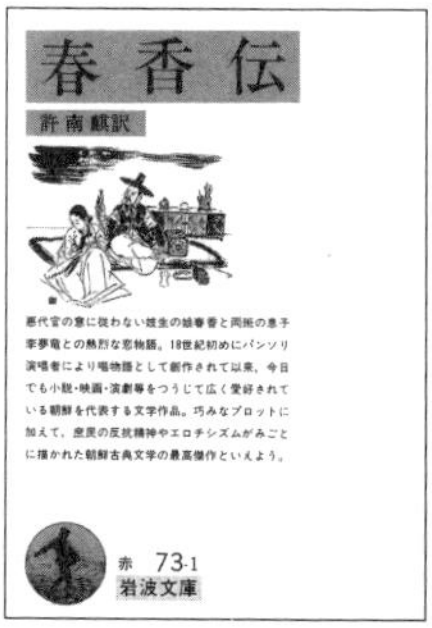

『春香伝』許南麒訳
（岩波文庫、1956年）

『無情』李光洙
波田野節子訳
（平凡社、2005年）

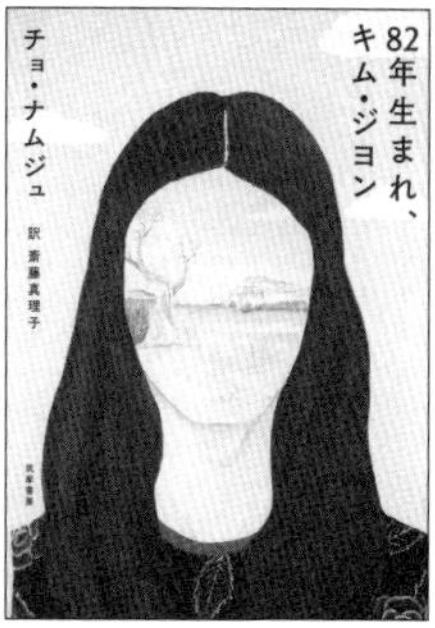

『82年生まれ、キム・ジヨン』
チョ・ナムジュ　斎藤真理子訳
（筑摩書房、2018年）

鴻巣　ハングルができた頃は、西洋的にみれば中世から近世のあたりですね。近代以降の日本の小説は、もちろん西洋の影響はあるけど、洞察や観察の仕方などは、例えば『枕草子』など、中世の女性による随筆にエッセンスがあると感じます。とはいえ、日本にいまの形の小説が確立するのは明治時代ですが、韓国ではいかがでしょうか。

斎藤　韓国の近代化は日本による植民地支配と重なるので、文学も日本経由になります。そこが文学史を考えるうえで非常に重要かつ繊細なところで。近代小説は、李光《イグァン》洙《ス》の『無情』（一九一七）をもって確立したということになりますが、これはハングルで書かれた小説で、自分たちの言葉で、自分たちの文字で、自分たちの物語を書いたという意味で近代小説第一号だったのですね。しかしその後、李光洙は、対日協力をしたということで民族反逆者の烙印を押されてしまいます。ここだけ見ても、一筋縄ではいかない苦労とともに近代文学が作られていったことがわかると思います。

小さい武器で小刻みに書く

鴻巣　ハン・ガンやパク・ミンギュをはじめとする、いま韓国のコンテンポラリー文学とされている小説は、どのようにして生まれたんでしょう？　チョ・ナムジュ『82年生まれ、キム・ジヨン』のような、誰もが経験しうる身近なことを書くリアリズム小説は、いつぐらいから書かれるようになったんですか？　例えばまず英米文学でいうと、アメリカがベトナム戦争に負け、冷戦の壁が崩れたことで、歴史性をテーマにした「大きな物語」が八〇年代頃に一度終わったと言われています。それまでは何を憎めばいいのかが割合はっきりしていたのが、結局そんなことに意味はなかったと気づくわけです。それでどこへ行くかといえば、ミニマリズムです。もっと身近なことを、大げさでない言葉で物語にするようになった。レイモンド・カーヴァーやアン・ビーティですよね。日本文学はもともと私小説の文化だから身辺雑記ばかりだと言われるけれど、実際はそんなことはありません。同じ八〇年代に日本には村上春樹がいたこともありますが、早い時期からＳＦ、ファンタジーや奇想世界に足場をつくり、歴史と向き合い悪を掘り下げる大柄な物語が書かれていました。高橋源一郎や池澤夏樹、小川洋子、奥泉光らが出てくるのもその時期です。当時世に出た作家でずっと旺盛に書いている方々を見ると、スケールの大きなテーマで書いてきたのがわかります。

斎藤　韓国では、「大きな物語」が崩れたことは一度もないと思います。前提として、文学どころではない時期も多々あったということがありますね。まずは植民地であり、そこから解放されるとすぐに朝鮮戦争で南北に分断されてしまい、そして軍事政権下で表現の自由がない。そこをかいくぐってさまざまな文学的な試みがなされてきましたが、それと同時に何が書かれるべきかということがとても真剣に論議されました。北朝鮮の存在がある以上、南の文学は何を目指すべきかという思想性、政治性が常に問われるわけです。特に南北関係が解決されていないことはとても大きくて、常にこれを何とかしなくてはいけないという大義がありますから。技法としてはさまざまな試みがなされましたが、篤実なリアリズム小説の力が強かったと言って良いのじゃないかと思います。作家たちはおおむねたいへん真面目なんですが、ときどきとても変わった人が現れるのが面白く、『82年生まれ、キム・ジヨン』のチョ・ナムジュさんもそうなのかもしれません。

「大きな物語」を、大きい武器を使って書くというよりは、小さい武器で小刻みに書くようになった、というのがいまの韓国文学ではないかと思います。なので、ある時期から書き方が変わった、ということはいえると思います。例えば舞台を小さく設定したり、視点を低く保ったり、主人公の身振りが小さくなったり。

鴻巣　なるほど。テーマは変わらなくても、大義や戦争を語るための大きな言葉から、もっと繊細な言葉に変わったということなんですね。

斎藤　自分自身を語る言葉が豊富になってきたのは、おそらく九〇年代半ばくらいからで、二〇〇〇年代に入って本格化したのではないでしょうか。実はそこに日本文学の影響もあるんじゃないかと私は思っています。ときどき友人たちと話すんですが、九〇年代から村上春樹が大流行し、村上龍、吉本ばなな、高橋源一郎といった人たちの作品も非常によく読まれました。それらの本を見るとけっこう直訳が多いのです。例えば、日本語では使役や受け身をたくさん使いますが、それは韓国語には訳しにくいんです。そこでやむをえず直訳すると、意味は通るけれど韓国語としてはちょっと不自然になる、けれどもそっちのほうが何となく定着していくということがあったのではないか。結果として、文体の変化が誘発された可能性もあるのではないかと、これは仮説なのですが。

鴻巣 翻訳された文体がその国の言葉に変化をもたらすという例は、日本でもたくさんありました。村上春樹のレトリックや比喩の用い方などがまさに英米文学からのそれですね。比喩は、理解できないことやうまく伝えられないことを相対化するために使います。ばらばらになりそうな世界をつなぎとめるための手段だと私は思っていますす。前に訳した終末世界ものの小説では、登場人物が混乱して絶対的な価値基準を失っているために比喩だらけでした。

斎藤 そういうレトリックは韓国の小説にもいっぱい見られますが、自身の困惑を比喩を駆使して解釈しようとする傾向は男性のほうが強いように思います。いま日本で訳されている韓国の小説は女性が書いたもののほうが多いのですが。

鴻巣 女性作家の作品が多く訳されているのは日本でニーズがあるからなのか、それとも女性作家の勢いがすごくて韓国でトップを占めているために自然と増えているのか、どちらなんでしょう？

斎藤 後者だと思います。いままで何度か女性の文学が注目されたことがあり、九〇年代にも盛り上がりがあったのですが、現在はいっそう活性化していますね。いまの三十代、四十代の女性作家たちは着眼点も方向性も面白く、充実しています。ただし技法や文体については、以前の時代より工夫が見られないと言われたりしていますけど。また、フェミニズム文学と並んでいまの文学の世界を牽引しているのがクィア文学ですね（214ページを参照）。

男性作家についていえば、かつては国家に抵抗したり、あるいは苦悩し鬱屈するというような定型に縛られがちでした。いまはそこから、自分をさほど大層なものではないと軽量化できた人の作品が出てきて面白いと思います。

鴻巣 それは日本も英米もありましたね。政治的季節の六〇、七〇年代の後、トム・ウルフの『そしてみんな軽くなった』などは象徴的で、重いことを重い言葉で語らない時代が到来しました。

斎藤 韓国では、小説を読むのは女ばかりと言われたりしますね。三十代、四十代の女性が主な読者層だから、その年代の女性作家の作品がよく売れ、文学賞もとるのだと。たしかに『82年生まれ、キム・ジヨン』などはまず女性の読者に火がつき、それに付随するかたちで男性も読みました。同時に男性から激しく攻撃され、攻撃されるたびに売れるという構図でした。

翻訳作品は少しファンタジー

鴻巣 『キム・ジヨン』は韓国で二〇一六年十月に発売され百万部を突破、日本では一八年末の刊行から現在（二〇一九年五月）まで十三万部のベストセラーになっています。韓国の小説が日本でこんなに売れたのは初めてですよね。海外文学に関心のなかった若い読者にも届き、ある人たちのストライクゾーンを射抜きました。とはいえこの作品の中心テーマであるフェミニズムの問題は、日本文学でももちろん書かれてきました。例えば生殖をめぐる問題だったら村田沙耶香。川上未映子も最新作『夏物語』で人工授精をテーマに入れています。

松田青子なども社会での女性特有の生きにくさを描き続けている。それでも、ここまでクリアなスマッシュヒットは稀有です。日本の近現代文学になくて、『キム・ジヨン』にあるものは一体何なのでしょうか。

斎藤　韓国でも、これほど売れると思っていなかったそうです。それで初版部数も控えめだったんですが、口コミでどんどん広がり、作家も編集者も出版社も驚いた。出した側がそうであるくらいだから、評論界もなぜこれが売れるのか必死で分析したようです。文芸作品としてはもっと優れたものが数多くあるのに、これほど大衆的人気を獲得したのはなぜなのかと、評論家の間でも論争が起きました。それらを読んでみると、「政治的には正しいが、文学として美学が足りない」という分析がなされたりしていますが、決定的な答えには至らず「今後も考えていかねば」みたいな結論だったようです。

鴻巣　韓国でも謎だったわけですね。これが日本で売れたのは、一つにはやはり翻訳作品だからだと思うんです。主人公であるキム・ジヨンと同世代の日本人が「これは私の物語だ」とストレートに受け取れるのは、翻訳という言語操作が一段階入ってるからではないかと。

斎藤　その通りですね。これは〝キム・ジヨン〟だから読んでくれるのであって、〝佐藤裕子〟ではだめなんです。

鴻巣　え？　佐藤裕子？

斎藤　一九八二年に日本に生まれた女の子の名前で一番多かったのが裕子だと、版元の筑摩書房が調べてくれたんです。いちばん多い姓が佐藤ですから、キム・ジヨンの日本版は佐藤裕子だろうと。『キム・ジヨン』では登場する女性にはすべて名前が与えられていますが、男性にはありません。だから「佐藤裕子、母・佐藤幸子、父」と並んでいたら、そこでたぶん違和感があって、特に男性読者は読むのをやめてしまうと思います。「キム・ジヨン、父」だから、男に名前がないことを意識しすぎずに済む。翻訳というのは、少しファンタジーが混ざる感覚ですよね。

鴻巣　まさにそうですね。他言語に訳された時点で、ある種の神秘性、不可視性を獲得する。それが読者を呼び止める効果があって、読み逃されずにキャッチされるんですね。佐藤裕子が主人公で舞台は日本、同じ物語をもしも日本の女性作家が書いたとしても、おそらく編集者に指摘されて直されたでしょう。物語の構造もメッセージの表現もストレートすぎるから、もう少し捻りましょうとか（笑）。だから『キム・ジヨン』は、本当は日本語で書かれたかったけれど日本では書かれ損ねた、またはこれから書かれるはずの、そんな作品なのだと感じています。そういう意味で、翻訳作品も日本文学の一部なんですよね。

　ところで、わたしの翻訳講座をまとめた『翻訳ってなんだろう？』という本が韓国で翻訳出版されることになったんです。翻訳論を翻訳するだけで大変なのに、これは実践講座なので、英語を日本語に訳すプロセスをかなり細密に再現しているんです。つまり、英文学を一度「日本文学」にしたものを韓国語に重訳することになりますよね？　『ふしぎの国のアリス』の謎かけなど、二重三重によじれるはずで、訳者の苦労を思うと寝込みそうになります。

斎藤　韓国語は日本語と文法が似ていて、SVOタイプではないので、英語を訳す際、基本の悩みどころは共通しています。ですから隣の国でどういう工夫をしているかはとても重要な情報だと思いますよ。もちろん訳は大変ですが、それより情熱が上回るのでは。私もその韓国語版、早く読みたいです。

拙いようで結果的に周到な構造

斎藤 『キム・ジヨン』はあらゆる意味で周到な作品だったということを、日本の読者に読んでもらって改めて知りました。この小説の構成面を従来の感覚で見ると、あれっ？というようなところがたくさんあります。例えば冒頭から主人公に憑依現象が起きていて、それが謎として物語を引っ張る形になっていますが、全く回収されないまま結末を迎えます。

鴻巣 私は初めてこの作品を読んだときに、解離性同一性障害ものかと思いました。昔の言い方だと多重人格ですね。そうした作品は『五番目のサリー』や『24人のビリー・ミリガン』など九〇年代の英米文学では山ほど書かれましたから、「お、ブーム再燃？」と思ったんです。でも、全然違いましたね。

斎藤 キム・ジヨンに憑依しているのは実母です。嫁いだ娘を心配する母親が娘に憑依している入れ子状態が、絆の強い韓国の母子らしいと思いました。でも冒頭に一度出てくるだけ。これは小説としてとてももったいないですが、憑依が繰り返されないことによって、キム・ジヨンに感情移入した読者は没頭したまま読み終わる。主人公を介した追体験が強烈になる構造です。結果的にすごくよくできている。これがノンフィクションだったら、ここまで読まれません。チョ・ナムジュは元々テレビの放送作家です。『キム・ジヨン』は再現ドラマのようにつくられていて、作家の特性がよく出ていると思います。再現ドラマの主人公ってあまり顔の知られていない女優さんが演じるじゃないですか。顔が際立ってはいけないからですよね。

鴻巣 だからカバーの女の子には顔がないし、文中に容姿の描写もないわけですね。

斎藤 カバーの絵を描いてくださった榎本マリコさんはすごい読み手です。顔がないから皆自分自身だと思える。目や鼻や口があるはずの場所には、殺伐とした風景が描かれています。そしてカバー裏では、鏡に映してもなお顔がなくて、やはり同じ荒野が広がっているんです。

拳をふるうだけが暴力じゃない

鴻巣 『キム・ジヨン』も、短編「ヒョンナムオッパへ」も、身体的な暴力をふるうDV男が出てくるわけではありませんね。はたから見たら彼女を守る優しい彼氏に見えるかもしれないくらいだけど、分け入っていくと色んなモラルハラスメントが見えてくる。キム・ヘジンの『娘について』に出てくる母親もそうですね。英米のドラマとか小説などには、すでに八〇年代ぐらいから、「妻のできないことをなんでもしてあげて自分は無能なのだと思わせ、結果的に支配する」というモラハラ夫がけっこう描かれていました。最近の日本文学では、角田光代の『坂の途中の家』がなんといっても怖い。とはいえ、近年まで日本人の読者は、そういう陰険なモラルハラスメントについて語る言葉を、意外と持っていなかったように思います。せいぜい「おせっかい」くらいでしょうか。だから、英語の condescend(ing) が出てくると訳せなかった（笑）。それがこの十年でとても便利な言葉が現れました。一つは「上から目線」。もう一つは「マウンティング」、もう一つが「マンスプレイニング」。この三つのおかげで、日本人読者の抱えていたある種の不愉快感をだいぶ表せるようになったと思います。

斎藤　「ヒョンナムオッパへ」のモラハラについていえば、韓国の大学では男性が約二年兵役につきますから、上級生と下級生の年齢差が六歳もあります。二十代のときにこの差は大きいですよね。しかも韓国では年齢による上下関係が非常に重要で、上の人が下の人の面倒を見、指導してやらなければならないという大前提が厳然としてあります。これは社会のセーフティネットでもあるのでたいへん重要なんですが、一方ではモラハラと紙一重になることもあるわけで。男性のヒョンナム化はいわば、社会全体のルールの一部でもあるので、これに異議申し立てをするのはやりづらいでしょうね。だからこそ、それを蹴飛ばしたときの快感が大きいのでしょうが。

　九三年に『サイの角のようにひとりで行け』という、『キム・ジヨン』の先駆けのような小説がベストセラーになったことがあります。この小説には『キム・ジヨン』との圧倒的な違いがあって、男が女をとにかく殴るんです。『キム・ジヨン』には盗撮や痴漢は出てきますが、誰も誰かを殴りません。

鴻巣　直接的な暴力ではないハラスメントの陰湿さ、隠れているがゆえの悪質さに、皆がこの数年で一斉に気づき始めたんですね。

ユニゾンを奏でるシンプルな物語

鴻巣　女性たちが抑圧と戦うレティシア・コロンバニの話題作『三つ編み』を読んで、支持する読者層が『キム・ジヨン』と共通するように思いました。フランスで百万部の大ヒットを記録した作品です。著者はフランス人で、登場人物の三人はインド人、カナダ人、イタリア人。女性たちが三者三様の苦境に立ち向かう物語です。

斎藤　私もこの二作品は似ていると思いました。三人は人種も境遇もそれぞれバラバラに見えますが、女性の人生に生じる苦難がくまなく描かれていて、意味があって選ばれていることがわかります。コロンバニも映像関係者で、映像的なシーンをつないでいく描き方が特徴的ですね。物語の叙述がフラットなのも似ています。

鴻巣　淡々と言葉を並べていきますよね。表現も構造も直球であり、あまりごちゃごちゃ複雑にしません。現代文学は、多声性、多元視点、重層性、両義性といったものを重んじてきました。でも『キム・ジヨン』や『三つ編み』はそれらを排しています。『三つ編み』は三人の物語だけど、複雑なハーモニーまたは不協和音でなく綺麗なユニゾンになっています。

斎藤　シンプルなんですよね。今まで声になっていない女性の思いを顕在化させる、という目的意識がはっきりしている。自分たちが社会の代弁者として伝えなくてはいけないことがある、といったたいへん素直な動機があると思います。

韓国文学における〝倫理〟

鴻巣　韓国文学は、もともとメッセージ性が強い傾向にあったのか、偶然いまそのフェーズにあるのか、どちらなんでしょう。

斎藤　伝統的にずっとそうだったと思います。「大きな物語」が壊れないのは、作家の使命といった前提もあまり壊れていないからでしょう。伝統的に「武」より「文」のほうが地位が高く、作家・詩人は知識人の代表で、良い価値観を示し啓蒙する義務があるといった建前が日本より強いと思います。そのためか、韓国の文芸評には〝倫理〟という言葉が頻出します。文学は倫理性を具えていなければならない、という大きな命題があるのですね。

鴻巣　なるほど。日本の批評では倫理という言葉はまず使わないですよね。使うと途端に胡散臭い感じがしてしまう。倫理が重んじられる中で、一連のフェミニズム運動はどう見られていますか？　従来の文学が具えてきた倫理と、新たにフェミニズムによって提示される倫理が、ぶつかったり分裂したりすることはないのでしょうか。

斎藤　建前としては分裂していません。『キム・ジヨン』の評なら、「女性の人権がより保護されるべきことは疑いようもない。しかし文学性が低い」とか「しかし極端だ」となります。

鴻巣　「しかし」と来るわけですね。

斎藤　韓国でももちろん、文学と政治的な正しさの関係についてはさまざまに議論があります。ただ日本文学は、潔癖なまでに倫理的であることを拒否するというか、顕現化させてはならないと考えているところがありますよね。

単純なものはだめなもの？

鴻巣　テーマを顕在化させるか沈潜させるかというのは、本当に難題です。私はカズオ・イシグロが『夜想曲集』のあたりから、共産主義と資本主義の違いは埋められないとか、生まれた国の違いは埋められないなどといったメッセージが、急にわかりやすくなったと感じたことがあります。『忘れられた巨人』の評で「テーマの顕在化」と書いたのですが、私はどうもそれをいけないことだと思っているようだと、いま気づきました。「小説は外交官でも文化大使でもない」という言い方をしたことがありますが、テーマは深いところに沈潜していなくてはいけないと。しかしいま、韓国に限ったことじゃなく、どうしようもなく悲惨な現実を前に、世界の文学がすごくストレートになっている気がしています。

斎藤　『三つ編み』が百万部ですから、驚きますよね。わかりやすくすると普段本を読まない人に届いて、それを機に読書に興味を持ってくれるという、良い売れ方をすることも確かですが。

鴻巣　文学はこれまでアイロニーや風刺やパロディなどを駆使して権威への批評を行ってきました。でもいまは、フィクションを軽く飛び越えるほど酷いことが、現実世界に次々と起きてしまう。まわりくどいことをしている場合ではないということなの

『ヒョンナムオッパへ　韓国フェミニズム小説集』チョ・ナムジュ他　斎藤真理子訳（白水社、2019年）

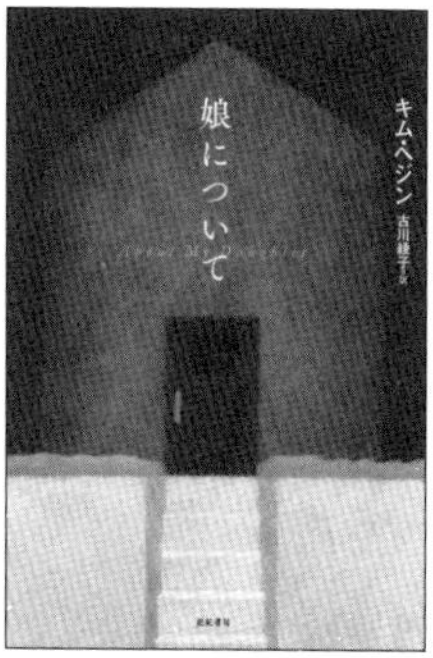

『娘について』
キム・ヘジン　古川綾子訳
（亜紀書房、2018年）

『サイの角のようにひとりで行け』
孔枝泳　石坂浩一訳
（新幹社、1998年）

かもしれません。英米ではメッセージが明確なディストピア小説が増えていますね。例えばアトウッド『侍女の物語』を筆頭とするフェミニストSFと呼ばれる近年の作品では、ナオミ・オルダーマンの『パワー』、クリスティーナ・ダルチャーの『声の物語』など、シンプルに男と女の二層に分かれたディストピアものです。これらよりさらにシンプルな作品もたくさんあるでしょう。斎藤さんは、いわゆる文学とメッセージの関係について、どう考えていらっしゃいますか？

斎藤　私は一九六〇年生まれで、高度経済成長期で学生運動も終わった平穏無事な時代に育ちました。韓国語を勉強しはじめたのが八〇年代前半ですが、当時は光州事件の直後ですから、ゆったりと小説を書くというような状況ではなく、圧倒的に詩の時代でした。詩人たちが政府に抵抗して熾烈に戦っていて、明確な敵があるわけですから、筆致は決然たるものですし、獲得すべき文学的理想も非常にはっきりしていたと思います。それは過去のことになったのですが、それでもいまの韓国文学を読んでいて、一人ひとりの作家の倫理観に基づく独特の〝正しさ〟の感覚があると感じます。「正しさへの志向性」と言うと強すぎるなら、「まともさの追求」と言ってもいいかもしれません。そして、それを作品に落とし込むのが韓国の作家は上手だと思います。フェミニズム小説もその一つの現れでしょう。朝鮮半島の南北分断が、すべての背景に広がる一方で、軍事独裁政権が倒れたことによって人権問題のかなりの部分は解決されました。それでも解決されずに残ったものの一つが、女性の人権です。文学が「大きな物語」から身近へ降りてきたため、それまで取りこぼされてきた小さな違和感が掬われはじめた。「細かいことで文句を言うな。もう誰も殴らないんだから」と怒る人たちはいます。韓国の男性が『キム・ジヨン』に怒るのは、兵役によるところがいちばん大きいんですよね。日本でも怒る男性読者がいるかと思ったら、「この本はまず男性が読むべき」という人が多いくらい。つまり、日本には軍隊がないので、男女間の葛藤が比べ物にならないのだと改めて実感しました。国防を男が担うという図式が韓国には厳然とあり、それは南北分断と接近したテーマですから、どんなことにも必ず影を落としています。もし兵役が志願制になれば、さまざまな面が大きく変わるはずです。

鴻巣　根深いテーマを抱えながら、舞台は日常に降りてきているということですね。大げさでない、小さな言葉でしか捉えられない小さな棘のようなものが存在している。それが作家の言葉の力によって可視化されたんですね。

斎藤　そしてここまで共感を巻き起こすものは今回初めて生まれたということですね。

「私たち」が盲目にならないように

鴻巣　日本の女性読者から、『キム・ジヨン』を読んで「涙が止まらなかった」という感想がたくさん上がっていますが、韓国ではどうだったんでしょう？

斎藤　読んですぐに友達に薦めて、読んだ人同士ですごく興奮しながら感想を言い合った、という反応をよく耳にします。一緒に怒ったりはするけれど、泣きはしないと聞きました。号泣したという日本の読者に聞いてみると、「自分もキム・ジヨンと似たような違和感を持っていたけれど、封じ込めて考えないようにしていた。でも、あのとき違和感を覚えたのは私が間違っていたからじゃない、社会のほうがおかしかったんだということを改めて感じて、自己肯定感が湧いてきて、涙が出てくる」ということのようです。

鴻巣　追認共感するんですね。それと、あのとき認めてもらえていれば自分の人生は変わっていたかもしれないという、悔し涙もあるのかもしれません。その日本の読者の涙の流し方が皆どうもすごく似ているというのが、少し私は気になります。最近の本はよく「私たち」という言葉を使いますよね。『三つ編み』の帯にも「この怒りと祈りが私たちをつなぐ」と書いてある。

　嫌な思いを抑圧させられてきた記憶というのは、共通分母が広いし強烈なんだと思います。#MeToo 運動の反映もあるでしょうね。「私」が繁殖して「私たち」になっていく。こういう連帯感は必要なんだけど、同時に「私たち」という大きな主語で語ってしまうことの怖さもあります。どんな正しいイデオロギーでも、例えば「街をきれいにしましょう」といったすごく素朴で正しい提案でさえ、やり方しだいではファシズムになりうるわけですから。

斎藤　『キム・ジヨン』に出てくる就活風景は大卒のものですが、韓国が日本に比べ圧倒的に大学進学率が高いことを考えないといけないと思いますね。日本で高校を出て働きはじめた人が「自分の経験と違っていてあまりしっくりこない」という感想を持つのをわりとよく聞きます。また、都会と地方でも女性差別やそれにともなう就職状況は全然違います。また、「発達障害があって、女だからという以前にもっと辛いことがたくさんあるから全然共感できない」とか。私も、在日コリアンの先輩から「マジョリティの話で全然接点がなかった」と言われたりしました。つまり、まったくこの物語に共感しない・できない読者もいるわけです。でもそういう読者も、共感はしないけど読んで考えるきっかけにはなったと言ってくれる。そこが大事だと思います。「女なら誰でもわかる」というわけではないんですよね。

鴻巣　もともと女性という弱者、マイノリティを書くということから始まったのだけど、あまりにシンパシーの力が大きいゆえに、今や〝キム・ジヨン組〟みたいなマジョリティさえできてしまったのかもしれませんね。

斎藤　世代差もありますよね。私の若い頃は男女雇用機会均等法の施行直前で、建前もない明らかな男性優位の社会であることが前提でしたから、女性は初めから期待値が全然低くて、もちろん腹は立てるんですが、いちいちショックは受けませんでした。

鴻巣　でもその後の世代は、「男女平等だよ」と表面上は言われてきている。それが実際に就職しようとしたらいきなり差別に突き当たるわけですよね。医学部や一部の大学なら大学受験ですでに。

斎藤　何に共感を持つか、というベースも今の時代は多様なはずなので、この小説に違和感を持つのは誰かということにも自覚的に目を向けてみてほしいなと思います。

男たちも疲弊している

斎藤　『キム・ジヨン』や「ヒョンナムオッパへ」が日本でうける理由の一つとして、二作ともヒロインが韓国人の女の子としてはおとなしいということもあると思います。実際の韓国の女の子は皆もっと気が強くて、怒鳴ったり蹴ったりしますよ。だから読んでいてもどかしいという人も韓国にはけっこういるんです。チョ・ナムジュ自身もあとがきで、キム・ジヨンを情けないと思う人もいるかもしれないけれど、それは時代の産物だからとエクスキューズを入れています。

鴻巣　たしかに、もう少し自己主張が強い主人公だと日本での反応は違ったでしょうね。ところで、女性が抑圧を感じて苦しむ一方で、韓国の男性は徴兵制や家父長制のせいで、男が男であることに疲れたりはしていないんですか。

斎藤　絶対疲れていますよ。男らしくあることから降りたいという気持ちがあると思います。俺だって軍隊行かなくていいなら行きたくないよって、その気持ちが裏返しになって、この本が売れると腹が立つ人もいるのだと思います。

鴻巣　本書に収録されたチョ・ナムジュの「家出」は、父親が権威を降りる様を書いていますね。何かといえば「それはお父さんの仕事だ」と、頼れる立派な父親としてふるまってきた人が、ある日突然糸が切れたように、娘にクレジットカードをもらってふらっと出ていってしまう。娘のお金で何をするかと思えば、すごく安い朝食を食べる。あの情けなさの描き方には笑ってしまいました。

斎藤　そして、父親がいなくなっても生活は問題なく続いていく。いなくてもいいし、また戻ってきても別にいいわけですね。

鴻巣　自分の家庭では率先して料理をしている男性が、実家に足を踏み入れると自動的に座っているという兄たちの描写にも、時代差が巧みに反映されていましたね。

斎藤　先ほどお話しした九〇年代を代表するフェミニズム小説である『サイの角のようにひとりで行け』に、ある女性と男友だちがかわす印象的な会話があります。

〈「ぼくらの母親の世代は夫以外の男の前で笑ったりすることを許されていなかった、そしてぼくらの世代の男はそれを見て育ったということさ」／「母たちは娘に自分たちのように生きてはいけないといいながら、息子には父親のように生きろと教えたんじゃない？　そうなると、私たちがうまくいかないのは当然」〉

この台詞から『キム・ジヨン』や「家出」まで二十年ちょっとです。その間にこれほど大きく変わりました。そして、変わったのにキム・ジヨンはこんなに病んでしまっている。そこが大きな問いかけだなと思います。ただ希望は、キム・ジヨンと、彼女を取り巻く女性たちとの関係ですね。それは『サイの角のようにひとりで行け』にも色濃く現れていたんですが。

鴻巣　「文藝」二〇一九年秋季号に訳出されてたハン・ガンの書きおろし作品「京都、ファサード」は、いわゆるシスターフッドものでしょうか。「私」のモノローグで、十三年前に最後に会ったきりの大切な同性の友人「ミナ」との関係が語られていく。「私」は最後まで、ミナに心のファサードをひらけなかったことに気づく。ここでもミナの夫は名前がなく、「喪主」と呼ばれるだけですね。家を背負っているが、人間関係の内実が見えてこない。それにしても、ハン・ガンは世界のコンテンポラリー作家のなかでもピカ一だと思いました。斎藤さんが訳された短編集『回復する人間』もすばらしかった。「エウロパ」「フンザ」「火とかげ」の三編は夢と悪夢をモチーフにしていて、特に女性画家を主人公にした「火とかげ」の幻想性と抒情性をまじえた作者独自のリアリズムのありように、感銘を受けました。この作品の夫も理解がありそうでいて、頑なに主人公の生き方を拒絶していますね。

斎藤　「火とかげ」の主人公は、自分が納得しない限り一歩も踏み出せない、寸分も自分に嘘がつけない女性なんですよね。『ギリシャ語の時間』の主人公たちもそうだったと思います。そして、こういう静かで頑固な人への憧れのようなものを、実は多くの人が持っているのではないか。だからハン・ガンの作品が世界で読まれるのはわかる気がしますね。

　また、「京都、ファサード」という書き下ろし作品をいただいて思ったのですが、ハン・ガンの作品の中ではずっと、女性の友情や姉妹関係のあり方が重要なテーマになっています。それを見ていくと、ここを掘り下げれば何か重要な鉱脈にたどりつけるんだという確信が明らかにこの作家にはあるのだと思えます。

濃い味つけのうまい人

鴻巣　先日『主戦場』という映画を観てきました。慰安婦問題に関して、たくさんの論者がカメラの前で話をしていくんです。いろいろ言いたいことはありますが割愛して、ライターの武田砂鉄さんが「最終的には味つけの濃いほうが勝つ。味つけを濃くするのがうまいのは誰か」といったコメントを寄せていました。それは、思い当たる筋がいろいろとある、小説でも、多層な構造を用いてアイロニーを張り巡らせても、いくら巧妙な描き方をして訴えても、例えばあるくだりに「馬鹿」と強い言葉が書いてあったら「この本に馬鹿と言われました」という読み方しかしない人が増えているわけです、悲しいことに。濃くて単純な味つけのうまい人といえば、トランプですよね。村上春樹が言っていましたが、ヒラリー・クリントンは家の一階のリビング、つまり社交の場で通じるような真っ当な主張だけをし続けた。だけどトランプは人々の地下室に訴えることだけを言い続けた、と。皆が本当は思っているけど口に出せないことをどんどん掘り起こして大声で言って聞かせた。それで勝った。味つけの濃いほうが勝ったわけです。その意味では、『キム・ジヨン』は暴言を使わずに、シンプルだけど薄味で攻めて勝ったことになりますよね。この意義は極めて大きいと思う。
斎藤　なるほど、たしかに薄味ですね。言っちゃいけなかったはずのことが一度出てしまうと、それよりも強いことを言わないと効果がなくなる。その連鎖って、あっという間のスピードで広がるんですよね。いまは、議員のように声の大きな人が、ずさんな人権意識から、到底容認できないような発言を公の場で簡単にしてしまいます。そうすると、子どもが話を聞いている居間でも、病院の待合室のような身近な公の場所にもすぐに降りてきて、レイシズム発言をする人が出てきてしまう。
鴻巣　そういう濃い味つけの話し方に、皆度肝を抜かれつつも、そうだよなと思ってしまう人もいるんですよね。だから、『キム・ジヨン』よりも濃い味のものが出てきて「私たち」という主語で語りだしたとき

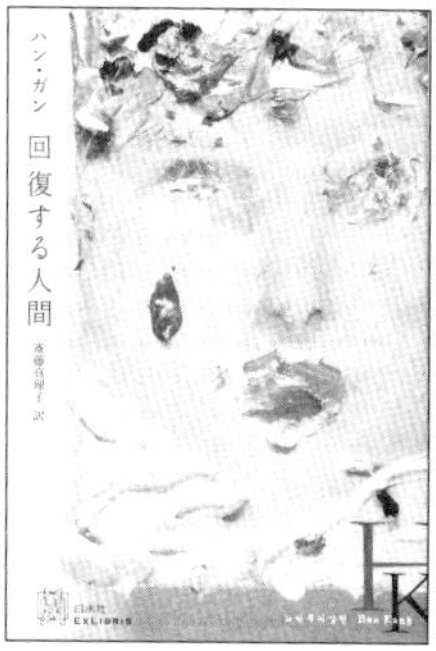

『回復する人間』
ハン・ガン　斎藤真理子訳
（白水社、2019年）

『ギリシャ語の時間』
ハン・ガン　斎藤真理子訳
（昌文社、2017年）

がちょっと怖い気がしています。シンプルで濃い味つけを文学者が怖いと思うのは、やはりそこにメッセージというものが大きく鳴り響いて、戦時下や革命、軍事政権や独裁政権といった状況で使われることをイメージするからだと思います。プロパガンダですね。どんな良いイデオロギーもファシズムになりうると言いましたが、最終的にはそれを恐れているから、少なくとも現代の文学者は常に多重性、多声性、多視点にこだわるのでしょう。これを、ナイジェリア系作家のアディーチェは「シングルストーリーの危険性」と言っていますが。

斎藤　韓国は、そういうシングルストーリーのしりとりみたいなことをずっとかいくぐってきているので、鍛えられているかもしれません。

翻訳文学は日本文学の一部

鴻巣　『キム・ジヨン』のような作品に触れたことで、翻訳文学はやはり日本文学の一部だということや、改めて気づくことが数多くありました。翻訳文学がなかなか売れないのは、我々翻訳者がちょっと内向的になっているせいもあると思うんです。そこに救世主のように現れたのが、韓国文学なんですよ。斎藤真理子さんたち韓国語翻訳者の方々が、と言ったほうがいいかもしれません。チョ・ナムジュをひとり連れてくることで、一冊の小説がこれだけの大きな動きを生みました。こうした物語がそれほど必要だったから、すごく素直に読者が集まってきたとも考えられますよね。日本文学を補綴《ほてい》するものとして。

斎藤　日本にもまだ声になっていない志向性や欲求があって、これから書かれるものがあるのだと思います。そこを掘り下げていくときに、韓国文学との比較は良い参考になるのではないかと思います。

　例えば、韓国では二〇一四年にセウォル号沈没事故があって国じゅうが悲しみに沈みましたが、その後、「セウォル号以後文学」と呼ばれるものが出てきました。これらと日本の震災文学を比べると興味深くて、韓国では、直接的にセウォル号に触れていなくても、例えばある夫婦が子どもの喪失という体験をする、その物語が「セウォル号以後文学」のカテゴリに入っていたりするのです。もちろん、あの事故そのものを描いた作品もあるのですが、それだけではないんですね。社会の構成員が同時に何らかの危機を体験した後、それを記憶する方法、共有する方法に独特のものがあって、とても重要な示唆を含んでいると感じます。

　皆が感じていても黙っていた違和感みたいなものが、また新しい形で日本語で作品化されてほしいし、そのときに、韓国の小説との違いや共通点を考えることが生産的に機能していってくれたらいいなと思います。

（二〇一九・五・二七）

（こうのす・ゆきこ＝六三年生。翻訳家）

初出：「文藝」二〇一九年秋季号

斎藤真理子・選 韓国文学極私的ブックリスト15

P.154~167の「厳選ブックガイド36冊」に入れられなかったものを集めてみました。

★は入手困難。また広く読まれることを願っています。

『春香伝』
許南麒訳
（岩波文庫、1956年）

語り物文学として18世紀に作られ、今も強い生命力を放つ永遠の物語。ラブストーリーとしても、庶民の抵抗精神を描いた点でも見どころがたくさん。

『ネギをうえた人 朝鮮民話選』
金素雲編
（岩波少年文庫、2001年）

戦前からの文学紹介において比類ない業績を残した金素雲の、初版1954年以来愛され版を重ねている民話集。「ネギをうえた人」とはどんな人か、ぜひ確かめてほしい。

『チェクポ おばあちゃんがくれたたいせつなつつみ』
イ・チュニ文、キム・ドンソン絵
（おおたけきよみ訳、福音館書店、2019年）

韓国の伝統的パッチワーク「ポジャギ」が祖母から孫娘に伝えられる。お話も絵もあたたかく爽やかで、韓国文学のしなやかな強さを感じさせてくれる絵本。

『無情』★
李光洙
（波田野節子訳、平凡社、2005年）

朝鮮近代文学の父・李光洙が1917年に発表した長編代表作の完全日本語訳。後に「親日派」として断罪された李光洙自身の歩みを含め、韓国文学を知るために絶対避けて通れない一冊。

『朝鮮短篇小説選〈上・下〉』★
（大村益夫・長璋吉・三枝壽勝編訳、岩波文庫、1984年）

1920年代から40年代の主要な作家の代表的短篇を選りすぐったアンソロジー。1984年に出版され、文庫という手軽なサイズで往年の名作に親しめるまたとない機会を作ってくれた。

『李箱作品集成』★
李箱
（崔真碩訳、作品社、2006年）

韓国文学最大の伝説、1930年代のモダニスト李箱。韓国併合の年に生まれ20代の若さで東京に客死した彼の特異な才能が堪能できる貴重な一冊。李箱のほぼすべての短篇小説・随筆・日本語詩を網羅。

『川辺の風景』
朴泰遠
（牧瀬暁子訳、作品社、2005年）

1930年代のソウル清渓川を舞台に庶民の哀感を生き生きと描き出した名作。著者・朴泰遠が朝鮮戦争当時に北朝鮮へ行ったため、韓国では読むことが許されておらず、1988年に刊行された。

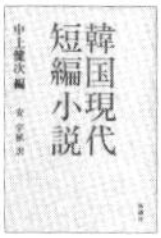

『韓国現代短編小説集』★
中上健次編
（安宇植訳、新潮社、1985年）

中上健次と、70年代以降韓国文学紹介をリードしてきた在日コリアン翻訳家・安宇植とのコラボレーション。金承鈺、黄皙暎など硬派の作家の緊張感あふれる8作品を収録。見事に男性ばっかり。

『ソウルの華麗な憂鬱』★
崔仁浩
（重村智計・古野喜政訳、国書刊行会、1977年）

軍事政権下の青春をたっぷりの風刺精神で描いた記念碑的作品。原題は『馬鹿たちの行進』。毎日新聞の記者でその後韓国・北朝鮮報道の専門家となった二人が翻訳を担当、巻末の解説に並ぶ用語集が面白すぎる。

『韓国現代詩選』★
茨木のり子編訳
（花神社、2007年）

多くの人に愛され信頼された詩人・茨木のり子の選と翻訳による12人のアンソロジー。韓国の詩ごころに触れるのに最適の一冊。『ハングルへの旅』（朝日文庫）もおすすめ。

『目の眩んだ者たちの国家』
キム・エラン他
（矢島暁子訳、新泉社、2018年）

2014年のセウォル号事件から間もない時期に12人の作家、詩人、思想家が書いた文章を集めたもの。韓国の文化人たちの立ち位置を知るのに最適。

『越えてくる者、迎え入れる者 脱北作家・韓国作家共同小説集』
ト・ミョンハク他
（和田とも美訳、アジアプレス出版部、2017年）

脱北者の受け入れは南北問題を考える際の最重要課題の一つ。脱北してきた作家と、彼らを受け入れる側である韓国の作家の作品を集めた貴重な短編集。

『ピンポン』
パク・ミンギュ
（斎藤真理子訳、白水社、2017年）

いじめられている二人の中学生が人類の未来を決める。しかも、卓球で。限りなく面白くまじめでポップなパク・ミンギュは、韓国文学の想像力の幅を教えてくれる。

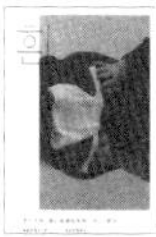

『すべての、白いものたちの』
ハン・ガン（斎藤真理子訳、河出書房新社、2018年）

白いものたちへ贈られた言葉の精髄が、読者を限りない心の旅へ誘う。アジアで唯一のマン・ブッカー国際賞受賞者であるハン・ガンは、韓国文学の生命力の深さを教えてくれる。

『韓国を語らい・味わい・楽しむ雑誌 中くらいの友だち』
韓くに手帖舎編
（皓星社、2017年～）

「最高でも最低でもない、中くらいの友だち」――日本と韓国の関係はそれぐらいがちょうどいい。在韓日本人、在日韓国人、長く韓国とつきあってきたメンバーたちによる韓国文化をとことん楽しむ雑誌。

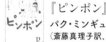

大人の因果

어른의 인과因果 황정은

ファン・ジョンウン
斎藤真理子 訳

私には心配ごとがたくさんある。雪の積もった階段の最後の段や、勾配が急すぎる下り坂、開いているナイフの刃、カタカタいうガラス戸。近くで起こりうることを心配するほかにも、パートナーの年取ったお母さんの健康、パートナーの咳、上の階との間が薄すぎること、原稿料が出入りする通帳の残高を心配し、騒音のためにけんかしたことのある上階の人と階段で偶然に出くわすこと、恥ずかしい状況なのに恥ずかしいと気づかずに過ごすことや、読んだり書いたりすることがもう楽しくなくなる日を心配する。こういった心配は、怖さとあまり違わないみたいでもある。私には怖いことがたくさんある。

小さいときから怖いものが多かった。怖かったそれらの中にはもちろん、大人になったら消えたり、消えたように見えたりするものもある。例えば私はもう私の傷について心配しない。誰かが私の顔を見るとき、唇の上にある傷をじっと見るのではないかと怖がったりしない。

私の傷は青く、縦に細長く、ちょっと斜めになっている。小学生のとき知らない男の子に押しのけられて転んだはずみで、私はその傷を負った。私のまわりの大人たちは私が言葉を聞き分けるようになったころから私をまじまじと見て、すねの長さ、膝の位置、肩幅や腰の厚み、目の幅とまつ毛の長さ、皮膚の状態についていろいろなことを言ったが、私がその傷を負ってからは顔のことだけを言った。父母、親戚、先生、さまざまな場所で居合わせた隣人たち。大人たちは私の顔をじっと見て顔をしかめ、舌打ちをしたり、大丈夫、大人になったら治せばいいと言ったりした。私は彼らの視線と言葉を通して、自分が傷物の人間であり、損傷した事物であることを知った。私の顔は治さなくてはならない何かだったから、成長していく過程で私はずっと、みんなが私の顔を見るのが嫌だった。彼らの視線が怖かったし、彼ら自身が怖かった。この怖さは私が自分について考える方法や、人々について考える方法、彼らと関係を結ぶ方法に深い影響を与えた。

今の私は私の顔を、治さなくてはならない何かだと思っていない。

このように思うことと、そう信じることは別個であって、前者から出発して後者へ移動し、両者のバランスをとるのが私にとって簡単なことではなかった。それには時間がかかり、何より、心を痛めつつ頑張らなくてはならなかった。その過程で私はときどき、自分のまわりの大人たちのことを思った。彼らが私に何を与えようとも、私は彼らを愛した。彼らが愛するものを愛そうと努力し、彼らが憎むものを当然のように憎んで育った。私が彼らから学んだことはたくさんある。私の大人たちもそうだっただろう。彼らも、それぞれの大人たちから習ったのだろう。ある世代がまともで自然だと考えていること——恋愛、結婚、育児、身体や人生に関する「正常さ」といったものたち。正常なものに関する私の考えは、大部分が彼らの考えでもあった。

私が不注意で、あまり何も考えていないとき、放心しているとき、私は彼らの考えをまるで自分の考えであるかのように口にすることがある。だから最近、私にとっては言葉を使うことが難しい。特に子どもに接するときがそうだ。日常で使う平凡な言葉には確かな力がある。それについてちゃんと考えていないとき、私はとても怠けている。怠けているその瞬間の言葉が誰かに与える影響が私は怖いし、いつもそれが心配だ。

私の妹の二人目の子は女の子で、今年四月に三歳になった。この子はすでに「かっこいい、強い」という言葉を深刻に拒否し、「かわいい」という言葉に執着する。あんたかっこいいねと言うと、違うよと声を張り上げる。かっこいいのはおにいちゃんだよ、あたしはかわいいんだよと叫び、悔しくてたまらない不当な言葉を聞いたみたいに顔をしかめる。何日か前にその子は、私が見ているとお両手でおなかを隠した。何でそんなことするのと聞くと、自分は女の子なのにおなかが出っ張ってて恥ずかしいと答えた。子どもの言葉には因果がはっきりと現れており、その因果の出所は私が属している世界の大人たちだ。今夜も私の心配は深い。三歳の子どものおなかを指できゅっと突いて、女の子のおなかがこれじゃだめでしょ、と言ったその大人のことを考えている。

(一九七六年生。作家。著書『誰でもない』、『野蛮なアリスさん』)

エッセイ

推しとフェミニズムと私

渡辺ペコ

ちょうど一年前に男性アイドルグループを好きになった。四十年以上生きてきて初めてのことだった。初めて好きになった女性アイドルは、彼女のカレンダーを祖母に買ってもらった三か月後に、ビルから飛び降りて亡くなってしまった。とても悲しくてショックだったのと同時に、可愛くて眩しい彼女が十二か月分写っていたそのカレンダーをその後どうしたのか記憶は消えてしまっている。

九〇年代に十代を過ごした私にとって永らく、『アイドル』とは女の子だったら制服風の衣装を着て〝ちょっとエッチな〟歌を歌ったり売れっ子のお笑いコンビに（現代で言うところの）セクハラされたりする子たちで、男の子はあまり上手でない歌をひらひらした衣装に身を包んで甘くはにかんだ笑顔で歌う存在だった。少し後になって理解したけれど、〝ちょっとエッチな〟歌詞は全て彼女たちより年上の男性プロデューサーが創作していたものだった。

その頃に醸成された〝あの空気〟は、以来ずっと芸能界に限らず日本を覆い続けていたように思う。力をもったおじさんと無力な女の子の構図。女の子は可愛

くて無知で素直で、売れっ子の男性芸能人にいじられてなんぼの空気。流行りは何度か形を変えたけれど、空気は同質のものだった。可愛いなとか魅力的だなと思う女の子のアイドルたちがいても、バラエティ番組では男性芸人や男性アイドルの〝お相手〟をさせられているように見えた。スカートをめくられたりどつかれたりメンバーの一人が「お前はちょっとブスだな／デブだな／変だな」と言われても、「いじられておいしい」とうまくいなして笑って応えていた。関係ない自分も画面越しに見かけるだけでしんどかった。

アイドルとは、テレビとはこういうものなんだと理解し意識的に観ないようになった。距離を置いても、自分が若い女でなくなっても、日本を覆う〝あの空気〟からは完全に逃れることはできずにいた。現実の世界でも似たり寄ったりなことは多く起こっていたから。

でも仕方ない、こういうものなのだ。自分が生き延びることに集中しよう。

そうやって年を重ねてきて去年、突然、初めて、男性アイドルグループを好きになった。いわゆる沼落ちというやつだ。

今や世界を圧巻する韓国のアイドルグループ、BTS。彼らの歌やダンスのパフォーマンス、楽曲を自分たちで創作する姿勢、全てが衝撃だったけれど、一番驚いたのは自分たちの言葉で自分たちの考えや感情を誠実に表明しようとする姿だった。

興味を持って調べていくうちに、彼らがデビューして間もなく創作した数曲が韓国で「女性差別的だ」とファンを含む女性たちからの批判を巻き起こし、それに対して事務所が検討し認め謝罪していたことを知った。最近のファン向けの動画配信における、BTSのリーダーで多くの作詞を担当するRMの発言から、できあがった詩は女性学の専門家のチェックを受けていることも。

事務所の指導か彼ら自身が選んでいるかはわからないけれど、メンバーの言動や振る舞いはフェミニズムへの親和性が高い。世界中の各国の文化を尊重し様々な属性の人への語りかけ、呼びかけを常に意識している。それは戦法であっても倫理観であったとしても、彼らの世界での躍進に貢献しただろう。

二〇一八年、九月にRMが国連総会で行ったスピーチも、その思想性を強く出していた。

「皆さんの声を、信念を聞きたいです。あなたが誰なのか、肌の色、ジェンダーのアイデンティティ関係なく、自分自身について語ってください」と彼は原稿を握る手を震わせながら世界に向かって（オタク的には私に向かって）語りかけた。その姿は私が今まで認識していたアイドルとは異なるものだった。自分やメンバーたちの輝く姿、テレビ映像、ステージ上の芸能人同士のこなれたやり取りを見せるのではなく〝みなさんの（オタク的には私の）信念を聞かせてください〟と全身で問うたのだ。

大変だ。推しに自分の信念を問われてしまった。

BTSにはまって初めての公演を楽しみにしていた昨年のちょうど今頃、彼らが日本の大御所の作詞家とコラボするとの発表があった。その作詞家は九〇年代に若い女性アイドルに〝ちょっとエッチな〟楽曲を歌わせてきたあのプロデューサーだった。

「まじか」と思った。「あの空気」が嫌で日本のアイドルやテレビから目を背けてきて、やっと見つけたと思った場所でまた？　事務所の思惑や契約、日本での活動における後ろ盾のことについて、私は一切想像もつかないし興味もない。でもとにかく「嫌だ」と思った。

そしてもう一つ暗い気持ちになった要因は、日本と韓国のファンの反応の差だった。

Twitter 上で見る限り、日本では「彼は優れた業績もある」「否定したら頑張って準備してるメンバーがかわいそう」「コラボ曲はいい曲かもしれない」「そんなに悪い人なの？　笑」「批判意見はTLの雰囲気を悪くする、つらい」等々、擁護と中立、無関心が多かったように思う。

一方韓国のファンの間では「撤回しろ」「このコラボは彼らのためにならない」「彼が女性グループに書いてきた歌詞を見て」との声が多数だった。彼の創作した女性蔑視的な歌詞の韓国語訳をファン同志で共有し、事務所にあててリプライを送る人が多くいた。事務所の入ったビルに抗議のメッセージを書いたポストイットを貼りに行くファンも多くいた（韓国の方のポストイットへの信頼の高さは個人的に気になっている。

なぜなのでしょう?)。

その判断、起動の速さとエネルギーと行動力と連帯の強さに驚いた。私自身うるさい方だと思っていたけれど、彼女たちの行動力と声の大きさは比ではなかった。結果、理由は明記しなかったけれど事務所はコラボを取りやめるとの発表をした。私はその判断でよかったと思うし正しかったと思う。

けれど、あのファンの間の温度差、反応の差はずっと心に重く残っている。当然だけれど、我々は似通った見目形をしながら異なる社会的文化的背景を持っているのだということを痛感した。そしてそれらが今生きる人々に与える影響も。

何か問題が起こったとき、その問題を無いことのように振る舞う、問題の本質に目を向けるよりも空気を読んでそれを乱すことを嫌い、悪いとする雰囲気、私たちの〝しぐさ〟。声を上げて行動して主催の判断を覆させる彼女たちの〝行動〟。

アイドルのファンダムとしてだけではなく、それは政治にも社会的な事象に対しても通じる姿だった。一概に良い悪いと言えるものではないけれど、それにしてもこの違いは何なのだろう?

私たちはどうして自分の意志より空気を尊重してしまうんだろう? 何に対してそんなに怯えているんだろう?

でも仕方ない、こういうものなんだ、というのは本当に自分の声だろうか?

「皆さんの声を、信念を聞きたいです。あなたが誰なのか、肌の色、ジェンダーのアイデンティティ関係なく、自分自身について語ってください」

私は推し(RM)の問いの答えを日々探し続けている。

(わたなべ・ぺこ＝七七年生。漫画家)
初出:「文藝」二〇一九年秋季号

僕の小説は韓国文学ですか

MOMENT JOON

エッセイ

質問1。僕が日本語で書いた小説『三代』は、韓国文学なのか。

「韓国文学にまつわるエッセイ」を頼まれて、最近抱いていたこの疑問を思い出した。確かに『三代』〔初出：「文藝」二〇一九年秋季号〕は、韓国人の僕が韓国で経験した韓国の物語。しかし、『三代』は日本語で書いてある。「日本語の美しさ」を守りたい人からすればひどいに違いない片言の日本語であっても、確かに日本語で書いてある。日本語で書かれた韓国の話。これは韓国文学なのか。

どうやら『三代』は韓国文学らしい。少なくとも作品に対する反応によるとそうだ。ツイッターでは「韓国文学特有の壮絶さ」などで『三代』を描写する人を何人も見かけた。または「韓国の作家の誰々に似ていると思った」と僕に伝えてくれた人も。その感覚だと、僕の『三代』は一九三一年に朝鮮語で書かれた廉想渉《ヨムサンソプ》の『三代』と同じ本棚に置かれるだろう。

僕の作品だけではない。未だに多くの在日作家の日本語の作品が「日本文学」ではなく「在日文学」、ひどい場合は「外国文学」とタグ付けられて読まれているのではないだろうか。在日台湾人作家の温又柔の『真ん中の子どもたち』が芥川賞候補になった時、選考委員の宮本輝は選評で「日本人の読み手にとっては対岸の火事であって、同調しにくい」「他人事を延々と読まされて退屈だった」と言った。他人の事を体験して理解することこそが文学の存在意味だと思っていたが、どうやら僕は間違っていたようだ。

『三代』を読んで僕のライブに来てくれたあるファンは「金石範さんの『火山島』も読みましたけどやっぱり韓国文学は……」と言った。済州島が舞台であるけど

『火山島』は日本語で書かれている。金石範もある講演会で『火山島』は日本語だからこそ出来た文学であると言った。それが「韓国文学」と取られるのは何故だ。「日本文学」の資格を得るためには一体何が必要なのか。日本と関係するものについて書くべきなのか。ではファンタジーやSFを書く日本の作家の作品には日本文学の資格がないのか。日本文壇の伝統の上でものを書かなきゃいけないのか。ではロシア・欧米文学の影響をたっぷり受けた作品には日本文学の資格が許されているのはなぜだ。柳美里など、一部の在日作家には「日本文学」が許されているのは何故だ。作家の人種・国籍なのか。問い続ける間にもはや「日本文学」とは何なのか、分からなくなってきた。

ちょっと待って。そもそも「日本文学」のタイトルに拘っているのは何故だ。それは、「韓国文学」や「在日文学」のレッテルが貼られると、どうしても変なもの・変わったもの扱いされて、「日本文学」の広い読者へのアクセスを拒否される気分がするから、だった。ツイッターで『三代』について「やっぱり韓国文学は……」と語っていた人に聞きたかった。日本語で書かれたものが、日本語を読む人の心に届く。じゃ僕の小説は、日本文学ではダメですか、と。

質問2。村上春樹は、韓国文学なのか。

韓国で村上春樹の作品が持つパワーは、日本での彼の作品の影響力に決して劣らない。いや、もしかしたら勝るかも知れない。民主化以降、急激な経済成長とそれに伴う個人主義によって人々は、それまで韓国文学には無かったものに餓えていた。クールな文体、頻繁に出てくる欧米文化のレファレンス、若い主人公たちの都会的ライフスタイルと孤独……十三歳の時、若い叔父の本棚で春樹の小説を見つけて僕が受けた印象だった。

理由はともかく、彼の小説は韓国でバカ売れする。『1Q84』は出版と同時に韓国でその年のベストセラーになった。過去十年間韓国で最も売れた小説家が春樹であるという統計もある。「なぜ韓国文壇には春樹が居ないのか」みたいな議論もあった。日本・アメリカの帝国主義や軍事独裁と戦って、韓国民族・民衆と共に歩いてきた韓国文学という神話が、春樹の登場によってあたかもその色が褪せたかのように。

じゃ、その「韓国文学」という神話は本当だろうか。植民地時代に日本語で高等教育を受けた詩人の金洙暎は一九六六年、ある文芸誌に日本語で書いた書簡を送る。「独立後二十年、初めて（日本語から韓国語への）翻訳の疲れを感じずに文章を書く」といった彼の書簡。それは、植民地時代に日本語で知識修得や創作活動をして日本文学から多大な影響を受けた知識人たちが、新しい祖国「韓国」でその影響を隠していたことに対する挑戦だった。外（特に日本）からの影響を恥ずかしがって罪悪視していた同時代の文人たちと違って、金は意欲的に欧米・日本の文学を耽読して自分の文学の新しい可能性を模索した。自分が受けた影響を隠さずに誰よりも熱く現実と戦っていた金洙暎の日本語での告白は、残念ながら編集者が書簡を韓国語に翻訳して掲載することでただのハプニングで終わってしまった。

春樹の話に戻ろう。春樹に魅了されたのは韓国の読者だけではない。元老小説家の趙廷来《チョジョンネ》は、韓国の若い小説家たちが春樹から影響を受けることを警戒すべきであるとも発言した。でも、韓国語で書かれたものが、韓国語を読む人の心に届く。じゃ、その警戒は、春樹から何を守るための警戒か。

質問3。『82年生まれ、キム・ジヨン』は、誰の文学なのか。

日本で『火山島』が「在日文学」とタグ付けられて「日本文学」からは離れた「異文化」にされたように、金洙暎の日本語での告白は韓国語に勝手に翻訳されて韓国文学が外から受けた影響は意図的に排除・隠ぺいされた。僕が自分の小説の国籍について悩んでいたのは、おそらくそういう世界に居たからであろう。ある国の名前で定義される芸術のジャンルと、その境界線を巡る戦い。国、権威、そして認定。

その戦いを超えて、『82年生まれ、キム・ジヨン』が現れた。韓国社会の女性差別・嫌悪に関する議論のきっかけとなったこの作品に対して、評価を下すことを恐れていた評論家も少なくなかろう。というのは、この小説はファンだけではなく熱烈なアンチをも生み出したからだ。この作品に対する態度を基準に「お前はフェミニストか否か」をしつこく聞いてくる人たちが大勢居る。『82年生まれ～』が日本で出版されると、わざわざグーグル翻訳を使ってアマゾンに悪い書評を書いた人たちだ。「こんなクズなものを小説と呼んで、しかも外国に売るなんて韓国の恥です」、とか。

申し訳ないけど『82年生まれ～』は日本で大ヒットした。国を超えて、抑圧される女性たちの連帯のシンボルになった。自分の声を持っていなかった多くの女性の声になって、今まで出来なかった自分の話を世の中に言えるという勇気を与えた。日本語では最後まで読みきれなかった『82年生まれ～』の残りを韓国語で読み終わった後、それまで把握しきれなかったこの小説の本当の力が伝わってきた。男の僕に今まで見えなかった世界と、その差別の構造の一部として生きてきた僕。僕は恥ずかしくなった。

性別と世界を超えて伝わってきた誰かの痛烈な真実の前で、「日本文学」のスタンプが欲しかった自分の認定欲は、とてもしょぼいものに見えてきた。音楽でも同じだった。宇多丸さんのラジオでライブをした後、僕の音楽を日本のヒップホップではなく「外からのもの」と彼が称したことに落ち込んでいた。「韓国のラッパー」じゃなくて「日本のラッパー」と呼んでくださいと何回言っただろうか。

でも「日本文学」「日本のヒップホップ」に拘っていた僕は、忘れていたのではないだろうか。権威を持つ誰かや作り手である作家がいくら作品を分類してタイトルを加えたって、作品は読者・リスナーの心に辿り着いてから生まれ変わる。良い作品であれば、作品は作った人の手から離れて、読む人・聴く人のものになる。「これは私の物語」と声を上げた日本の女性たち。「自分も父や家族の歴史から逃れられない」と『三代』の感想を言ってくれた人たち。「私が思っていたことをラップしてくれてありがとう」と言ってくれたインドネシアの子。

芸術は、本物であれば誰かの認定なしでも真実だし、その出来が良ければ更に人々の人生に役に立つ、それだけだ。それを忘れていた僕自身に、そして今も「韓国文学」「日本文学」「日本のヒップホップ」「日本語ラップ」の班わけで作品の価値を計ろうとしている人々に問いたい。『82年生まれ、キム・ジヨン』は、誰の文学ですか。（モーメント・ジューン＝ソウル生。移民者ラッパー）

한국 문학 특선 가이드 36

ブックガイド

作成＝株式会社クオン（金承福・伊藤明恵）

36冊

現代作家編

『夜のゲーム』

呉《オ》貞《ジョン》姫《ヒ》

1979年に発表された「夜のゲーム」と、89年に発表された「あの丘」が収録された小説集。どちらの作品も父と娘の関係が物語の中心にあるが、父の権威が絶対的な「夜のゲーム」に対して「あの丘」では父親が家から姿を消したりする。父と娘の関係から社会の変化を窺うことができる。呉貞姫の小説を下敷きに、設定を現代に置き換えた映画『夜のゲーム』もぜひ見てほしい。

波田野節子訳、段々社、2010 年
（原作発表：1979、1989 年）

韓国フェミニズム文学の元祖

1947 年、ソウル生まれ。大学在学中の 68 年に文壇デビュー。人々の日常生活や心の揺れ動きを通して、その時代の社会を描くことに長けている。チェ・ウニョンを始め多くの女性作家が呉貞姫さんに影響を受けていると語っている。

韓国文学ツアー
もっと読みたい、もっと知りたい！

더 읽고 싶은, 더 알고 싶은!

厳選

『植物たちの私生活』

李承雨《イスンウ》

両足を失った兄、兄の恋人を愛した弟、足が不自由になった息子を背負って娼婦街をさまよう母親、母が生涯忘れられなかった昔の恋人、そんな妻をただ見ているだけの父親。ある家族のうちで起こる、かなえられない愛の苦悩を描いた長編小説。

金順姫《キムスニ》訳、藤原書店、2012年（原書刊行：2000年）

文学をプロパガンダにしない

1959年、全羅南道生まれ。81年に作家デビュー。大学では神学を専攻していたこともあり、作品には人間や宗教への根本的な問いかけが現れている。フランスはじめヨーロッパで人気が高く、ル・クレジオと韓国やフランスで交流。

『懐かしの庭（上・下）』黄皙暎《ファンソギョン》

軍部独裁への反対運動に身を投じたヒョンウは、検挙から逃れるため絶え間ない逃亡生活を余儀なくされるが、その過程で出会ったユンヒと恋に落ちる。長い獄中生活を経て出所した彼はユンヒを訪ねるが、すでに彼女は亡くなっていた……。よりよい社会を夢見て闘った青年たちの人生と愛を描いた長編小説。2007年にはチ・ジニとヨム・ジョンアの主演で映画化もされた。

青柳優子訳、岩波書店、2002年（原書刊行：2000年）

激動の時代を体現する作家

1943年、満州生まれ。光州民主化運動、ベトナム戦争従軍、訪朝後の亡命など、作家の人生は韓国の激動の現代史と密接にかかわりあっている。また、ほとんどの作品に作家の分身とも思われる人物が登場している。

『孤将』金薫《キムフン》

文禄・慶長の役で朝鮮の兵を導いた李舜臣をモデルにした重厚な歴史小説。ソウルをはじめ韓国各地で銅像が建てられるほど人気の李舜臣について国を背負った英雄としての一面だけでなく、ひとりの人間としての顔も描いている。韓国で100万部を超えるベストセラーとなり、ドラマ化もされた。

蓮池薫訳、新潮社、2005年
（原書刊行：2001年）

筆で物語を“掘り出す”作家

1948年、ソウル生まれ。経済的な困難などを理由に大学卒業をあきらめて新聞社に入社。ジャーナリストとしての活動を経て47歳で文壇にデビューした。決して「読みやすい」文体ではないが、まるで彫刻をするように物語を削りだすようなタッチの文章は中毒性があり、高い人気を誇っている。

『夜よ、ひらけ』チョン・ミギョン

映画監督としてそれなりに成功した「僕」は、学生時代から決して叶わない存在だった「P」そして彼の妻となった「M」に会いに、白夜のノルウェーまで訪ねていく。50ページほどの短編のなかに3人の人生とその栄光、破滅が見事に描かれ、読み終わった後は長編映画を観終わったような気持ちになる。いつか必ず映画にしたい（と密かに思っている）作品。

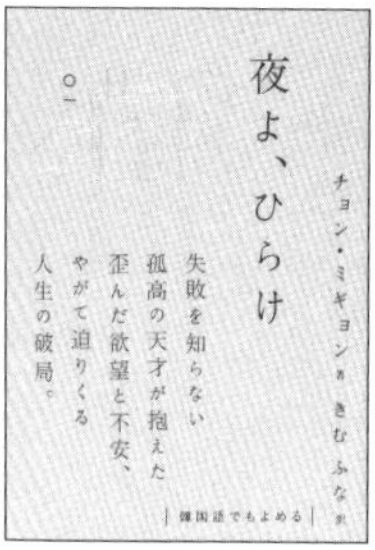

きむ ふな訳、クオン、2018年
（原書発表：2006年）

同時代の人々の肖像を描いた作家

1960年、慶尚南道生まれ。80年代に一度劇作家としてデビューしたが、小説家として2001年から本格的な創作活動を開始した。キャラクター設定（登場人物の職業を決める時にも、それぞれの職業から連想するイメージを大事にしながら決めたという）や構成の確かさと繊細な筆致で、文学作品を通して現代人の肖像を描いた。17年に56歳の若さで急逝。

『原州通信』イ・ギホ

原州出身の作家イ・ギホによるオートフィクション。就職できず引きこもっていた僕のところに、ある日中学の同級生から連絡が来る。子供の頃、当時ご近所だった作家の朴景利先生との関係を大げさに言いふらしていたのを信じていた彼から、先生への頼みごとを託された。高級クラブの店名に小説のタイトルを使わせてほしい、と……。笑えない状況が延々と続くのに、ウィットあふれる文体で軽やかに読めてしまう。軽やかに読めてしまうだけに一層切ない。マッチョさの対局にある作品。

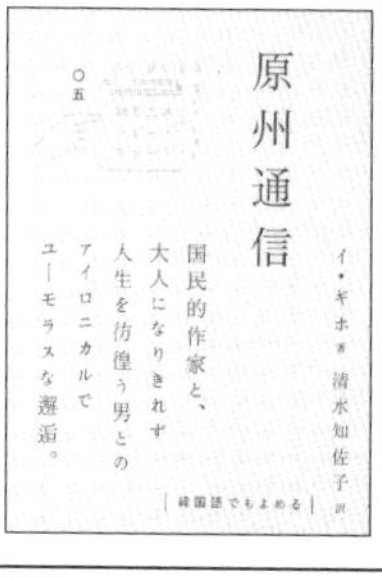

清水知佐子訳、クオン、2018年
（原書刊行：2006年）

人生にウィットとユーモアを

1972年、江原道原州生まれ。99年に文壇デビュー。全文ヒップ・ポップの歌詞のような「バニー」など実験的な文体も話題となった。「原州通信」を含む短編集『おろおろしているうちに　こうなるだろうと思ってた』（2006）で「私自身」の話を、『金博士は誰だ？』（2013）で「他人」の話を、『誰にでも優しい教会のお兄さん、カン・ミノ』（2018）では「苦しめられる人たち」の物語を書いたと自ら語っている。

『菜食主義者』
ハン・ガン

突然肉食を拒否したヨンへ。彼女がやせ細っていく姿を見つめる夫、ヨンへを芸術的そして性的な対象として狂おしく求めてゆく義理の兄、崩れ始めた日常の中でもがきながら進もうとするヨンへの姉、3人の目を通して語られる濃密な連作小説集。本作が2016年にマン・ブッカー国際賞を受賞したことで、韓国でもハン・ガンの作品が一層注目を集めるようになった。

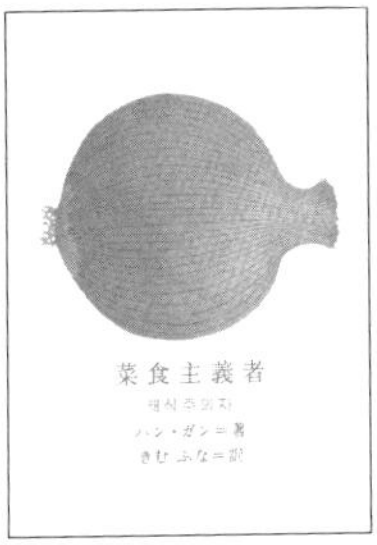

きむ ふな訳、クオン、2011年
（原書刊行：2007年）

静かだがもっとも力のある文章の持ち主

1970年、光州生まれ。父は作家の韓勝源氏。親子で李箱文学賞を受賞している。93年にソウル新聞の新春文芸に当選して文壇デビューを果たす。小説だけでなく詩、エッセイ、童話、さらには楽曲まで、ジャンルが変わっても常に「ハン・ガンの作品」だと感じさせるものがある。

『歳月 鄭智我作品』
鄭智我《チョンジア》

元南朝鮮労働党幹部の父と元南部軍政治指導員の母のもとに生まれた鄭智我は、1980年代に労働運動に参加したことで指名手配を受けたりもした（「パルチザンの娘」は指名手配中に発表した長編）。そのようなバックグラウンドもあり、人間の人生に刻まれた歴史の矛盾を描いた作品が多かったが、この短編集では老い、記憶の喪失、人生の虚しさが加わって、一層深みが増している。全羅道の方言を豊かに使う作家。

橋本智保訳、新幹社、2014年
（原書刊行：2008年）

地域のことばでそこで起きたことを書く作家

1965年、全羅南道生まれ。90年に「パルチザンの娘」を発表。その後1996年に新聞の新春文芸に短編が入選したことで本格的に文壇デビュー。2006年に、本作にも収録されている「風景」で李孝石文学賞を受賞した。

『母をお願い』
申京淑《シンギョンスク》

上京した駅で父とはぐれ行方不明になった母。一週間経ってもいまだに見つからずにいる。様々な手を尽くして捜索する娘、息子、そして夫の視点を通して、家族のために尽くす母親の存在が——その気持ちを理解しきれていなかった自分たちの姿が——浮かび上がる。そして物語は母の視点に移り「母」「妻」として誰かの人生の背景として語られるのではなく、自分の人生の主人公としての物語が語られる。韓国では200万部以上売れ、世界32カ国で翻訳出版された作品。

安宇植《アンウシク》訳、集英社文庫、2011年
（原書刊行：2008年）

人間の内面描写の達人

1963年、全羅北道生まれ。中学校卒業後ソウルに上京。昼間は工場で働きながら夜間学校で学びソウル芸術大学創作科に進学。85年に文壇デビュー。個人の内面を静かに繊細な文体で描いた、情緒性のある文学作品を生み出している。

『トガニ 幼き瞳の告発』孔枝泳《コンジョン》

盲ろうあ児施設で実際に起きていた、教師らによる児童への性的虐待事件を下敷きにした長編小説。長年隠ぺいされてきた暴力と、声を挙げようとする者への圧力を小説の形式で告発した。作品を読んだ俳優のコン・ユが映画化を熱望。映画の公開により社会の関心が高まり、事件の再捜査や法整備がなされた。文字通り社会を動かした一作。

蓮池薫訳、新潮社、2012 年
（原書刊行：2009 年）

“386世代”を代表する社会派

1963 年、ソウル生まれ。“386 世代（90 年代に 30 代で、80 年代学生運動に関った 60 年代生まれの人々を指す）” の作家。大学卒業後、労働運動に飛び込む。その経験を下敷きにした短編で 88 年にデビュー。当時の若者を中心に支持され、日本でも 2000 年以前から翻訳されてきた人気作家のひとり。

『都市は何によってできているのか』パク・ソンウォン

収録作はそれぞれ独立した短編ながら、ストーリーが連続していたり、ある作品の登場人物が別の作品にも登場したりとユニークな構造になっている。「僕」が家族を通して追求していた幸せは何なのか。厭世的ながらユーモラスでもあるこの作品は、クオンの「新しい韓国の文学」シリーズの中で最も文学的に優れていると思う。

吉川凪訳、クオン、2012 年
（原書刊行：2009 年）

韓国文壇のユーモア・バンク

1969 年、大邱生まれ。94 年に文壇デビュー。多作ではないが現代的なテーマと奇抜なストーリーと、独特の不可思議な世界に読者を引きこむ巧みな表現力によって、高い評価を受けている。2012 年に行われた中村文則さんとの対談の様子は YouTube で公開されている。

『殺人者の記憶法』キム・ヨンハ

迷宮入りの連続殺人事件を引き起こしてきた元殺人犯の独白で進む、ミステリータッチの物語。人殺しから足を洗い田舎で愛娘と暮らしてきた平穏な日々が、アルツハイマーによる記憶の混濁や娘を付け狙う新たな連続殺人犯の存在によって徐々に揺らいでいく。読者を不確かさの闇の中に突き落とすようなラストが衝撃。2017 年に映画化された際、二つのバージョンが公開されたことでも話題になった。

吉川凪訳、クオン、２０１７年（原書刊行：２０１３年）

書くこと以外でもマルチプレイヤー

1968 年生まれ。95 年に文壇デビュー。韓国の主な文学賞をほぼ全て受賞するなど作家としての評価が高いだけでなく、エッセイや翻訳（『偉大なるギャツビー』など）でも定評がある。海外や国内の地方都市などに活動拠点を移したり、近年は TV のバラエティ番組にも出演するなど、新しい環境に身を投じることに積極的なフットワークの軽い作家。

『モンスーン』

ピョン・ヘヨン

2011年に韓国で刊行された短編集『夜の求愛』に、「少年易老」を加えた日本オリジナルの短編集。比較的初期の作品から最新作まで幅広く、しかも李箱文学賞、東仁文学賞、現代文学賞の受賞作が含まれている贅沢な一冊。ピョン・ヘヨン・ワールドに触れる1作目として強くお勧め。

姜信子訳、白水社、2019年（原書刊行：2011年ほか）

日常に潜む不条理

1972年、ソウル生まれ。2000年にデビュー。初期の作品と比較して最近の作品では、死体などグロテスクな描写は姿を潜めているものの、不気味さや不安感や不条理が色濃く漂っている。大学の文芸創作科で教鞭をとっており、チェ・ウニョン〈P.162〉は教え子にあたる。

『カステラ』

パク・ミンギュ

就職難、若者の貧困など韓国社会が（そして今や日本も）抱える問題をポップに描いた短編集。日本語版には、李箱文学賞受賞作「朝の門」も収録されている。この作品が第1回日本翻訳大賞を受賞したことで、ガイブン好きの読者に韓国文学の面白さが強烈に伝わった。『カステラ』以前と『カステラ』以後で、韓国文学に対するイメージはかなり変わったと思う。

ヒョン・ジェフン／斎藤真理子訳、クレイン、2014年（原書刊行：2012年）

“規格外”の作家

1968年、蔚山生まれ。2003年に文学トンネ新人賞とハンギョレ文学賞を同時に受賞して一気に注目を浴びる。奇想天外なストーリーのなかにも、弱者への温かいまなざしが常にある。

『世界の果て、彼女』

キム・ヨンス

「僕たちは努力をしなければ、互いを理解することはできない。愛とはこういう世界に存在している」と作者あとがきにもあるとおり、すれ違ったり誤解しあったりしながら、心が通じ合う、そんな登場人物たち。そして龍山惨事など、実際に起きた出来事が物語の中に巧みに織り込まれて奥行きを与えている。私やあなたへの温かいまなざしと、体制への鋭いまなざしの両面が感じられる短編集。

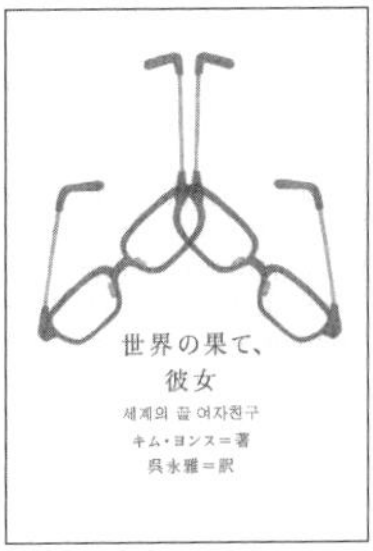

呉永雅《オヨンア》訳、クオン、2014年（原書刊行：2009年）

文壇の頼れる“オッパ”

1970年、慶尚北道生まれ。93年に詩人としてデビューしたが、翌年に発表した長編小説が高く評価され、若者を中心に熱烈な支持を得た。同時代の作家たちからも慕われており後輩たちからの信頼も厚い。マラソンが好きで毎日走っている。

『鯨』チョン・ミョングァン

登場人物が魅力的、ストーリーが面白い、文体が好き……文学作品にはまる理由はいろいろとあるけれど、この作品には何より「語り」の魅力がある。祖母・母・娘、三代にわたる物語を暴力あり、死の陰鬱さあり、ユーモアあり、内面描写ほぼなしで一気に読ませる。強烈な読書体験の保証付き。

斎藤真理子訳、晶文社、2018年
（原書刊行：2014年）

豊饒な物語の海

1964年、京畿道生まれ。映画のシナリオを手掛けていたが、2003年に文学トンネ新人賞を受賞して文壇デビュー。早くもその翌年には本作で文学トンネ小説賞を受賞して、文壇を驚かせた。本人は小説より映画に向いていると公言しており、20年にはいよいよ初監督映画「熱い血」の公開も控えている。

『野蛮なアリスさん』ファン・ジョンウン

女装ホームレスのアリシアは再開発を控えたソウル郊外の農村コモリに住んでいる。食用の犬が飼われ、下水処理場からの悪臭が漂うコモリで、アリシアは母親からの虐待を受けながら生きている。父や村人は地価の値上がりを気にするばかりで虐待に無関心。そんな環境で成長したアリシアは、母に立ち向かうことのできる日が近づいていることを予感する――。

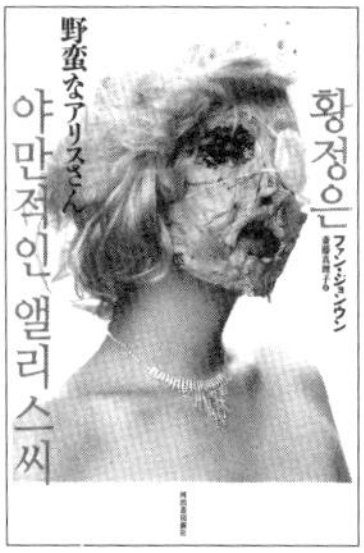

斎藤真理子訳、河出書房新社、2018年
（原書刊行：2013年）

広がりのある文章の名人

1976年、ソウル生まれ。2005年文壇デビュー。韓国で30～40代の作家に注目している作家を尋ねると高確率でファン・ジョンウンの名前が挙がるほど、今の韓国文学を代表する作家の一人。

『82年生まれ、キム・ジヨン』チョ・ナムジュ

文学の枠を超えて、社会現象のアイコンとなった『82年生まれ、キム・ジヨン』。ある患者についてのカルテという形式をとって、女性の生きづらさを、もっとはっきり言えば社会から押し付けられてきた絶望感を、淡々と提示していく。この小説に深く共感した人ばかりでなく、熱狂的に支持される理由が分からないという人にとっても、なぜ自分がそのように感じるのかを考えるきっかけとなる作品。

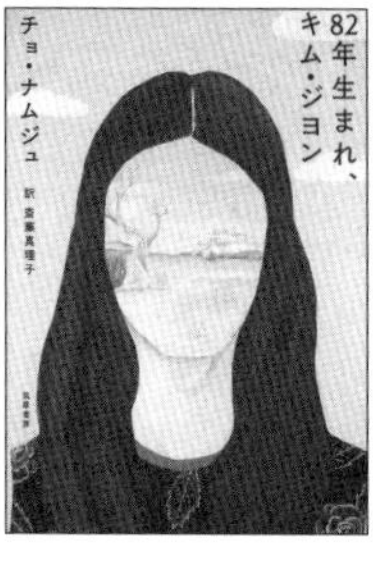

斎藤真理子訳、筑摩書房、2018年（原書刊行：2016年）

日本における"韓国文学のヨン様"

1978年、ソウル生まれ。大学卒業後に放送作家として時事・教養番組を10年間担当した後、長編小説が文学賞に入賞して文壇デビュー。本作で「今日の作家賞」を受賞した。

『春の宵』

クォン・ヨソン

突然身に降りかかる不幸、誰のせいにもできない悲劇。悪い冗談にしか思えないような状況に耐える登場人物たちからは、その場を経験した人にしか与えることができない慰めを感じさせる。お酒を飲みながら（飲まれないように気を付けながら）じっくり読みたい、ビターな大人の物語。

橋本智保訳、書肆侃侃房、2018年（原書刊行：2016年）

傷口から生まれる物語

1965年安東生まれ。96年に文壇デビュー。2016年に発表された本作は東仁文学賞、小説家50人が選んだ「今年の小説」などにも選ばれた。彼女の作品には「酒」がよく登場する。作家自身も愛酒家。映画のシナリオなども長年手掛けていて作品のストーリー設定がいつも評判になる。

『種の起源』

チョン・ユジョン

「K–スリラー」と称されるほど欧米を中心に人気の高い韓国ミステリー。その中心的な作家チョン・ユジョンが、サイコパスの中でも上位1%に属する「純粋な悪人」を描いた作品。私たちのうちに潜む「暗い森」を描き出し、東亜日報選定の今年の一冊などで1位に選ばれた。

カン・バンファ訳、早川書房、2019年（原書刊行：2016年）

グロバールなK–スリラー作家

全羅南道生まれ。文壇デビューは40代に入ってからだが、幼いころから文学が好きで、作家になりたいという夢を抱いていたという。それまで純文学よりも少し〝低く〟見られがちだった「ジャンル小説」のファンを着実に増やし、ヒット作を次々と生み出した。自らのヒマラヤ登頂体験を綴ったエッセイも出している。

『あまりにも真昼の恋愛』

キム・グミ

2018年にドラマ化もされたタイトル作は、学生時代に〝友達以上、恋人未満〟だった男女が再会したことから始まるラブストーリー。このほか、2014年から15年にかけて発表された8作品が収録されている。主人公の心に潜んでいた過去の記憶を浮かび上がらせたり、嫌な人であっても束の間見せる愛らしさなど、イメージで喚起させることが上手い。

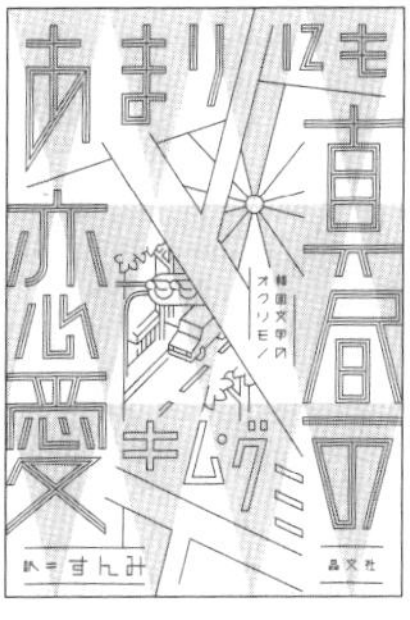

すんみ訳、晶文社、2018年（原書刊行：2016年）

イメージ小説の達人

1979年、釜山生まれ。2009年にデビュー。『あまりにも真昼の恋愛』は2作目の短編集。今後の活躍が期待される作家の一人。

『外は夏』キム・エラン

自分の中の何かが欠けてしまった、壊れてしまったと感じるほどつらい喪失を体験したときには、ぜひこの短編集を思い出してほしい。責めることも安易な同情もせず、そっとそばにいてくれる、親友のような短編集。少数言語の最後の使い手となってしまった主人公を描いた「沈黙の未来」は、歴代最年少で李箱文学賞を受賞したことでも話題となった。

古川綾子訳、亜紀書房、2019年（原書刊行：2017年）

ユーモアに潜む悲しみ

1980年、仁川生まれ。大学在籍中の2002年に大山文学賞を受賞。父親の存在が希薄となった家庭、非正規雇用で不安定な生活、難病など重いテーマを取り上げても、決して湿っぽくならずにユーモアとウィットで包んで私たちに見せてくれる。

『ショウコの微笑』チェ・ウニョン

時代背景も舞台も異なる短編7編を収めた短編集。どの作品の登場人物も、哀しみや苦しみを抱えながら、他者と対話しかかわりを持つことで、自らの人生に向き合おうとする。その姿が読者の心を打ち、さらに深く共鳴する。韓国では発売から1年余りで20刷を達成し、小説家50人が選ぶ「今年の小説」にも選ばれた。収録作「シンチャオ、シンチャオ」は高校の国語の教科書にも掲載されている。

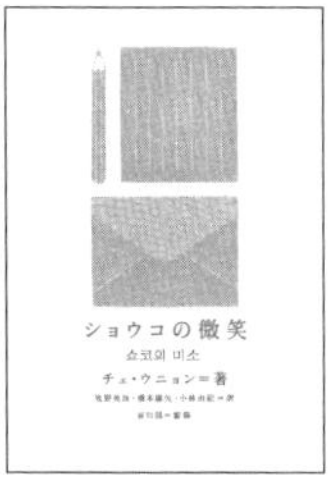

牧野美加ほか訳、クオン、2018年（原書刊行：2016年）

他人の痛みに耳を傾ける作家

1984年、京畿道生まれ。2013年に文芸誌の新人賞を受賞してデビューを果たす。アンソロジー『ヒョンナムオッパへ：韓国フェミニズム小説集』（白水社、2019）にも作品が収録されている。

『惨憺たる光』ペク・スリン

ペク・スリンの短編集第2作で、第6回若い作家賞を受賞した「夏の午後」をはじめ2014年から15年に発表された10篇が収録されている。「惨憺たる」と「光」のように、一見相いれないイメージを持つ言葉を隣り合わせにしてそっと差し出すことで、読み手にイメージを喚起させることが上手い。他の邦訳に『静かな事件』（クオン、2019）がある。

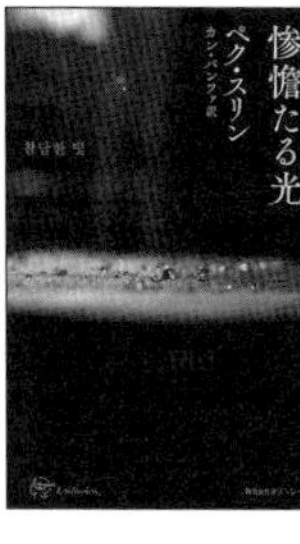

カン・バンファ訳、書肆侃侃房、2019年（原書刊行：2016年）

言葉で「絵」を描く作家

1982年、仁川生まれ。大学、大学院では仏文学を専攻。2011年に京郷新聞の新春文芸に短編が入選して、文壇デビュー。19年にインターネット書店 Yes 24 が行った「韓国文学の未来になる若い作家」読者アンケートで2位に選ばれるなど、読者からの支持を得ている。（同アンケート1位のキム・グミさん〈→ P.161〉とは〝オンニ〟と呼ぶほど親しいそう。）

『娘について』キム・ヘジン

介護施設で働く母親の元に娘と同性のパートナーが転がり込み、３人の共同生活が始まる。娘は大学の非常勤講師として働いているが自活できない、いわば高学歴ワーキングプアである。娘の同性愛について到底理解できずに戸惑い、苛立ちすら感じていた母親が、徐々に２人を受け入れて理解へと進んでいく。性的マイノリティ、貧困、高齢化問題が無理なく描かれた純度の高い小説で、ストーリーではなくイメージで物語を作り上げる作家の力量に感服する。

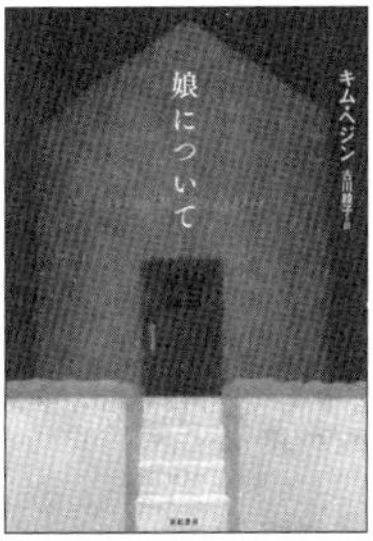

古川綾子訳、亜紀書房、２０１８年（原書刊行：２０１７年）

静かで大きな響きの物語を紡ぐ作家

1983 年、大邱生まれ。社会的弱者と彼らを取り巻く社会というテーマがドライな文体で織り込まれた彼女の作品は、静かながらも大きな響きを伴って読者に問いを投げかける。『娘について』だけでなく、デビュー作『中央駅』（彩流社、2019）もおすすめ。

『1945, 鉄原』イ・ヒョン

朝鮮戦争をテーマにした青少年向きの作品。1945 年 8 月 15 日の解放が人々にどのように訪れたかが事件を通して明らかになる。また戦時とはいえ、当時の日常の京城（ソウル）の風景が目に浮かぶように描かれている。本作の続編「あの夏のソウル」（影書房、2019）も刊行されている。

梁玉順訳、影書房、２０１８年（原書刊行：２０１２年）

再生の達人

1970 年、釜山生まれ。2004 年にチョン・テイル文学賞を受賞し登壇。童話や YA 分野で優れた作品を次々と発表している。

『フィフティ・ピープル』チョン・セラン

大学病院を舞台にした群像劇。50ある章のタイトルはすべて人名で、一人ひとりの生活に光を当てて描かれている。作品のなかで人間関係が交わり合う様子を読みながら、誰もが自分の人生の主人公で、他のひとの人生の登場人物であることを思い起こさせてくれる。初めて韓国文学を読む人にお薦めしたい作品。

斎藤真理子訳、亜紀書房、2018 年（原書刊行：2016 年）

ジャンルの垣根を跳び越える、“私たち”の作家

1984 年、ソウル生まれ。文芸編集者として活躍した後、2010 年頃から本格的な創作活動を開始した。韓国の文学界に根強かったジャンルの壁を跳び越えて、SF やホラーなど幅広いスタイルの作品を発表している。今はドラマの脚本や映画のシナリオも手がけているマルチプレイヤー。恋し、挫折し、傷つきながら、進む方向を模索していた、未熟で無防備だった十代の日々を描いた青春小説『アンダー、サンダー、テンダー』（クオン、2015）もおすすめ。

古典名作編

『広場』

崔仁勲《チェイヌン》

朝鮮戦争停戦後、釈放捕虜となった李明俊は、南でも北でもない第三国行きを選択する――。1960年代の韓国で分断や戦争を素材にした小説は個人の悲しみや悲劇を描き出したものが多いが、「広場」は当時の韓国社会を支配していた理念と、その理念に縛りつけられた人間の姿をさらけ出している非常に観念的な小説である。作家が終生手を入れ続けたため、物語の細部が変わってきている箇所もあるが、「広場」を求め続ける李明俊の姿に崔仁勲自身の姿が重なる。100刷を越えるロングセラー作品。

吉川凪訳、クオン、2019年
（原書刊行：1961年）

ロングセラー作家の元祖

1934年、現在の北朝鮮にあたる咸鏡北道会寧に生まれる。朝鮮戦争の際に家族と共に韓国側へ渡る。文壇デビューの翌年に発表した「広場」で大きな注目を集めた。小説の創作に限界を感じて「戯曲だから表せる内容を表現するために」戯曲創作を始めたといい、演劇の台本としての戯曲ではなく、純粋な文学としての戯曲を多く書いた。2018年没。

『尹東柱詩集 空と風と星と詩』

尹東柱《ユンドンジュ》

韓国語の使用が禁じられていた日帝時代に、留学先の日本でも韓国語で詩を書き続けていた尹東柱。彼は祖国の解放を見ることもかなわず日本で獄死したが、1948年に詩集『空と風と星と詩』が出版されるとその純粋なことばの数々が韓国の読者を魅了した。邦訳も複数出版されているが、本書では『空と風と星と詩』を中心に選ばれた66篇の詩が在日詩人、金時鐘の翻訳で紹介されている。

金時鐘《キムシジョン》編訳、岩波書店、2012年
（原書刊行：1948年）

韓国の国民的詩人

1917年、間島（現在の中国吉林省延辺）生まれ。同志社大学在学中に治安維持法違反の疑いで検挙され、45年2月に獄死。祖国が解放されると「民族詩人」「抵抗詩人」として作品が紹介されるようになった。韓国で知らない人はいない、国民的詩人。

『あなたたちの天国』李清俊《イ チョンジュン》

日本による植民地時代、ハンセン病患者が強制隔離されていた韓国南部の小鹿島《ソロクト》。1960年代軍事政権下のこの島を舞台に、新たに病院長として赴任した軍人と、長年自由を求めながらこの島に留められていた患者たちの物語。新院長は患者たちが自立できるよう、自らの手で「天国」を作るように促すが、一体だれのための「天国」なのか。（この作品に惹かれた私は、実際に友人と小鹿島を訪れました。）

姜信子訳、みすず書房、2010年（原書刊行：1976年）

ことばと権力の関係を作品化

1939年、全羅南道生まれ。4.19革命が起きた年に大学へ入学し、在学中の65年に文壇デビューする。映画「シークレット・サンシャイン」の原作となった「虫の話」（『絶望図書館』所収、ちくま文庫、2017）など映画化された作品も多い。2008年没。

『完全版 土地』朴景利《パク キョンニ》

朝鮮王朝末期から日本による植民地支配からの解放まで激動の時代を背景に、様々な身分や立場の人々の愛、葛藤、悲しみ、喜びなどを綿密な筆致で描いた、壮大なタペストリーのような小説、全20巻。若い人たちにも読んでほしいと著者自身の手によるダイジェスト版も刊行され、ドラマ化や漫画化もされるなど、韓国の人々に深く愛されている作品。

金正出監修、吉川凪・清水知佐子・吉原育子訳、クオン、2016年より刊行中（原書刊行：1969〜94年）

韓国大河小説の母

1926年、慶尚南道生まれ。金東里に師事して小説を書き始め、55年に文壇デビュー。69年から25年間にわたって書き続けた『土地』は朴景利の代表作であり、韓国を代表する作品の一つ。詩人の金芝河は娘婿にあたる。2008年没。

『こびとが打ち上げた小さなボール』チョ・セヒ

1970年代のソウル。産業化が推し進められる一方で経済的な格差が広がり、社会の底辺で苦痛を強いられている一家を主人公にした連作小説。当時の社会の歪みをさらけ出すとともに、人間らしく生きることへの渇望を描いている。韓国ではロングセラーとなって今も読まれており、アン・ソンギ主演で映画化もされた。

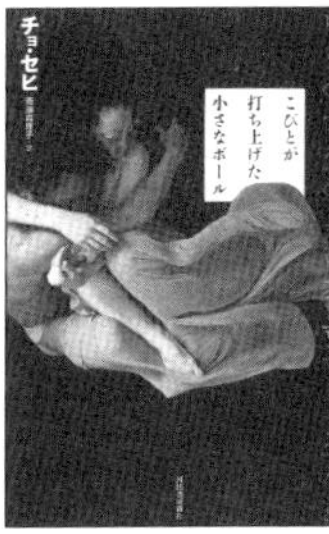

斎藤真理子訳、河出書房新社、2016年（原書刊行：1978年）

“こびと”を目覚めさせた作家

1942年、京畿道加平生まれ。75年より本格的に作家活動を始める。70年代より、「こびと」の連作小説で注目を浴び、78年に出版された本作で東仁文学賞を受賞した。

『詩集 そしてまた霧がかかった』李晟馥《イソンボク》

1980年代韓国の詩壇を一番盛り上げた詩人、李晟馥による2作目の詩集。

初の詩集『寝ころぶ石はいつ目覚めるのか』（1980年刊行）は当時の文学青年たちにとって忘れられない一つの文学的事件となった。行のジグザグ式配列、逆さまに組み込んだ活字、言葉遊びに近い言葉の省略と繰り返し、コラージュ手法による異質的なイメージの配置、俗語が踊る……この記念すべき詩集は、噴水のように湧き上がり、滝のように吹き出し、止められない何かでいっぱいだと評価された。イメージと叙事が共存する彼の詩は文学青年たちのバイブルとなった。

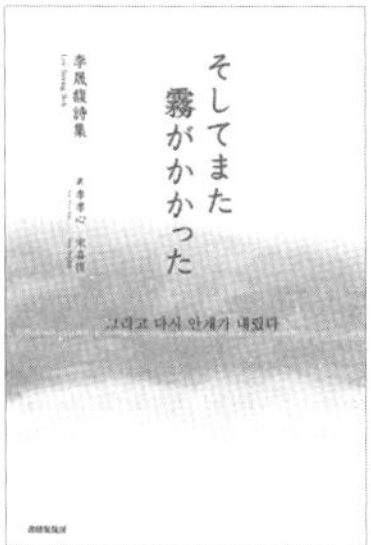

韓成禮監修／李孝心・宋喜復訳、書肆侃侃房、2014年（原書刊行：1986年）

ダンディな詩人

1952年、慶尚北道生まれ。70年代後半から文芸誌に詩を発表。2016年にアイドルグループBlock Bのメンバーがテレビ番組で李晟馥の本を読んでいると発言したことでも注目を集めた。ファッション誌のカルチャーコーナーにも登場するほど大衆に受け入れられていると同時に、詩人を目指す人からは「詩聖」と呼ばれるほど尊敬も集めている。

『あの山は、本当にそこにあったのだろうか』朴婉緒《パクワンソ》

朴婉緒の自伝的小説第2作。前作（『新女性を生きよ』、梨の木舎、2006）に引き続いて本書が描いているのは、朝鮮戦争の真っただ中、「私」が20代になった1951年から1953年に結婚するまでの20代。人民軍とともに北に連れていかれそうになり逃れた先で助けてくれた人たち、米軍のPXで出会った人たちなど、一般市民の暮らしが生き生きと描かれている。シリーズ150万部を超えるロングセラー。

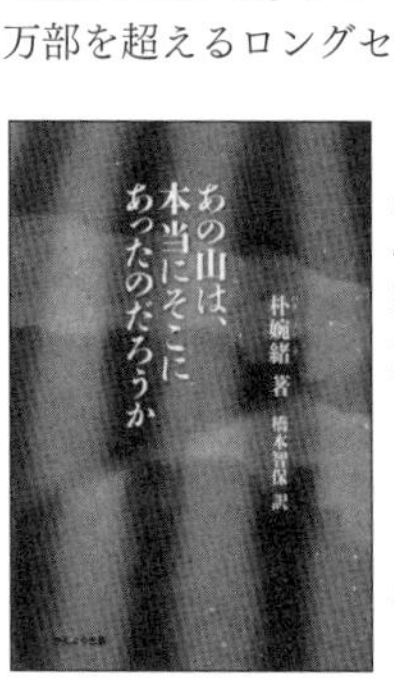

橋本智保訳、かんよう出版、2017年（原書刊行：1995年）

小説にならない材料はない

1931年、京畿道生まれ。高校時代に第二次世界大戦の終戦を、大学時代に朝鮮戦争を経験する。文壇にデビューしたのは40歳近くなってからだが、次々と発表した作品が多くの読者に愛され、韓国の国民的な女性作家となった。2011年に79歳で没。

『太白山脈（全10巻）』趙《チョ》廷《ジョン》來《ネ》

全羅南道の農村を舞台に、植民地支配からの解放と朝鮮戦争を経て南北が分断されるまでの朝鮮半島の歴史を描いた長編小説で累計500万部以上の大ベストセラーとなっている。同じ作家の『アリラン』、『漢江』とともに韓国の近・現代史を網羅した3部作と言える。1989年に刊行されるとベストセラーとなり、94年には映画化もされた（日本公開2000年）。翻訳版はないがマンガ化もされている。

尹學準監修ほか、ホーム社、1999〜2000年（原書刊行：1989年）

韓国大河小説の父

1943年、順天生まれ（全羅南道）。70年から文壇デビュー。大河小説の作家としてよく知られている。故郷の順天には趙廷来文学館がある。

『小説家仇《ク》甫《ボ》氏の一日』ほか十三編 朴《パク》泰《テ》遠《ウォン》

表題作は、朴泰遠自身をモデルとする（「仇甫」は彼の雅号の一つ）小説家の主人公が、京城市内を歩き回る約半日を描いた作品。彼の目に映る街並み、出会った人々と交わした会話を通じて、読者も一緒に1930年代の京城を散策しているように感じられる。同時に、その時代の人々の心に影を落とす時代の空気や重みも感じさせる。朴泰遠が作り上げたキャラクター仇甫氏は以降、崔仁勲や呉圭原など他の作家たちの作品にも登場したりする。日本語で読める朴泰遠の作品には『川辺の風景』（作品社、2005）もある。

大村益男・布袋敏博編、芹川哲世・山田佳子訳、平凡社、2006年

京城のモダニスト

1910年、ソウル生まれ。韓国のモダニズム文学を代表する作家。朝鮮戦争勃発後に越北したことで韓国では長くタブー視されてきたが88年に解禁され、越北後に書かれた作品も読まれるようになった。86年平壌で逝去。映画監督ポン・ジュノは朴泰遠の孫にあたる。

特別寄稿

フェミニズムは想像力だ

여성주의는 상상력이다

최은영

チェ・ウニョン

古川綾子 訳

二〇〇二年に入学した高麗大学には「高大文化」、「石筍」という二つの学内誌があった。「石筍」はかなり長めのエッセイなどで編集されていたが、はじめて手に取った日に読み通した。見たことのない内容だと思った。コンテンツは目新しいものではなかったが、分析する観点が奇抜で興味深かった。書くことに興味があった私は「石筍」の事務局を訪ね、試験を受けて委員になった。初日、同じように試験に合格した友人が「あなたはフェミニスト？」と訊いてきた。動揺した私は「ううん。違うよ」と答えた。当時の私にとって、フェミニズムはとても偏狭で否定的な意味を持つ概念だった。

「石筍」は男子学生ばかりだった八〇年代の高麗大学で、男性中心の文化に問題意識を持つ学生が集まって作った雑誌だ。私たちはフェミニズムについて書かれた本を読んだり、セミナーを開いたりして、フェミニズムの観点から世の中を見つめ、分析する方法を学んだ。労働、性売買、クィア、障碍、環境、戦争……。さまざまなテーマを扱った文章を読んだ。その過程でフェミニズムは私に言葉を与えてくれた。これまで言語化できずにいた、気まずくて悲しい記憶ばかりが残る過去の経験について、フェミニズムは的を射た説明をしていた。そうした時間を過ごすことによって、私は自らを「フェミニスト」だと打ち明けられるようになった。

私が取り入れたフェミニズムは「女性も人間」というシンプルな命題だった。女性は物ではなく、男性の性的な対象、妊娠と育児の機能を果たす対象、男性の食事の支度をする対象でもなく、男性と同等な人権を有する人間という存在なのだ。若い女性、年配の女性、妻、娘、母親、嫁である前に人間なのだ。こういうシンプルな言葉に反論する人はあまりいないだろう。だが韓国社会の日常で、こうした命題を本気で実現させながら生きている人は多くないはずだ。

私は女性が人間扱いされない状況を、これといった問題意識も持たずに受け入れながら育った。誕生からしてそうだった。私は本家である父の子どもとして、男に生まれなければならなかった。でも私は女に生まれ、弟が生まれるまでの間、息子を産まなければという圧迫感を母とともに感じていた。大人たちは私が良い子にしていないと母が息子を産めないと言った。私は女の子だったから、おとなしくして、優しくして、きれいな言葉を使わなければいけないし、ひどい目に遭うかもしれないから自分の体を大切にしなければと教わった。思春期になると女の子同士で鏡を見ながらお互いの外見について語り、見た目に対して強迫的なまでの関心を持つようになった。女性は美人が一番だという言葉の中で、自分の価値をとてもちっぽけなものに感じていた。

大学院に進めば「どうして最近は女子学生ばっかりなんだ？」という教授の愚痴を聞かされ、作家になったら「どうして最近はおかしなぐらい女性作家が多いんでしょう？」という疑問を記者に投げかけられた。彼らは、男性は稼ぐ必要があるから相対的に経済的な余裕のある女性が学び、物書きになるのだと私に向かって言った。それは必死にアルバイトをして、睡眠時間を削りながら学費と生活費を稼いで家族まで扶養していた私の存在を打ち消す言葉だった。彼らは、この状況の原因を「女性は学ぶことに貪欲だから」、「女性は書くのが上手いから」という根本から見つけようとしなかった。学者や作家のデフォルトは男性だと思っているから、男性がいるべき場所を占有している女性の姿が奇妙に映ったのだ。

私は文芸創作学科で特別講義をする機会が非常に多く、これまで全国の大学に出向いた。その経験から述べると、文芸創作学科の学生の七〇％が女性で、教授の九五％以上が男性だった。でも「どうして男性の教授ばかりなんですか？」という問題提起は聞いたことがなかった。子育て中でもキャリアが中断しないからという理由で、働く女性が小学校の教師に集中している状況を「小学校教師の女超（男性より女性の比率が多いこと）現象」だと社会問題化する声しか聞いたことがなかった。

こんな想像をしてみた。学生の七〇％が白人以外で構成されていて、教授の九五％を白人が占めていたら、私たちはそれを明らかな人種差別だと認識するはずだ。二〇一九年にこんな形で公然と差別が行われている事実に衝撃を受けるはずだ。でも人びとは九五％の男性教授のもとで学ぶ女子学生の姿を見ても、それを明らかな差別だとは認識しない。では、これは差別ではないのだろうか？　このように女性差別はあまりにも当たり前で基本的なものになっていて、差別だと可視化すらされないケースがほとんどだ。自分をフェミニストだと確認してからの私は、これまで当然のことだと思って受け入れてきた数々の瞬間が、実は差別だったと知って傷ついた。フェミニズムの観点を知らなかった頃に戻れたら、むしろ楽なんじゃないかと考えなかったわけではない。だがフェミニズムを自分の問題として考えるようになる前の私も、当然のことだと受け入れながらも実は傷ついていたのかもしれない。知らなかっただけ、言語化できなかっただけで、実際は傷つき、他者化される経験をしていたのだ。傷を言葉で表現することもできず、心に怒りと悲しみばかりが募るような生き方はしたくない。

私はフェミニズムに触れ、傷つきながらも自由になった。家父長制に基づく正常な家族というイデオロギーから自由になった。気立てのいい娘として生きるべきだという信念から自由になった。外見に対する強迫観念から自由になった。自分を含む女性たちへの嫌悪と憎しみから自由になった。自由になったというのは、そうした家父長制のイデオロギーから完全に抜け出したという意味ではない。家父長制のイデオロギーの毒性を知り、苦労して合わせようと自分を押し殺さなくなったという意味だ。

韓国社会はめざましいスピードで変化している。スターバックスでコーヒーを飲む女性を嘲弄する「テン《味》ジャン《噌》 ニョ《女》（ブランド好きで見栄っ張りな女性を皮肉った言葉）」と、控えめでしっかりした女性という意味の「ケ《概》 ニョム《念》 ニョ《女》」が同時期に存在したのはわずか数年前のことだ。当時の韓国女性はそれらに立ち向かう言葉を持っていなかった。「テンジャンニョ」だと思われていないかと多くの女性が戦々恐々とし、「ケニョムニョ」に見られることを望んだ。男性に良く思われたいからではなく、蔑視と嘲弄の対象になりたくなかったからだ。だが今や、「テンジャンニョ」や「ケニョムニョ」といった言葉は韓国社会で力を失った。「女性を何だと思って、そんな言い方をするのだろう？」という若い世代の怒りの前で。女性の婚期や価値をクリスマスケーキに喩える言葉がたった数年前までは冗談だったとすると、若い世代はそれをセクシュアル・ハラスメントだとして問題提起する。こうした文化を居心地が悪い、恐ろしいという一部の人びとの姿に、人間のそのままの姿を尊重しながら、ともに生きる社会を想像することのできない彼らの無能力を見る。

　フェミニズムは想像力だ。誰も阻害されたり傷つけられることなく、皆が笑顔で過ごせる暮らしへの夢、社会がいうところの「正常な家族」を構成しなくても、自らの幸せを最大限に追求できる生き方への夢、自由を与え合うことによって皆が解放される、肯定的な人間の自由への夢だ。そういうフェミニズムを私は愛している。韓国社会で女性として文章を書きながら生きる、私の人生を愛している。韓国と日本社会に生きるすべての女性の人生がより自由で、より多くの可能性に満ちあふれたものになることを願っている。フェミニズムはそうした私たちの道を常に照らしてくれることだろう。

（八四年生。作家。著書『ショウコの微笑』）

街なかですれ違った（かもしれない）あなたへ

ひらりさ

エッセイ

初めて韓国に降り立ったのは、２０１９年1月のことだった。

所属するユニット「劇団雌猫」宛に舞い込んだ、ウェブメディアからの寄稿依頼。「一人あたり2万円を渡すので、それぞれの使途をレポート記事にまとめてほしい」というものだった。他メンバーが「オリジナル香水作り」のようなアクティビティを挙げるなか、私は赤字承知（企画趣旨をガン無視とも言う）で「人生初の韓国一人旅」をしたいと頼み込んだ。ＬＣＣで日帰り弾丸旅程を組み、12時間ほどで、コスメショップ、おしゃれカフェ、美容クリニック（すべて自腹）を駆けずり回るスケジュールを敢行。水光注射後の麻酔でぼーっとしながらも、最後にどうしても、友人が教えてくれた「インスタ映えする靴下屋」に行きたくて、とっさにソウル駅脇でタクシーに乗った。幸いにも日本語対応の観光タクシーをつかまえられたので、運転手さんはすぐに私の行きたい店を把握、そこに向かって走り出した。……のだが雑談の中で「今日の22時台の飛行機で帰るんですよ～」と私が漏らしたら表情が一変。「この靴下屋寄ると絶対間に合わないからやめなさい」と必死に言い募り、駅へとリターン。彼の説得あって、私はぎりぎり、保安場が閉まる前に空港に着くことができたのだった。

韓国映画はよく観るし（男同士のもつれた関係が大好物）、Ｋ－ＰＯＰもかじってるし（ＥＸＯのファンクラブには1年入っていた）、『82年生まれ、キム・ジヨン』にも感銘を受けて、ひろく「韓国」が気になっていた私。よくよく考えたら、前の会社では上司が韓国人だったので、彼が採用したチームメンバーにも韓国人が多かった。「韓国式だと歳上が全部おごるべきなんだけど、日本の飲み屋は高いからちょっと厳しいんだよな」とか「ソウルよりプサンの女のほうが気性がはげしくて頑固なんだよね」とか、彼らの「韓国あるあるトーク」を聞いて、日本との違いに新鮮さを感じていたのも、「機会があったら行ってみたいなあ」と思うきっかけだった。

足を踏み入れたらもっと知りたくなって、その後自腹で2回ソウルを訪れた。いつの間にか推し韓国俳優もできてしまい、ハングルの読み方も勉強し始めた。

そんな私にとって、現在次々に刊行されている韓国翻訳小説は、一冊一冊が貴重な水先案内人のようなのだけれど、中でもチョン・セラン『フィフティ・ピープル』は、一冊で50度美味しい、とても贅沢な本だった。

舞台は韓国の地方都市。どうやらソウルから地下鉄で1時間ほどの街で、映画館や総合病院がある程度には規模がある。主人公（たち）は、その都市で暮らしていたり縁があったりする、総勢50人以上の人々。とある趣味のせいで周囲から色眼鏡で見られてしまった看護師（クォン・ヘジョン）、死にかけている犬とともに兄の来訪を待つタトゥー職人（ハン・スンジョ）、知らぬ間に看板広告に使われているらしい自分の写真を探すため韓国にやってきたオランダ人女性（ブリタ・フンゲン）、身体検査を通過できずに除隊となった戦闘機パイロット（チェ・デファン）などなど。異なる立場、異なる年齢の彼らがリレー形式で異なる人生を語っていくが、実は……というのが『フィフティ・ピープル』の構成だ。終章が「そして、みんなが」なので、どんなドミノ倒しが起きるのだろうと最初からワクワクしていたのだけれど、いざたどりつくと、すっかり彼らの友達になった気でいた私にとっては胸が締め付けられるような展開が待っていて、読み終わった瞬間、祈るように目をつぶってしまった。

50人以上の彼らの物語の一つひとつは、必ずしもドラマティックに展開するものではない。なにか決定的な誰かや何かに出会って人生が変わる、というようなわかりやすい話はほとんどなく、起承転結にも満たない断片として終わるエピソードもある。しかし、どんなに短いエピソードのなかにも必ず、それぞれの抱える大小の「痛み」――それは耐え難い激痛から魚の小骨が刺さったような違和感まで、実にさまざまだ――が存在し、どれもひとしく無視できないものとして描かれている。50人のほとんどはお互い知人ですらないのだけれど、一人ひとりの痛みには、大本をたどっていくとどこかでつながっているような感じがあって、読んでいくうちに、読み手である私自身がぼんやりと抱えている日々の痛みや怖れ、向き合えずに忘れようとしているようなもの、なんとか打ち勝とうとしているものなども、彼らの痛みと連なっているのではないかと思わされた。それはつまり、道端ですれちがったような他人、一度しかしゃべったことがないような他人、あるいはどこで生きているかも知らないような他人、もっと言えばこの世のすべての他人との間にも、きっと一筋のつながりがあるに違いないと思わせる力を、この小説が持っているということだった。

だからこそ私は、最後の章を読み終えたときに、作中の「みんな」をこえて、日本の友達や、推し韓国俳優や、あの旅で助けてくれたタクシー運転手さんや、保安場で前にならんでいた誰かにすら届けたいような祈りを抱いたのだった。

読書というものは、作中の人物を知ることを通じて、現実の人間へも思いを馳せる機会をくれるものだと思う。「想像力」とまで言ってしまわずとも、もっと単純に、ただすれ違っただけの人の裏にもまた自分と同じだけの人生があるという、ごく当然の事実を教えてくれるという意味においての話だ。それはどの国の文学にも、もちろん日本文学にもある効能だけれど、近くて遠い隣国で書かれた小説を読むと一層、この当然すぎて忘れがちなことを大切にしたくなる。

毎日覚えておきたいから、私はこれからも、韓国文学を読むだろう。

（八九年生。ライター・編集者）

斎藤真理子についていきます

豊﨑由美

エッセイ

『82年生まれ、キム・ジヨン』(筑摩書房)だけが韓国文学じゃない。「#Me Too」運動の盛り上がりもあいまって、翻訳ものとしては異例なほど売れた同書だけれど、それだけしか読まないのはあまりにももったいない。なんて偉そうなことを書きながら、わたしが韓国文学の魅力を本格的に発見したのだって十分遅かった。それは、二〇一六年の十二月。その前年に、パク・ミンギュの短篇集『カステラ』(クレイン)の訳業で第一回日本翻訳大賞を受賞した斎藤真理子さんから、「かなり過激な描写があるので、日本の読者に受け入れられるか不安」と聞き、かなり期待して読んで衝撃を受けたのが、チョ・セヒの連作短篇集『こびとが打ち上げた小さなボール』(河出書房新社)だったのだ。

たしかに、過激。なんせ冒頭の一篇が、自分たちの家を取り壊しておいて、相場より低い額の保証金しか払わなかった業者の男を、〈せむし〉と〈いざり〉が襲う話なのだ。で、最後に置かれた一篇も、同じコンビが、自分たちを置き去りにした見世物で人寄せする移動薬売りを、殺意をもって追いかける話。この二つの物語と、間に挟まれた十篇の舞台になっているのが、朴正熙《パクチョンヒ》による軍事独裁政権下、資本家によって労働者が搾取される一方だった一九七〇年代の韓国なのだ。

世の中の不公平さに苛立ちを覚えている中産階級の専業主婦シネが、〈こびと〉に水道を修理してもらい、自分もまた彼の仲間なのだということに思い当たる「やいば」。特権階級の父親に敷かれたレールに反発を覚える受験生ユノが、自分でものを考え、曇りのない目で社会を見ることを学んでいく「軌道回転」と「機械都市」。巨大企業グループの直系一族である高慢な青年の目を通し、持てる者の残酷さを活写した「トゲウオが僕の網にやってくる」。

さまざまな立場にいる人物を登場させることで、民衆苦難の時代を立体化させるこの小説の中心にいるのが〈こびと〉一家だ。長男ヨンス、次男ヨンホ、長女ヨンヒ。三兄弟妹それぞれの視点から、さまざまな仕事に就き、家族のために懸命に働いてきた愛情豊かで辛抱強い〈こびと〉の、報われなかった一生を描く表題作。労働者として最低限の待遇すら与えられず、資本家から人間として扱われない理不尽な状況下、勉強会を開き、組合を結成したヨンスが、静かに怒りを内に育てていく過程を描いた「ウンガン労働者家族の生計費」と「過ちは神にもある」。

粗筋だけに拠ってしまうと、一九七八年に発表された本作は韓国に特化した社会悪を告発する小説かと思う人が多いかもしれないけれど、それはちがう。描かれていることのほとんどは読んでいて胸が痛くなるほど過酷だ。でも、時折挿入されるイメージ喚起力の高い文章が、この小説を貫く〝悲しみ〟に繊細な表情と普遍性を与え、日本人のわたしからも深いレベルにおける共感を引き出すのだ。こういう小説が、ロングセラーとして今も読み継がれている韓国の読書界をリスペクトしないわけにはいかない。

『カステラ』の後に訳出されたパク・ミンギュの長篇小説『ピンポン』（白水社）にもヤラれたなあ。

語り手は巨大な顔面のモアイと共にいじめにあっている中学三年生の〈僕〉。物語は、二人が原っぱで古ぼけたソファーと卓球台を発見するエピソードから大きく動き出す。ラケットを買いに行った店で出会った、自らを〈卓球人〉を名乗る元卓球選手の外国人店主セクラテンを師匠に、彼らは卓球を学んでいくのだけれど、やがて、原っぱに巨大なピンポン球が降臨。いじめられっ子二人が、人類の存亡をかけた試合に挑まなくちゃいけなくなり——と、かなりトリッキーな展開を見せる小説なのだ。

善きことと悪しきことが永遠のジューススコアでラリーを続け、いまだ決着に至っていないのが人類の歴史だという世界観が素晴らしい。『ライ麦畑でつかまえて』のホールデン少年以降引き継がれてきた、中2病男子の一人語りをアップデートさせた〈僕〉の声が愛おしい。この作品から放たれるサーブを、大勢の皆さんにレシーブしてほしい気持ちでいっぱいだ。レシーブ先で待ち構えている、野球が大きな意味を持つ『三美スーパースターズ 最後のファンクラブ』（晶文社）も、しっかりミットに収めるべし。

このパク・ミンギュと同じくらい、わたしが愛する作家がハン・ガンだ。ミンギュのテンション高めの文体とは正反対、もの静かで詩的な表現が特徴的で、『ギリシャ語の時間』（晶文社）を読んだ時は、未来のノーベル文学賞受賞者と出会ったというくらいの衝撃を受けたものなのである。

主人公は二人で、視力を失いかけている古代ギリシャ語の男性教師と、言葉を失っている女性。父親の仕事の都合で、十四歳でドイツに渡り、三十歳で独り韓国へ帰国した男。十六歳の時に一度失語症にかかり、離婚した夫に幼い息子をとられ、今また自分の中から言葉を閉め出してしまった女。それぞれに背負った宿命と過去のいきさつによって、それぞれに深い孤独の中にある彼らの思いを、魂の囁きを、作者は詩のように形而上的で、かつ読者の心に直接語りかけてくるような芯のしっかりした文章で描ききっているのだ。

振り返ってみると、わたしは斎藤真理子の訳書の数々によって韓国文学の魅力に開眼したといっていい。その他にも、ファン・ジョンウン、チョン・セラン、チョン・スチャン、チョン・ミョングァン、アンニョン・タルなど、斎藤さんのハズレなき訳書を読んでいけば、社会情勢にコミットする作品から奇想小説、幻想文学、詩小説まで、韓国文学の幅広い、奥深い魅力がわかる。フェミニズム方面だけで韓国文学を語るのは、もったいないことがわかるのだ。

（とよざき・ゆみ＝六一年生。書評家）

痛みを手がかりに

日本と韓国のフェミニズム

小川たまか

エッセイ

韓国と日本のフェミニズムについて原稿を書いた[*1]のをきっかけに寄稿依頼をいただいた。フェミニスト小説と言われる『82年生まれ、キム・ジヨン』[*2]が百万部以上のベストセラーとなり、今は十〜二十代女性の半数近くがフェミニストだという調査もある韓国。かたや日本は？　と言われがちだが、単純な比較には落とし込みたくない。日本でも『キム・ジヨン』はヒットしているし、医大入試差別や性犯罪の相次ぐ無罪判決をきっかけに、「性差別に声を上げよう」という空気は確実に広がっている。

私がこの原稿で書きたいのは、韓国と日本の小説において性暴力がどのように登場するのかと、その背景についてだ。性暴力への理解度はフェミニズムへのそれにある程度比例するのではないかと思う。なぜフェミニストはフェミニストになったのか。「個人的なことは政治的なこと」だから、もちろん個人的経験からなのだが、そこに性暴力が含まれることは決して少なくない。

新潮二〇一八年五月号に発表された『地球星人』(村田沙耶香)は、後半の宇宙的展開から振り返ると、前半で描かれる性暴力もどこか「非現実的」に思えてくるかもしれない。けれど、主人公の奈月が経験する塾講師・伊賀崎からの性暴力は、現実に存在する性暴力の、非常に典型的なかたちだ。

奈月は自分を「落ちこぼれ」と認識し、家庭内でも疎まれている。対して伊賀崎はかっこよくて面白く、女子から人気がある。彼は、奈月の頭をなでる、シャツの中に手を入れ背骨に触る、下着の色を注意する、生理用ナプキンを目の前で取り替えさせるという段階を踏んで、性的侵襲を行う。最終的には小学校六年生の奈月に、自宅で口腔性交を強要する。

被害者の立場が弱く、加害者の方が周囲から信頼を集めていること。被害者が孤立して、被害を相談しても周囲から（親からも）信じてもらえないこと。性的侵襲が段階を踏んで行われること。初期の段階で被害者が「自意識過剰かもしれない」と相談をためらうこと。具体的な暴行や脅迫があるわけではないけれど、逃げられないこと。口止めされること。多くは、見知らぬ人からではなく、知り合いから行われること。すべてが、性暴力の被害調査で実際に明らかになっていることだ。

具体的な被害者の語りを挙げるとすればたとえば、今年の四月から始まった、性犯罪の無罪判決をきっかけとする「フラワーデモ」。この公式サイト上に掲載されている、被害者たちの語りのひとつに、子どもの頃の塾講師からの被害がある。彼女は小学生のとき、バレンタインデーにチョコを渡した先生からレイプされたことを綴っている。[*3]

あるいは、被害者心理についての、日本フェミニストカウンセリング学会による調査『なぜ「逃げられない」のか』[*4]では、力関係を加害者が巧みに利用する実態が明らかにされている。

作者がどのような取材や調査をして（あるいはそういったことをせずに）この描写にたどり着いたのかについて私は知らない。知らないけれど、フィクションの中にこのように性被害が正確に落とし込まれることについて喜んでいる。セカンドレイプに遭うことも少なくない被害者の語りが、フィクションの中では安全だ。

ちなみに、一七年六月の性犯罪に関する刑法改正では、口腔性交と肛門性交の強要が膣性交の強要と同等に裁かれることになった。「男性も被害者に」と大きく報じられたことでご存じの人も多いだろう。改正にあたっての議論では、「膣性交ができない子どもに、代わりに口腔性交を強要するケース」と、その深刻度について言及されていた。強制性交等罪（旧・強姦罪）は五年以上の懲役となったが、強制わいせつ罪は六ヶ月以上十年以下の懲役。刑法改正前、口腔性交の強要は強制わいせつ罪であり、初犯なら執行猶予がつくこともあった。

日本でもベストセラーとなっている『82年生まれ、キム・ジヨン』。女性に生まれることで受ける抑圧がいくつも詰め込まれている。その中にはもちろん、性暴力が含まれる。

たとえば、主人公が中学時代に学校の外に出没する露出狂。女子クラスの窓から見える場所に現れる露出狂を取り押さえて派出所に突き出した五人の「不良娘」は、謹慎処分を受けて反省文を書かされる。このくだりを読んで思い出したのは、一九七八年生まれの漫画家・田房永子が「痴漢にあうってどういうこと？」[*5]の中で描いている女子校時代のエピソード。文化祭でチア部のスカートの下を撮影しに来る男性や、生徒の登下校中に現れる痴漢への対策について、ほとんどの教師は無関心だったのだ。

このほかにも『キム・ジヨン』には、男子生徒からのつきまとい被害や、就職後、取引先との飲み会でセクハラめいた言葉をかけられる場面がある。そして、主人公は退職後、元同僚から職場でトイレの盗撮事件があったことを打ち明けられる。

韓国では盗撮事件が大きな社会問題となっている。検索すれば「ホテルで千六百人を盗撮、男四人逮捕」「韓国ホテルに隠しカメラ、カップル八百組超の盗撮映像を生配信」といったニュースがすぐにヒットする。韓国のフェミニズム関連デモで最も大きかったと言われる一八年夏のデモも盗撮がきっかけだ。女性が男性を盗撮した事件について、すぐに女性が逮捕されたことに対して「普段は迅速な捜査をしないくせに」という不満が噴出した。盗撮のエピソードにはこのような背景が反映されている。

ところで、この物語の中で主人公は直接的な性被害にはほぼ遭わない。被害を見聞きするか、もしくは「未遂」である。しかし、未遂だから「良かった」のかといえばそうではないのだ。友人や同僚の被害、もしくは自身の未遂の被害は主人公にはっきりと影響をもたらしている。このような積み重ねによって、彼女は社会への信頼を少しずつ失い、行動を制限されていく。

監督自身の拉致経験を元にした映画『ら』の中には、連続強姦犯からナンパされ「気安く声をかけないでくれる?」と拒絶する女性、かすみが登場する。水井真希監督は、数年前の私の取材に対して「みんな気づいていないし、かすみ本人も気づいていないけれど、かすみだって本当は被害者」と話した。

「突然知らない人から絡まれるという被害を受けている。『ちょっと絡んだだけじゃん』と思うかもしれないけれど、それは彼女が気が強かったからそれ以上の被害を受けなかっただけで、気が弱い女の子だったら強引に連れて行かれたかもしれない。みんな『そのぐらいのことで』と思っているけれど、『そのぐらいのこと』だって迷惑だから止めてほしいんです」[*6]

『性暴力の理解と治療教育』[*7]からも引用する。

「異性間の性行為の経験は合意かレイプかではなく、圧力、脅し、強制、力ずくの連続体であり、非常に多くの女性が、『ノーというのに罪悪感を感じる』ことや、『するよりしないほうが、さらに悪い結果をもたらす』という理由で、性行為を行っている」

性暴力は連続体である。それを経験として知っているかどうかの差は大きい。職場での「ちゃん付け呼び」、恋人がいるかどうかや服装についての詮索。それらを許すことが、その後のどのような介入につながるのか。想像しない人は「女がセクハラと言えばなんでもセクハラになる」と言うだろう。

『彼女は頭が悪いから』[*8]に対する主に東大生からの反発は、『キム・ジヨン』への韓国での反発と似ていた。実際に東大生が起こした集団強制わいせつ事件を基にした『彼女は〜』は、今年二月に東大内で行われたブックトークで同大教授から「東大生の描写に違和感を覚える」などの批判を受けた。女子学生からも「集団としての東大を不当に貶める目的の小説にしか見えなかった」といった意見があったのだという。

『キム・ジヨン』はたとえば、Amazon のレビュー欄に韓国人男性らが「出張」し、☆1のコメントを並べた。これに対抗して韓国人女性たちが☆5のレビューを書き込み、一時、書き込みが制限されたほどだった。☆1のレビュアーは「この本ではすべてを一般化するのが問題」「実際には起こりにくい最悪のシナリオを妄想した本」などと書いている。

批判が妥当であるかどうかはさておき、小説に共感を覚える人にとって、これらの批判はあまり意味を持たないように思える。主人公たちの側に立たない人との感想が違うのは当然の内容だからだ。

先日見に行った「男性のフェミニズム」を考えるトークイベント[*9]では、「フェミニストとは、現在の社会構造に女性差別があると認識し、それを変えようと思っている人」という定義が語られていた。『私たちにはことばが必要だフェミニストは黙らない[*10]』は、そのタイトルと裏腹に、「私たちはセクシストにフェミニズムが何かをわざわざ説明してあげる義務はない」ことの説明にページ数を割く。そう、性暴力被害者・加害者の男女比にも明らかな女性差別の存在を否定し、そこから動こうとしない人に対して、私たちがこれ以上エネルギーを使う必要はない。

私たちはただ自分たちの傷つきを確認し合い、手を取り合う。傷ついてはいけないことのようにされてきたからこそ、それが必要だ。小説に描かれた痛みを「フィクションの中の描かれる現実ではありえない性被害」と受け取る人がいたとしても、私がその痛みの表明に勇気づけられた事実は揺るがない。表現方法は違っていても、韓国の女性たちの話は決して遠くない。

最後に、『フィフティ・ピープル[*11]』。五十一人の登場人物がそれぞれの生活を垣間見せるこの小説の中でフェミニストとして登場する医師イ・ソラは、性暴力被害者の支援施設やDV被害者のためのシェルターを運営している。運営資金のためにチャリティバザーを開いたりもする。彼女のやっていることは間違いなく人助けなのだが、周囲からの評判は「気安くはつきあえない人」であり、さみしげに見えるとも描写される。

日本でも被害者支援の現場は、しっかりと国の予算が入るというよりは、心ある人の懸命の努力で成り立っている（あるいはそれでも成り立っていない[*12]）。五十一分の一の物語として、この見逃されがちな支援者の苦悩と使命感が登場するのは私にとっては希望だった。

＊1 拙稿「韓国のフェミニズムは盛り上がっているのに、なぜ日本は盛り上がってないの？ って言われる件」（ハフィントンポスト／二〇一九年四月四日）

＊2 『82年生まれ、キム・ジヨン』（チョ・ナムジュ／訳＝斎藤真理子／筑摩書房）

＊3 https://www.flowerdemo.org/voices 「私は被害にあったとき誰にも言えませんでした。今はもう証拠がないので訴えることもできず、この先彼が裁かれることはありません。」（みみ）

＊4 『なぜ「逃げられない」のか――継続した性暴力の被害者心理と対処行動の実態』（NPO法人日本フェミニストカウンセリング学会・性犯罪の被害者心理への理解を広げるための全国調査グループ）二〇一一年発行・二〇一九年に改訂版。

＊5 『女子校育ちはなおらない』（まずりん・蟹めんま・カザマアヤミ・大石蘭・田房永子・水谷さるころ／メディアファクトリー）

＊6 拙稿「『私が訴えなかったせいで犯人はのうのうと暮らしていた』水井真希監督が自らの性犯罪被害を映画化した理由」（ヤフーニュース個人／二〇一五年四月七日）所収

＊7 『性暴力の理解と治療教育』（藤岡淳子／誠信書房）

＊8 『彼女は頭が悪いから』（姫野カオルコ／文藝春秋）

＊9 西口想×田中俊之×河野真太郎「男性のフェミニズム――優しいだけじゃダメですか？」『なぜオフィスでラブなのか』刊行記念 本屋B&B二〇一九年五月二一日

＊10 『私たちにはことばが必要だフェミニストは黙らない』（イ・ミンギョン／訳＝すんみ・小山内園子／タバブックス）

＊11 『フィフティ・ピープル』（チョン・セラン／訳＝斎藤真理子／亜紀書房）

＊12 拙稿「法が裁けなくても、性犯罪の被害者はこの世にいます。無罪判決とともに知ってほしい、支援のこと」（ハフィントンポスト／二〇一九年四月二四日）

（おがわ・たまか＝八〇年生。ライター）
初出：「文藝」二〇一九年秋季号

のっからないし、ふみつけない

倉本さおり

エッセイ

みなさんは「ロブ＝グリエおじさん」をご存じだろうか？

ちなみにこれはヌーヴォー・ロマンの旗手、アラン・ロブ＝グリエのことを指しているのではない。ただの便宜上の隠語であり、品の無い悪口だ。

初読者向けと銘打った、こぢんまりとした読書会で『消しゴム』が課題本に選ばれた際に、そのひとはやってきた。

司会のライターさんを含めて参加者のなかで彼がいちばん年長なのはひと目で窺い知れた。ひととおり概要説明を終え参加者それぞれが感想を述べる段になると、彼はまわりを見渡しながらおもむろに手を挙げ「私はいつも原著で読んでいるんだけど」と切り出した。そして数十分ほど、自らの来歴の総ざらいにはじまり訳文への不満——「稀に見る悪文ですよ」「ロブ＝グリエの精緻な原文が泣く」「だいたいこの翻訳者はあまりまともな経歴とは思えない」「原著をすでに読んでいる私には（※以下ふりだしにもどる）」——まで、ときおりフランス語らしき文言もまじえつつパフォーマティブにしゃべり倒した。以来、性別問わずそういった御仁を見かけると私は勝手にロブ＝グリエおじさんと呼ぶことにしている。

真っ先に手を挙げておいていきなり否定から入る。いつまで経っても自分のターンを終わらせようとない。あるいは自己紹介だけで完結してしまう。

読書会形式のイベントにはロブ＝グリエおじさんとその亜種とおぼしき個体が高確率で出現する。とりわけ課題本が教科書にも載っているような近代文学の名作の場合、確変状態に突入するということはあるものの、いかにも文芸作品でありさえすれば、実はどの本が選ばれようとあまり関係がない。彼らはただ手持ちの武器を振り回せる場がほしいだけなのであって、パーティ全体の目的にはほとんど注意を払わないから。

書評家という仕事柄、司会を務める機会の多い私にとって、このロブ＝グリエおじさんをいかにして捌《さば》くかは業務上の課題でもある。知識それ自体を共有できることは非常にありがたいし、このご時世に文学イベントにお金を払って足を運んできてくれている以上、どの参加者もなるべく良い気分でおうちに帰ってもらいたい。とはいえそのまま放置しておくと、こわごわ参加してくれた初読者の方々が萎縮して話せなくなってしまう。

けれど最近のK文学——つまりここ数年で一気に棚を増やした現代韓国文学の読書会に関していえば、ロブ＝グリエおじさんたちの生息状況はあたらしい局面に入っているのではという体感がある。

65年生まれの女性作家、クォン・ヨソンの短篇集『春の宵』（橋本智保＝訳、書肆侃侃房）を課題本に選んだときのことだ。原題は「あんにょん、酔っぱらい」。なんらかの事情で酒を飲まずにいられない人びとの姿が描かれているというテーマがとっつきやすかったせいか、幅広い世代の人たちが参加してくれた。そのなかで、二十年以上前に韓国のドキュメンタリー番組の制作に関わっていたという、たいへん威勢の良い方が積極的にこちらに声をかけてきた。およそフレンドリーな話しぶりではあるのだけれど、どことなく主語が大きいというか、要するに韓国文学の理解者代表を自認しているような印象があって、実際に会が始まると「いやー、最近の作家って憎たらしくなるくらい文章は巧いね。でもやっぱり思想が足りないんだよなあ」といった発言を初手から放りこんでくる。案の定、その後に続けた言葉は「私が担当していた番組では……」だ。

あまりよろしくないパターンだぞ、と内心で焦る私をよそに、隣に座っていた若い方はゆったりと微笑んだ。そして「個人的には、この『春の宵』は間違いなく今年のベストです」と言い切ったのだ。そこから先は立て板に水。クォン作品特有の場面の切り取り方の妙から、この作者がいかに繊細なまなざしと態度をもって理不尽な社会のありようと向き合っているようにみえるかということを明晰に、かつしみじみと感慨ぶかそうに話してくれた。

けれど、いいなと思った点はそれだけではない。その読書会には、会場となった建物の別のフロアに私用で通っているからなんとなく参加してみたという、ガチのいちげんさんが何人かいらっしゃっていて、「普段あまり小説を読まないので正直まだよくわかってなくて……あ、でも出てくる食べものが全部おいしそうだなと思って読みました(笑)」といった素朴な感想も普通にこぼれた。

この、普通にこぼれる、という状態がすごくいいのだ。

私はいま書評家の長瀬海さんといっしょに「アジア文学の誘い」という読書会イベントを毎月開催している。これは韓国文学に加え、中国、台湾、香港、チベット、タイなど、書店の棚で「アジア」というカテゴリーで括られている現代文学を横断的に読んでいこうという試みで、ありがたいことに毎回満員に近い人数の参加者が訪れる。会場となっている神保町・チェッコリは韓国の本を専門に扱っているブックカフェ。会の参加者の中にはお店の常連さんも多く、司会である私たちよりもよっぽど韓国文化や作家にあかるかったりする。でもみんな初読者の感想を聞きたがり、お互いの意見を受けて「面白い」という言葉がこぼれる。これは韓国以外の文学の小説が課題本のときも同じ。

誰も権威にのっからない。誰のことも踏みつけない。現在のK文学のブームはいわゆるアカデミシャン主導ではなく、生活のなかで韓国文化に興味を持ち、実地に飛び込んで言葉を身につけた人たちが、草の根活動的に押し広げていった成果だという話を聞いた。読書会の現況をみていると、その意味がよくわかる。とりわけ印象的だったのは、大学病院をめぐる大小さまざまなドラマを細密に描き出した群像劇、チョン・セランの『フィフティ・ピープル』(斎藤真理子＝訳、亜紀書房）の回。なんと作中に登場する総勢五十人以上のキャラクターの相関図を書いてきてくれた人がいて、みんなでその図を眺めながら各自の推しメンについてとことん語りあった。それは話しても話しても言葉が尽きないといった様相で、まさに国籍も世代もセクシャリティも異なる人びとが誰も社会の「脇役」に甘んじることなく、互いに手を伸ばすことで「連帯」を果たしていく作品の内容にぴったり重なって映り、比喩でなく胸が熱くなったのを覚えている。

チェ・ウニョンの『ショウコの微笑』（牧野美加、横山麻矢、小林由紀＝訳、吉川凪＝監修、ＣＵＯＮ）の回が開催されたのは今年の八月だ。ちょうど日韓関係が急激に悪化した時期だった。メディアの取材が入ると聞いたこともあり、実をいうと当日は会場に向かうまでかなり緊張していた。けれど自分が感じた心の動きを懸命に言葉にしようとつとめてくれた学生さんの姿をみて、不安はいっぺんに吹き飛んだ。

互いに家族に対する齟齬を抱え、引き寄せられつつもすれ違っていく日韓の少女——表題作を読んで、感動のあまりときおりしゃくりあげながら話してくれたそのひとは、「これは自分のことだ」と思ったという。

東の果ての海を挟んで生きる、ちっぽけな少女の姿に自分の輪郭を重ねあわせるということ。それは、大きな枠組に同化することなく、個の感覚でつねに世界を受けとめることと同義なんじゃないだろうか。

（くらもと・さおり＝七九年生。ライター、書評家）

違うということと、同じということ

ハン・トンヒョン

エッセイ

昨秋、勤務先とゆかりの深い地域映画祭で韓国映画『タクシー運転手』の上映があり、トークイベントに登壇することになった。質疑応答で年配の男性が、「安倍政権下でこんな映画は作れない」とか、「日本の若者はダメだ」的な感想を述べたので、ちょっとイラッとして、日本には日本の問題があり日本のたたかい方があるのではないか、それはもしかすると権力側が巧妙だからより巧妙にたたかっていかなきゃいけなくてそれはそれで難しいことかもしれないし、それが映画である必要があるのかどうかはわからない、韓国はすごいかもしれないけど大きな犠牲を払いながら歴史を作ってきたし報道や映画における自由も手に入れてきた、などと話したうえで、ここにいる日本の若者はどう思いますか？　と少し挑発してしまった。

『82年生まれ、キム・ジヨン』がなぜ日本で売れたのかという記事にコメントする機会もあった。私のコメントは、「あまりに『近い』話だと苦しいが、近くて遠い韓国の話だから少し安心して読める。日本の、でも、韓国の、でもない等身大の女性の話として読める。そこがうけているのではないか」と、まとめられていた。記者はさらに地の文で、「日韓の『そこそこの距離感』が『静かな共感』を後押ししているとみる。抑制のきいた筆致で、時代性や国の違いが強調されず、日本の読者も共通点の方に目を向けやすい」と書いた

（朝日新聞二〇一九年四月十六日付）。まあ実際はもう少し意地悪なことも言ったように思う。

前者は、違うことへのファンタジーと同じことによる焦燥であり、後者は、違うことによる安心感と同じことへの共感と言っていいかもしれない。両者はそれぞれ表裏の関係で、結局は同じことだったりもする。「同じ」と言うためには「違う」が必要だし、「違う」と言うためには「同じ」が必要で、それを可能にさせるのが、集団のカテゴリーを成り立たせる線引きだ。集団のカテゴリーとしての属性がある以上、人はそれに左右されるし、だからこそそれは軽視できない（でも一方で、必ずそこからこぼれおちるものがあるし、そのような線引きの境界線上でつねに所属や立ち位置を問われる存在がいる。だからこそそのような存在は、所属や立ち位置を求めつつその問題からの自由を目指す）。

後者の、「キム・ジヨン」にまつわる共感は、フェミニズムの問題として語られる（もちろん、それは作者が意図したことだろうし、正しい）。フェミニズムは、先に述べたような集団のカテゴリーとしての「女性」たちの運動から始まり、その属性を掲げた「イズム」だ。私はベル・フックスのシンプルな「性差別をなくし、性差別的な搾取や抑圧をなくす運動」という定義が好きだが、とはいえ字面は「属性＋イズム」である。それは女性という属性をもってたとえば日韓の女性をつなぐものだけど、同じ女性というつながり方は、それぞれの異なる文脈だったり、境界線上の存在を見落としがちにもさせる。

つながりをもたらすカテゴリーも、またたたかいのための武器となりうるイズムも、ひとりひとりの人間の尊厳や人権、幸福より重要ではない。そこに貢献してこそ意味がある（よいナショナリズムと悪いナショナリズムがあるなら、よいフェミニズムと悪いフェミニズムもあるはずだろう。もしくは、たとえばフェミニズムの「名誉」のためにフェミニズムという名を捨てる選択もありうるのではないかと、その賛同者でありつつ部外者でもある私はこの間の、トランス女性差別をめぐる論争を眺めながら考えていた）。

このようなものとしてのイズムについて、日本社会はナイーブなのではないか、と思うことがある。それはもしかすると、イズムの恐ろしさから逃れることができた脱・近代＝ポストモダンな社会ということで、表面的にでも平和だからなのだとしたらそれは悪いことではないかもしれないが、とはいえ、個々人の尊厳や人権に対する意識が確立されているとは言い難い。一方で、今なお未完の近代＝モダンを追い求めている韓国社会において、イズムの恐ろしさはいまだリアルで生々しい。そのようなイズムの恐ろしさを知りつつ、だからこそイズムを使いこなそうとしているようにも見える。だがそれは、激しい対立や分断をも生んでおり、その背景には、鋭いイデオロギー対立の歴史がある。たとえば韓国でセクシュアル・マイノリティが「アカ」だと攻撃されたりするのだ。日本の読者にこの文脈がわかるだろうか。だがそのような文脈が存在する経緯には、日本という存在も深い影を落としている。

ここで私の話になるが、先日、所用で麻布十番に行った。地下鉄の改札を出たところでギュッと胸が苦しくなり、ああそういえばと思い出した。昨年、現在の政権になって許可が下りるようになったことで数十年ぶりに韓国を訪れたのだが、麻布十番にはその許可申請のために何度か足を運んだ駐日韓国大使館の領事部がある。一連のプロセスは、かなり心が削られる体験だった（それは再入国許可を申請しに行った東京入管も同様だったが）。実はその訪韓の出発前夜、突然の呼吸困難と胸の苦しさに襲われ、救急搬送された。検査をしても原因はまったくわからなかった。その後何もないので、おそらく心因性のものだろう（今思えばよく旅行を決行したものだ）。国家権力は、こういうレベルで人間の身体を蝕む。そして私に起きたこの一連の出来事（申請やら許可やらのイレギュラーさ、わずらわしさ）の背景には、南北のイデオロギー対立と東西冷戦、朝鮮に対する日本の植民地支配がある。このような背景、歴史的経緯についての文脈は、日韓のフェミニズム的な共感のなかで、とくに忘れられがちな部分だろう。

昨年、日韓のアーティストが共演するライブを見に行った。そこで日本の男性アーティストが、朝鮮民謡の「アリラン」を日韓両国語で歌った。前に韓国で歌って怒られるかと思ったら現地の高齢者が泣いていたというエピソードも披露しながら。私はそれをよきこととして受け止めていたのだが、その場にいた親しい韓国の若い女性たちからは強い違和感が表明された（とくに今は、「文化の盗用」という概念もある）。とはいえその日本のアーティストはMCで、韓国映画やそこで共演した韓国のアーティストの歌詞に感じるのは、自国や自国の人間に向けてもアイロニーを向けるところで、それは壮絶な歴史があるからだろう、とも語っていた。そこには文脈理解への意思と、リスペクトがあったように思う。私たちは、今はまだ存在しない一緒に歌える歌を探しているのかもしれない。

そのような歌は見つかるのだろうか。再び私の話になるが、女性であることと、在日であること、私にとってそれらの要素は互いにリフレクトしつつ、つまりは相対化しあい、ときに相殺しあうものにもなっている。違うということと同じということを、引き受けつつ、そこから逃れる。イデオロギーやイズムに殺されない、自由のために。

（六八年生。社会学者）

初出：「文藝」二〇一九年秋季号

小説家が語りだす歴史

江南亜美子

論考

歴史家は、真の歴史の記述をめざす。彼らにとって「イデアとしての歴史書」とは、そのときそこで起こったことがそのまま記されているものだ。どの国の立場にもよらず、時間の経過による審判が下されてもびくとも揺るがない、真実のみで構成されるような。しかし当然ながら、複数の国家が複雑にかかわったひとつの出来事――たとえば戦争――を、普遍的に正しく記述することは難しい。第二次世界大戦を例にとってみても、日本人の多くは、自国のごく一部のファナティックな指導者が暴走したことで引き起こされた「悲惨な戦争」と定義づけ、アメリカ人の多くはドイツと日本の侵略に抵抗しえた「正義の戦争」とみる。中国の人にとっては、降伏せずに耐え抜いた「勇敢な抗日戦争」であろう。それぞれの国は、自分たちの固有のストーリー（Our Story）をヒストリーとみなしている。だからこそ歴史家は、国境にしばられない「正しい歴史」を追い求める。

小説家が歴史を描くとき、歴史家とはおのずとめざすものが異なる。小説家にとっての歴史とは、客観性、公平性、真実性だけを重要視したものではない。ある国の国民、もしくは地域や集団が育み、共有してきた、「記憶としての歴史」とでもよぶべきものだ。当然のように偏りはある。しかしその偏りはときに、歴史家が戦争を語る際には省略され、抜け落ちてしまう、食糧難のひもじさや、出征する息子を見送るやるせなさや、灯火管制で暗い夜の心細さをも包摂して記述するために起きるのだ。あるいは「正しい歴史」が、男たちがいかに戦ったかの大文字の（公の）政治の記録なのに対して、小説家が書く「記憶としての歴史」は、非力な個人の、そして女たちの感情をすくいあげる。

小説家にとっての歴史は、小声で語られ、それに対する共感によってひろく伝播していく性質のものだ。イデアとしての歴史書とはべつのやり方で、国境をこえていく可能性をもっている。

＊＊

日本の現代小説を読みなれた読者にとって、韓国の現代文学の作家たちが、歴史的、あるいは政治的なテーマに積極的にアプローチして作品をものしていることは、それだけで驚きをおぼえることかもしれない。男性作家、女性作家にかかわらず、躊躇の素振りなく時代状況を作品に反映させていく姿勢は、いまの日本の作家とはすこしちがう。たとえば、韓国でミリオンセラーとなり、先ごろこれを原作とする映画も公開されたチョ・ナムジュ『82年生まれ、キム・ジヨン』（斎藤真理子訳／筑摩書房）は、邦訳版も13万部を超えて売れつづけ、現在の日本の現代韓国文学ブームを牽引する一冊だが、専業主婦であるジヨンの生い立ちを振り返りながら、折々で彼女がどれほど理不尽を強いられ、男性と差別化されてきたかが列挙される物語のなかで、ジヨンの一〇代後半に少なからず影響を及ぼしたのが、一九九七年のＩＭＦ危機である。公務員ゆえに安泰であったはずの父親が、退職勧告を受ける。大学受験を控えたジヨンの姉ウニョンは夢をあきらめ教育大学に進学。ジヨンの大学の受験のころには両親の事業は失敗つづきで、ジヨンは学費の心配をすることになるのだ。結果的には望み通りの大学で学び、母親の才覚によって金の心配もせずにすんだが、彼女の周囲にいる学生のおかれた境遇を描くことで、余裕のない世相がひりひりと伝わってくる。

キム・グミ『あまりにも真昼の恋愛』（すんみ訳／晶文社）も、日本でいう「ロストジェネレーション」世代以降、つまり新自由主義経済とグローバル化が生んだ格差社会の犠牲となった世代を描いている。表題作では、会社内で理不尽な左遷にあったピリョンが、ふとパフォーミング・アートの告知を見る。かつてほぼ毎日会い、夢を語りあった後輩ヤンヒの作品であると確信し、昼休みに通うように。ヤンヒは昔、ピリョンに対して「好きです、今日も」と言い、明日の不確定さにおいてピリョンを不安にさせていた。そのころから一六年。拠って立つ土台が崩れていってしまった感覚から、ピリョンは逃れられない。〈違う選択をしていたらなにか変わったのだろうか。変わったとしたらなにがどれだけ変わったのだろうか〉。

経済政策の失敗は、人々に有形無形のダメージを与えた。これらの小説では当時の政府の政策批判が声高になされるわけではない。しかしその影響下で、よるべなさを抱える名もなき人々の姿とその感情を、詩的に写しとるのだ。ひるがえってわが国では、低賃金の非正規雇用が増大した就職氷河期に社会に出た世代が中年になり、生涯（五十歳時）未婚率は顕著に高まった。子を持たず（持てず）、将来の不安と孤独感にさいなまれ、かつて思い描いていた人生の理想とかけ離れた日々を送る人々がいる。ジヨンやピリョンの境遇は、自分自身のことにほかならないと感じられる人も多いだろう。

経済危機だけではない。二〇一四年四月一六日に起きた、大型旅客船セウォル号の沈没事件では、修学旅行中の高校生をはじめ多くの無辜の命が犠牲となり、なぜ助けられなかったのか、そこに社会構造のゆがみはなかったのかと、韓国社会に内省をもたらした。作家たちはその衝撃を、やがて小説にかえていく。キム・エラン『外は夏』（古川綾子訳／亜紀書房）という短編集で、巻頭作の「立冬」では、幼い息子を自分たちではどうすることもできない不慮の事故で亡くした夫婦の絶望は、他人に理解されることがない。孤独は消えず、人と人とは断絶する。〈妻と自分は知っていた。最初は悲しみや弔意を示してきた隣人が、どんな態度をとるようになったかを。彼らはまるで巨大な不幸に感染するとでもいうように自分たちを避け、ひそひそと噂話をした〉。この作品の夫婦の喪失は、セウォル号の犠牲によってもたらされたわけではない。しかし子を失くすこと、その事実の受容のスピードと質が周囲といかに異なるかが、静謐な文体でとらえられていく。

喪失という感覚は、現在三〇代から四〇代の韓国の女性作家が描く作品のなかに、しばしば見てとれる。ピョン・ヘヨン『モンスーン』（姜信子訳／白水社）も九作品が収録される短編集である。いずれもが繰り返される日常にひそむおそろしさが出現する瞬間を描いているが、表題作では、停電をきっかけに夫が転職を妻に打ち明け、夫婦関係に決定的な亀裂が入っていく。〈時が経てば解決するだろうと思うことが唯一の慰めだった。だが、時がけっして解決できないものもある〉。夫婦には子を失った過去がある。事故死ではあったが、そのわだかまりが、夫婦で互いに結んでいたはずの信頼の絆を修復不可能なまでに破損してしまう。「モンスーン」は執筆された年代から、セウォル号事件に材はとっていないと考えられる。それでも読者は、子を亡くすとのテーマに、事故の記憶の残響を感じとるだろう。

＊＊

不安定な経済状況での孤独感や、子供をなすすべもなく喪った親の哀しみは、国境をこえて、共感を引き起こす。逆に言えば、共感性の連帯が生まれやすいテーマである。その一方で、国のバウンダリーが強固に働くテーマもある。たとえば、先の大戦下での従軍慰安婦問題などがそれだ。歴史認識のちがいは、解消されぬままにときどきマグマの噴出のように政治の表にでてきては、国家間の摩擦を生む。すべては解決、清算済みとしたい国家と、その不実さを了承できない国家のあいだで。それは、賠償と補償という金の問題に議論がすり替えられがちだ。そして対立の激化は、歴史じたいの否定という極端な認識のゆがみまで生じさせる。「慰安婦などいなかった」と。

だがそこで起きたことは、そこで起きたこととして、ただ、ある。歴史の改変に抗すること。戦後七十余年がすぎ、実際の体験者が少なくなりつつあるいま、私たちはどうにかして歴史を伝承し、その経験化の作業によって、あやまちを繰り返さない叡智をえなければならない。

キム・スム『ひとり』（岡裕美訳／三一書房）は、従軍慰安婦の現在を描く。〈最後のひとりになったそうだ。二人だったのが、昨日ひとりこの世を去って。（中略）ここにもうひとり、生き残っている……〉と書き出されるこの物語は、旧日本軍の元従軍慰安婦として政府に登録される女性が、最後のひとりになった近未来を舞台にしている。そのニュースにふれ、主人公の「彼女」は、ここにもうひとり残っているると、自身の過去を回想しはじめるのだ。その回想は断片的だ。整理され、時系列順に整然と記録される歴史とはちがい、心に想起するままのかけらたちが集積されていく。

戦後しばらく経って、同じ経験をしたクンジャとの再会を望んで彼女の故郷を訪れたとき、「一緒に帰って来たらどんなによかったかのう」と彼女の母親に泣かれたこと。反抗的な態度をとったソクスン姉さんをみせしめのように非情なやりかたで軍人が殺したこと。騙されるようにして連れて来られた満州の施設で「オカアサン」に与えられた日本名ではなく、出身地の名前で少女たちと呼び合ったこと。最初の日、〈軍人たちは十三歳だった彼女を、一晩中お手玉で遊ぶように〉もてあそんだこと……。そうした過去の断片が、現在の彼女の境遇とともに描かれる。彼女は、甥が用意してくれた古びた住まいに独居している。そこは再開発が予定されている場所だ。親戚すら彼女の満州での体験を知らず、他人の家政婦として過ごすうちに婚期を逃した気の毒でやっかいな人、と認識していて、彼女をいわば便利に使おうとするのだ。十三歳のときから自分の身体を誰かに使われ、そして現在もなおべつのかたちで使役されつづける彼女に、過去の記憶が容赦なくおそいかかる。

〈戦闘がある日には軍人らはこなかった。戦闘が毎日あればと願うのと同じぐらい、戦闘に出た軍人が戻ってこないことを願った。戦闘から生きて帰ってきた軍人らは狂気に取りつかれたように興奮し、乱暴だった〉

この小説を、キム・スムは膨大な量の証言と資料をパッチワークするように綿密に貼りあわせていき、ひとつの作品としてまとめあげた。小説内のフレーズにはところどころ小さく数字が振ってあり、巻末の註と照らしあわせれば、どの資料、だれの証言からの引用であるかがわかるようになっている。つまりこの小説は、架空の人物である「彼女」を中心的な主人公として進むが、それは、実際にあった過酷な体験をした複数の人々の記憶、複数の声の集まりなのである。大勢の人たちの記憶のなかにある断片がひとつに縒りあわさるとき、その声は、社会学でも歴史学でも採取することのできない、フィクションならではの固有の声となり、真実味を獲得する。

国家間で語られる大文字の「慰安婦問題」では、謝罪を賠償の問題へとスライドさせて、決着の終止符を打とうとする。戦地での慰安所の設営は、戦後しばらくまでは当たり前の事実として広く認知されていたうえ、性的搾取・被害にあった当事者が、女性という「戦争」の非中心的存在であったがために、長らく問題化されてこなかった。しかし、一九九一年に元慰安婦の三人の女性が名乗り出て日本政府に補償を求めて提訴したことをきっかけに、徐々に表面化した。フェミニストや人権活動家が政治問題化し、北米のアジア系女性のアイデンティティ問題に接続したことで、九三年の「河野談話」への流れができた。ただしパク・クネ政権下の「日韓合意」、ムン・ジェイン政権下の合意の空文化と、事態はまだ動いている。

ただ、私たち一人ひとりにとって大事なことは、年端のいかぬ少女たちが自らの意思に関係なく「慰安婦」として一時代を過ごし、命を落としたり、子宮に回復不能なダメージを受けたり、なにより精神と身体に負った傷と恐怖によってそのことを長く公にできず、黙っているしかできなかったというその人生の重みを、わがこととして引き受けるということであろう。金の問題ではない。政治の問題でもない。ある時代、そこにたまたまいたというだけのめぐりで、少女（たち）が体験せざるをえなかった想像を絶するような痛みの数々、屈辱の数々を、それでも想像してみること。さまざまな問題と議論を各地で巻き起こしている「少女像」の設置だが、幼さの残る女性の像が座るベンチなり椅子なりの隣りに、同じ目線で自分も座ってみようとするのは、ほぼ女性に限られているという。時代と場所がたがえば、彼女はわたしだったかもしれない。そうしたエンパシーによる連帯は、「男たちの戦争の物語」とはべつに、戦争の悲惨さ、非情さをたしかに伝承する。

小説家が歴史を語るとき、ときに国境をこえ、だれの実存にとっても重要な、普遍的な記憶が醸成される場合がある。分断ではなく、連帯へ。苦悩を分かちあいたいという潜在的な人々の欲求は、そうちいさなものではない。現代韓国文学を日本語で読むことのひとつの意味は、ここにあるのではないか。

（えなみ・あみこ＝七五年生。書評家）

論考

極私的在日文学論

針、あるいは、たどたどしさをめぐって。

姜信子

ことば1

「ふつうの人になりたいです。」——川崎・桜本のハルモニ

このかすかな呟きを刻み込んだ文字に目を撃たれたのは、ついこないだ、二〇一九年六月のこと、浅野セメント、日本鋼管、植民地支配と戦争で大きく成長した〝浅野財閥〟が生みの親とも言われる京浜工業地帯の真っただ中の、戦前からの在日朝鮮人集住地域、川崎・桜本の識字学級で文字を学ぶハルモニ（おばあさん）たちの作文集『わたしもじだいのいちぶです——川崎桜本・ハルモニたちがつづった生活史』（日本評論社　二〇一九）の刊行記念の会でのことでした。

しんぶんと本をよみたいです。
小さいころうちがびんぼうだったから
病院でそうじのしごとをしていました。
それでべんきょうできませんでした。
だからかばんをもっている人を見てうらやましかったです。
そのころからべんきょうをしたかったでず。
ここにきたのもそのりゆうからです。
べんきょうがあたまにはいればいいです。
けどなかなかはいらないです。
でももっとべんきょうしたいです。
そしてしんぶんと本をよみたいです。
ふつうの人になりたいです。

（文叙和《ムンソフ》　二〇一一年十一月十五日　七十五歳）

それは、いままで在日が書き記してきた無数の文字のなかでも、もっとも遠く、もっとも深いところから、（しかし実のところは、もっとも近いところから）、ようやくこの世に現れ出た文字のひとつのようなのでした。

在日の作家たちは、さまざまな在日の生を、在日なる存在が生み出される世界を、それぞれの生きる場所でそれぞれの想像力をもって描き出してきた。けれども、桜本のひとりのハルモニの呟きは、在日の世界においてさえ、これまで描かれるばかり、他者の想像力のなかで生きるばかりだったひとりの人間が、初めて、おずおずとみずからの生きる世界を語りだす、その最初の一言が今なおこうしてここにあることを指し示しています。

この一言の彼方に、私たちの想像力が触れえなかった、他者の描く世界においては「ふつうの人」ではなかった、けっして世界の中心に立つことのなかった、彼女自身の生があり、彼女自身の声がある。

たどたどしい声は、たどたどしい日本語の文字に刻まれて、そのたどたどしさを手繰っていくことで、正しき日本語／正しき日本人／正しき人間という呪縛を超えたところで（さらには正しき在日という観念をも超えたところで）生き抜かれたひとりの人間の生へと、みずからの想像力を開いていく。みずからの想像力の拠って立つ場を、たどたどしさのほうへとずらしてゆく。その可能性を、在日文学の可能性として、私はいま考えようとしています。

想像力。私のものではない想像力。いまここではない想像力。生きるに足るもうひとつの世を呼び寄せる想像力。

それが大事。そもそもが、他者によって規定されるばかりの存在であった者たちが、他者によって盗まれたみずからの想像力を取り戻してゆくこと、そしてさらに、その想像力をいまだ想像力を盗まれたままの人々の生のほうへと開いてゆくこと、その想像力のありようにふさわしい言葉を紡ぎ出すこと、そこにこそ、在日が文学することの大きな意味があるように思うのです。

しかし、それはどれほど困難なことであるか。

ことば2

「この国にはもういない。どこにもいない……」

――李良枝《イヤンジ》「由熙《ゆひ》」より

たとえば、李良枝（一九五五～九二）。

他者の想像力のなかに生きることを強いられた者が突き

つける声のたどたどしさを、わが想像力のたどたどしさとして聞き取ることの困難を、私は李良枝の小説「由熙」(一九八八)のうちに切実に読みます。

物語の主人公、在日韓国人由熙は、おそらく本当の自分とともにあるはずの本当の「ことば」を探して韓国に留学した。しかし、韓国語が形作る世界にたどたどしく身を置いて、みずからが求めるものとの乖離に苦しみ、ついに韓国で生きることばの杖をつかめぬまま韓国を去る。(おそらく由熙は日本で生きるためのことばの杖も持ってはいなかった)。その由熙の物語を、下宿先の娘で、由熙に姉(オンニ)のような心で寄り添おうとしていた韓国人女性が語るのですが、ついに由熙が日本へと去ったあとのオンニのこの言葉はまことに重い。

「この国にはもういない。どこにもいない……」

そう、由熙はどこにもいない。他者の想像力、他者のことばで形作られた世界のどこに居場所があろうか。由熙のような存在にとって世界はどこまでも異郷でしかないのではないか。(それは在日韓国人李良枝自身の痛切なる現実でもある)。

韓国であたりまえに韓国人として生きるオンニは、おそらくそのことにようやく気づくのでしょう。(それ以前に、日本であたりまえに日本人として生きる誰かが、由熙との関わりのなかでそのことに気づいていたはず)。その瞬間、初めて、オンニの想像力は、異郷の他者由熙に向かってたどたどしく開かれてゆくのでしょう(それは、作家李良枝自身の想像力の、他者への開かれでもある)。

その困難な開かれは、小説「由熙」の最後にこのように刻まれます。

――아

私はゆっくりと瞬きし、呟いた。

由熙の文字が現われた。由熙の日本語の文字に重なり、由熙が書いたハングルの文字も浮かび上がった。

杖を奪われてしまったように、私は歩けず、階段の下で立ちすくんだ。由熙の二種類の文字が、細かな針となって目を刺し、眼球の奥までその鋭い針先がくいこんでくるようだった。

次が続かなかった。

아の余韻だけが喉に絡みつき、아に続く音が出てこなかった。

音を捜し、音を声にしようとしている自分の喉が、うごめく針の束に突かれて燃え上がっていた。

異郷の他者と結び合おうとするとき、彼らの声のそのたどたどしさは「針」となって、作家の目を刺す、喉を刺すのです。その痛みの彼方に出会うべき他者はいる、他者たちと生きるべき世界はある。

　さて、素朴な疑問があります。

「由熙」を第百回芥川賞（一九八八年下半期）に選んだ日本の文学者たちの目には「針」は刺さらなかったのだろうか？　その喉は燃えあがらなかったのだろうか？

かれらは日本文学にとっての「針」がそこにあることに気づいていたのだろうか？

ことば3

「僕は日本語で朝鮮的なものを表現できなかったら、僕は日本語で書くのをやめるつもりですわ」

——金石範《キムソクボム》「〈座談会〉日本語で書くことについて」より

ここで思い起こされる問い、ひとつ

「日本語で『朝鮮』が書けるか？」

これは、在日朝鮮人作家金石範（一九二五〜）の出発点にある言葉です。この問いの根底にあるものを金石範はこう語ります。

「日本語の持つ民族的形式の機能が、朝鮮人の私を束縛する」（「日本語で「朝鮮」が書けるか」より）

　民族の言語としての日本語の論理がある。その論理による意識の束縛がある。同時に、かつて植民地の収奪者の言語であった日本語を使うことに対する論理的な抵抗もある。ということを金石範は言っています。

　当然のことながら、日本語と在日の関係は、日本語と日本人の関係、あるいは韓国語と韓国人の関係、言語と身体の関係という次元には収まらぬ問題を含んでいます。そして、日本語と在日の軋んだ関係性を踏まえたうえで、金石範は、言語の普遍性について、このようなことも言う。

「文学をする者、とくに在日朝鮮人作家のように、過去の支配者の言語とかかわっている者は、一つの言語機能の普遍的作用を意識することなしに作品を書きすすめることはできない。そして本質的には、閉鎖的なことばを自ら開くというのが、人間の生命のリズムを体得した言語本来の機能だと思われる」（同前）

　つまり、ことばが生きている人間のものであるかぎりは、いかなる論理や倫理があろうとも、それは開かれるものである、心地よく精神を眠らせる呪縛に抗して開かれねばならぬものである。

実体のない観念にからめとられ閉じていることばを、生きている人間の身体によって、声によって、それぞれの生命に脈打つそれぞれに異なる「想像力」によって開いてゆく。日本語によって閉じられている世界を、日本語によって開いてゆく。日本語をもって日本語を越えてゆく。

それこそが、在日が文学をするということの醍醐味なのではないか。

と、私は金石範の言葉を自分なりに聞き取ります。そうして金石範の声音でそっと呟いてみる。

私は日本語で日本語を越えるものを表現できなかったら、私は日本語で書くのをやめるつもりですわ。

ことば4

「抒情は批評」――金時鐘《キムシジョン》「私の出会った人々」より

そして、もうひとつ、いつも胸にある、在日の詩人金時鐘（一九二九〜）のこの言葉。

「抒情は批評」である。

日本語のなかに潜む情緒とリズムの結託を抒情詩のなかに見た詩人小野十三郎の詩論への深い共鳴とともにある言葉です。

言葉に深く染みいった抒情、その抒情が形作る世界の引力に抗して言語表現へと向かう。それはおのずと自分ではない何者かの情緒の仕組みが仕込まれた世界に対する批評となる。

かつて植民地の忠良なる皇国少年であった金鐘時いわく、「日本の近代抒情詩を書いた人たちにとって、自然というのは、自分の心情が投影されたものなんです。だから落葉は悲しいし、秋になったら寂しくなるし、雲を見ると涙が出る。本当は、自然はこんなに優しいものと違いますよね。僕が自分の日本語についていつも不安でならないのは、このような、すでに成り立っている心的秩序に自分も陥ってはいないかということです」（「在日を生きる　ある詩人の闘争史」より）。

詩人は、日本語と抒情のあまりに根深い無意識のもつれあいを断ち切って、そうやって日本語でもって日本語を破壊して、そうして日本語をさまざまな想像力へと接続してゆこうと企《たくら》みます。そこに立ち現われるのは、無意識の条件反射を断たれた言葉の、創造的なるたどたどしさ。とはいえ、このたどたどしさは巧んでできるものではない。
「なくても　ある町／そのままで／なくなっている町、出会えない人には見えもしない／はるかな日本の／朝鮮の町」（『猪飼野《いかいの》詩集』所収「見えない町」より）を想像力のひとつの拠り所として、詩人は、みずからを透明の他者とする世界を他者の目で見つめかえします。その目に映る風景といえば、「こともなく誰もがつながり／つながる誰も／そこにはいない」（「つながる」より　詩集『失くした季節』所収）。

ああ、しかし、こうして日本語を他者の想像力をもって破壊し、新たなつながりへと解き放つことを目論んだ在日の男たちの声や言葉に触れるほどに、その声のさらなる他者でありつづけた、在日の女たちの声のほうへと、私は引き寄せられてゆくのです。

ことば5

「人間やねん。生きてんやねん。朝鮮人やねん。女やねん。」

――宗秋月《ソウシュウゲツ》「秋月ひとり語り　修羅シュッシュッ――わが詩と人生」より

宗秋月（一九四四～二〇一一）は、見えない町、猪飼野の女。宗秋月の詩は、「大阪の猪飼野でヘップ産業の貼子をしている合間に便所で書かれた詩」と言い、「日本人の人間のとらえかたの狭さの中に封じ込められていない詩」と評したのは鶴見俊輔でした。

彼女はおそらく在日の男の人間のとらえかたの狭さの中にも封じ込められていなかったから、見えない町の男たちは宗秋月に相当振り回されたり、ひやひやさせられたりしたらしい。女たちもまた、はらはらしたり、心から心配したり、一緒になって笑ったり泣いたりしたらしい。

宗秋月は「ぶざまに、地をはいずりながら生きてきた」と自身の生をさらけだし、「何故、在日があるのか、この自明の理さえ、純血の列島思想に殺されるのだ」と叫び、その詩を「在日の、極く、ありふれた女の一生の、短い、詩」と名づけ、「君よ、声を出して読め。／そして、その優しさに、／ふるえよ、君よ」（「貼子哀史〈付〉」より）とささやきかけたものでした。

私は三十三年前に「ごく普通の在日韓国人」というあまりに若書きの自分史を書いて、宗秋月から厳しい言葉を浴びています。これは忘れがたい大切な経験。なにしろ、もし今の私が三十三年前の私のことばを聞いたなら、宗秋月の慣りに深く共感して、やはり厳しい言葉を浴びせることでしょうから。
朝鮮の南北分断、大韓民国建国の闇に深く関わる最大の事件、「済州《チェジュ》4・3」（米国の傘の下、アカ狩りの名で繰り広げられた国家権力による島民大虐殺）の歴史も知らず、つまり「在日」の成り立ちの核心を知らず、日本で韓国人として生きることの理不尽に思い悩みながらも、「韓国人」であることの理不尽には思いが至ることのないまま、それゆえ自分のささやかな経験と知識と想像力を疑うことなく「在日韓国人」について語った若者の愚かさ。それを腹の底からまっすぐに叱りつけた宗秋月のその声は、今の私にとっては、在日文学の深みから放たれた、かけがえのない声のひとつにほかなりません。
人間の想像力を一つに束ねて縛りつけるあらゆる暴力に抗する、地べたからの声。理不尽に踏みつけられるあらゆる命に、みずからの想像力を結び合わせてゆく声。つながりあい、ぐるぐるとめぐるものとしての命を想う声。そのような声として私は宗秋月の声を聴きます、彼女にとっての一九八〇年五月の光州をうたう声を聴きます。

同じ五月に生きながら
同じ位置に居ない事を
共に死ねない生を恥じた。
地図の中でしか
出会う事が無かったが、だが
光州よ。我が光州よ。
同時代を生きた者達よ。
至福の死を選んだ者達よ。
禍福をあざなったその生の
消滅の後の煌めきよ。

年を過ぎ　年を重ねて
なお鮮明な　五月の記憶から
解き放たれる　母がいるか。
解き放たれる　女があろうか。
（「我が輪廻の五月」より二箇所抜粋「猪飼野・女・愛・うた　宗秋月 詩集」所収）

力まかせに人間を境界線の中に封じ込める想像力を解いて、越えてゆく、声。

ことば6

「在日四十六年／それでも韓国人の発音がそっくり残った／なおりそうにない訛が生きている」
——香《か》山《やま》末《すえ》子《こ》「在日四十六年」より 詩集「鶯の啼く地獄谷」所収

しかし、よくよく思えば当然のことなのでしょうが、大阪の宗秋月が群馬県草津のハンセン病の国立療養所栗生楽泉園の詩人、香山末子（一九二二〜一九九六）のことをみずからの詩に書いていたとは、思いもよらぬことでした。

同病の友の死を悼んで、「（ハンセン病ゆえに）両眼をくりぬいた／窪んだまぶたを震わせて／草津の女は泣いた／だろう」と、「ライ病棟の夜　今日も／手足も目も痛めた老いた／朝鮮女の香山末子は／ぽつねんと座り、／はるかな昔の潮騒の記憶を／テープレコーダーにむかって／綴っているだろうか」と、宗秋月が語り伝える詩人香山末子の姿。

私は、金時鐘の傍らに詩人小野十三郎を感じるように、草津の朝鮮女香山末子の傍らに詩人村松武司（一九二四〜一九九三）を感じています。それは、在日の詩人としての香山末子の想像力のありようを考えるうえで、とても大事なこと。

村松武司は一九六〇年代半ばより、栗生楽泉園の詩話会の指導者でした。その遥か以前、村松は植民者の息子として植民地朝鮮に生まれ育ったのでした。戦後、日本に引き揚げるまで、村松は貧しい日本人を知らなかった。ライの日本人を見たこともなかった。日本で初めてそれを見て知ったことによって、村松はその世界認識を根本から変えました。

村松は、ライ者ならぬ自身のことを「非ライ」と呼びました。世界の片隅に追われるばかりだった「ライ」を、自身の認識においては世界の中心に置きかえ、逆にみずからを世界のはずれに置きました。近代日本は、「非ライ」であり、「非朝鮮」であること、つまりは、ハンセン病と朝鮮の問題を不可視の領域に追いやることで成立していたのだと悟ったとき、「ライ」と「朝鮮」を中心に置いた想像力をもって、村松は世界をつかみなおしたのでした。その村松の熱心な指導を受けて詩を書きつづけたのが、「ライ」で「朝鮮」の香山末子だったのです。

盲目の香山末子がひとりテープレコーダーで綴る詩が、「ライ」と「朝鮮」を排除した美しい近代日本の想像力の賜物ではなく、「非ライ」であり「非朝鮮」という痛切なる自己認識を持つ村松によって尊ばれた香山末子自身の想像力の発露であったことの幸いを、私はしみじみと思います。

二十歳から日本に来て
今年七十二になって
その間一度も故里韓国には行かない
山も野原も田んぼも
目いっぱいに溢れるようだ

秋には
夕やけ小やけ赤トンボ
歌って表に出ると

隣の娘も
その隣の娘も
みんな出て来て歌ってた
稲の穂先にとまった
赤トンボにイナゴたち
トンボの目は大きくて青い
めがねをかけたくるくる目だったな
韓国に残る田舎の風景が
夕やけ小やけ空で映えている

（「青いめがね」詩集『青いめがね』所収）

失明した目いっぱいに溢れる故郷の風景を日本語で綴るその声は、韓国人の発音がそっくり残った、なおりそうにない訛が生きている声だったはず。

その日本語は、日本語にとっては馴染みの薄い想像力によって、たどたどしくも豊かに紡がれたことばであったはず。

そのことばが、端正な文字に刻まれる前の、香山末子の肉声で聴いてみたかったと思います。

ことば7

「彼女はどうしても彼らのわかり方で自分を理解されたくなかった」
——深沢《ふかさわ》夏衣《かい》「夜の子供」より

思うに、「みずからの想像力を持つ」ということを日常の言葉で言うならば、こういうことなのだろう、と、私は深沢夏衣（一九四三〜二〇一四）のこの言葉を思い起こします。

私はどうしても彼らのわかり方で自分を理解されたくなかった、と思わず、深沢夏衣の声に自分の声を重ねています。

深沢夏衣は、日本国籍を持つ在日でした。とかく、世の人は在日、在日と、在日をひとくくりにするけれども、在日の中にも男だったり、女だったり、帰化者だったり、南だったり、北だったり、どちらでもなかったり、障害者だったり、LGBTだったり、被爆者だったり、ライだったり、在特会だったり、誰かが誰かを抑え込んだり、はじいたり、いないことにしたり、叩き合ったり、口を塞がれたり、殴られたり、踏まれたり、闘ったり、諦めたりする者が、それはもうさまざまにいます。さまざまな状況をそれぞれの想像力で生きる者たちがいます。

たとえば、在日の男の作家や詩人である金石範や金時鐘は、日本近代文学に政治性の脱色という意味合いでの私小説の流れを色濃く見て、批判的に語ります。なるほどそのとおりでしょう。政治を脱色した文学（つまり、権力の眼差しや想像力に同化して、あるいは、自身の拠って立つところを曖昧にして、現状肯定にしかならぬような物語を紡ぐようなこと）にかかずらわないこと。その意味で私小説的ではないこと。そこに在日の文学者としてのひとつの矜持があります。

ああ、でも、なんとも逆説的なことに、在日の中でもますます虐げられている者、口を塞がれている者、理不尽な状況に押し込められている者たちが、放り捨てられた地べたからその人生をありのままに語りだしたそのとき、それは見事に政治的な声／私小説になるのです。

これは余談でありますが、私自身、理不尽に彩られた在日の日常を油断してうっかり身近な日本の男に語ったりすると、たいていの場合、日常の会話に政治を持ち込まないでほしい、と釘を刺されるわけです。が、そうなるとたいていの場合、私はひそかにプチッと切れて、「政治を脱色した文学」をそのまま生きているような日本の男に向かって、「日本の真ん中に立つ男たちの、他者を知らない暴力的な想像力によって形作られたこの社会では、在日であれ、ほかのどんなマイノリティであれ、その置かれている状況、日々の暮らしのすみずみまで、その男たちの想像力／政治に縛り上げられているというのに、私の日常それ自体があなたがたの想像力／政治の産物にほかならないのに、あなたのその言いようは、おまえは一切何も語るな、黙って生かされていろ、と口を塞ぐことである、クソ野郎」と毒づくのでありまして……。

ともかくも、

望むと望まぬにかかわらず、生きることのすべてが政治とは無縁でありえない、この世界の、この国の、この社会の、さまざまな人と人との非対称の関係の中で、深沢夏衣のことばは、みずからの想像力を立ち上げる者たちの、小さな狼煙《のろし》です。

深沢夏衣は言います。

「凍結された観念のコトバは、動くことをしないから鍛えられることがない。ただ、じっと立ちすくんでいるばかりだ」と。

「自分を考えるコトバ、在日を考えるコトバ、民族を考えるコトバ、それがどんなコトバであれ、コトバを自分の軀、自分のこころで実感として味わいたいのだ」と。

なにより、自分こそが、「コトバを動かすのだ」と。

じっと耳を澄ませば、「さあ、生きているその場所で、たどたどしく、コトバを動かしみよう、たどたどしく、そのコトバを生きてみよう」。そんなささやきが聴こえてくるようなのです。

深沢夏衣のことばに触れた私は、つくづくとこう思いました。

いまここが「政治」とは無縁の鼓腹撃壌《こふくげきじょう》の世でもあるかのような幻想や、誰かの想像力に自発的に隷従する奴隷どもの世間の外へと向かう者、しっかりと生きている体から立ちあがってくる想像力とことばと息づかいで世界を摑みなおす者、世界を異なる複数の想像力／声で開いていく者、群れることなく静かに孤独に狼煙をあげる者……、私はそういう者でありたい。

ことば8

「アイグ、アイグ、倭奴《ウェノム》はわしらの土地を奪い、わしらの言葉も名前までも奪った。オイッコラッ。イラッサイマセ。テンノヘイカ、パンジャイ」

——金蒼生《キムチャンセン》「歳月」より

最後に。金蒼生（一九五一〜）のことば。彼女は、ひっそりと静かに地を這うように生きる者たちの、小さな声を聴き取らんとする者です。そして、ここに呼び出した「ことば」は、済州四・三の記憶を宿した「場」からの声。それは死者たちの想像力で語られる記憶でもあります。彼らの声もまた訛っている。そのたどたどしさゆえに、どれだけの者が日本語の空間のなかで命を落としたことか、と、私の想いはあらぬほうへと漂い出します（関東大震災直後、十五円五十銭／ジュウゴエンゴジュッセンと正しく発音できぬばかりに自警団に殺された、無数の訛った声のほうへと。しかし、その声は朝鮮人の声だけなのではない）。

そう、在日を生きるとは、おのずと、私につらなる無数の死者たちの命とともに生きること。自身が他者であると同時に、無数の他者とともにあること。ときには言葉ひとつにも命がかかるということ。

さて、ここまで私は、在日文学の可能性を考えることから出発して、たどたどしい他者たちの想像力／声、死者たちの想像力／声に満たされた者としての在日の作家たちばかりをたどってきました。

しかし、ぬぐいがたい疑念があるのです。

このような書き手たちを、ことさらに「在日」の作家と呼ぶ必然はあるのだろうか。

彼らをとおしてここまで語ってきたことは、まさに「文学」そのものに関わることなのではなかろうか。

あらためて思うのです。

李良枝の「針」は彼らに刺さったのだろうかと。

（きょう・のぶこ＝六一年生。作家）

初出：「文藝」二〇一九年秋季号

わかる！極める！韓国文学一夜漬け

【ソウル】서울

韓国の首都。2019年9月現在、人口974万人。1992年に1094万人とピークに達したのち、都市開発、行政機関の地方移転、住居費の高騰などを理由に右肩下がりに。しかし、韓国統計庁の発表によると、2018年にソウルから転出した人口の約65%はソウル近郊の京畿道に転入している。これは、首都圏のベッドタウンからソウルに通う人口が増加していることを意味する。つまり、日本と同じく韓国でも、首都圏一極集中が進んでいるのだ。韓国統計庁の調査によると、韓国全土の11・8%にしかすぎない首都圏に、人口の50%が密集している。ソウルと地方の格差は広がる一方で、今の状況をよく表す新造語に「インソウル」がある。ソウル所在の大学に入ることを意味する言葉だ。対義語は「地《チ》拠国《ゴク》（地方を拠点にする国立大学）」「地雑大《チジャプデ》（地方にある雑多な大学）」。インフラが集中したソウルと比べ、地方にいると就職が難しく、受験生にとって「インソウル」できるかどうかが死活問題となる。

住居問題も深刻だ。ソウルの住宅普及率（住宅数／世帯数）は96・3%（2017年）と全国ワースト一位である。特に若者の「住居貧困」が深刻な問題に。ソウルの人口がすべての年代で減少する中、20代でのみ増加が見られている。仕事を求めて地方からソウルに集まっているのだ。しかし、お金がないためちゃんとした家を借りることができず、「考試院」という机とベッドが入ればいっぱいになるほど狭い部屋や、屋上の掘っ立て小屋「オクタプバン」、一階でもなく地下室でもない「半地下」部屋などに住むことも少なくない。これらの施設は火災に弱く、治安も悪いなど多くの問題がある。ソウル市も頭を抱える課題となっている。

キム・グミの「あまりにも真昼の恋愛」（『あまりにも真昼の恋愛』すんみ訳、晶文社）は、ソウル中心部の鍾路《チョンノ》に始まって鍾路に終わる。左遷され、16年前の「恋愛っぽい何か」を思い出して鍾路にやってきた主人公。彼の前にソウルは「あまりにも真昼すぎる」都市として迫ってくる。変貌を重ね幾多の危機を乗り越え、矛盾の塊を抱え、真っ白にハレーションを起こしているかのようなソウル。作家一人ひとりのソウルが小説の中で読者を待っている。

【ジャージャー麺】짜장면

黒くてどろっとしたソースを麺にかけた韓国風の中華料理。中国の炸醬麺を韓国人の口に合わせて改良された。豚肉、玉ねぎなどをチュンジャンという黒味噌で炒めた甘いソースが特徴。一杯4000〜6000ウォン（約400〜

キーワード集【韓国文学キーワード集作成委員会】完全版

600円）ほどで腹一杯になり、ラーメン、トッポキなどとともに「庶民の食べ物」として親しまれているソウルフードである。米国の農産物貿易促進援助法に基づき、1955年から65年まで米国の余剰農産物だった小麦粉が大量に韓国に供給された。韓国政府は、小麦粉料理を推奨。この政策に支えられ、ジャージャー麺は安く、手軽に食べられる料理として人気を博することになる。

外食が珍しかった80年代までは、誕生日、入学式、卒業式のように特別な日には、ジャージャー麺を食べるのが定番。出前をとれば家まで届き、お皿は後から回収してくれるという手軽さのため、引っ越しの日もジャージャー麺。クォン・ヨソン「層」（『春の宵』所収、橋本智保訳、書肆侃侃房）にも「彼女が引っ越しをした日、二人は出前で頼んだジャージャー麺を食べながら、輝かしい未来が自分たちを待っていると確信して、その未来をすこしでも引き寄せるには健康が大事だと、自転車を買い、スポーツジムに通うことにした」というシーンが描かれている。

韓国のソウルフード「ジャージャー麺」。麺のお供は「タクアン派」と「玉ねぎ派」に分かれる。

【プンシク】분식

韓国にいるとあちこちで耳にする言葉「プンシクジョム」。「今日はプンシクジョムにでも寄っていこう」「バス乗り場はあのプンシクジョムの前にあります」等々。文学作品にもひんぱんに登場するこの言葉、漢字で書くと「粉食店」となる。粉の食ってなんだ？　本来は文字通り、「粉（小麦粉）から作った食品」の意味だった。ラーメン、うどん、パン等々。韓国がまだ米不足だった1960年代、政府が小麦粉による廉価な代用食品を奨励したことが始まりだったという。キム・エランはエッセイ『忘れがちな名前』（未邦訳）で、母のカルグクス（手打ちうどん）屋のおかげで、自分たち3姉妹は好きな道に進学することができたし、家まで建ったのだと粉食の思い出を語っている。

現在はプンシクジョムのメニューも変化して、粉食でないものが多くなっている。定番はトッポキ（甘辛い餅のスナック）、スンデ（腸詰め）、ティギム（天ぷら）、オデン等。プンシクジョムが必ずあるのは、生徒が立ち寄れる学校周辺だ。韓国の小中学校は学校帰りの寄り道や買い食いをほとんど規制していない。また、市場やオフィス街の一角、あるいは大型ショッピングセンターの一角など街のいたるところにあって、小腹が空いた時などはとても便利だ。

【チメク】치맥

チはチキン、メクはメクチュ（麦酒）。フライドチキンとビールのことだ。「チメクでもどう?」と言えば、「フライドチキンをつまみに生ビールを飲もうか」という意味。パク・ミンギュ『亡き王女のためのパヴァーヌ』（吉原育子訳、クオン）で主人公たちは、「冷えてるだけとしか言いようのないビールに比べ、チキンは抜群に旨かった」ケンタッキーチキンという冗談みたいな名前の店に通い詰め、ケンタッキーに小さな農場を構えられるくらいの大量のチキンを食べる。

ところで、これは韓国の食文化を代表するセットなのである。日本の餃子でビールよりも、さらにポピュラーで、日々の暮らしのさまざまな場面に登場する。たとえばサッカーなどの国際試合がある時。人々はチキンとビールを持って、大型スクリーンのある広場に集まる。あるいは海水浴場や渓流などの避暑地。ビーチでくつろいでいると、電話番号の入ったチメクのチラシが配られる。禁止しているところも多いが、イタチごっこだ。もっとも多いのは友だちの家に集まる時など。電話一本、スマホのアプリをクリックするだけ、チメクはもっとも手軽なパーティー料理である。

【わかめスープ】미역국

水で戻した乾燥わかめと牛肉で作るわかめスープは、誕生日を迎えた人や産婦の必須メニュー。韓国では誕生と密接な関係にある食べ物だ。

産後の女性が必要とする栄養素が豊富なうえに、老廃物の排出を促し、乳の出を良くする効果があることから、わかめは産後の肥立ちに欠かせない食材とされている。産婦は自宅で静養するにしろ、産後ケア施設の「産後調理院」に入るにしろ、出産後は2週間から1ヵ月近く、毎日（毎食のことも）わかめスープを食べ続ける。

具材は牛肉が一般的だが地域性に富んでおり、海が近いところでは牛肉の代わりに魚や貝を入れて作る。キム・エラン『外は夏』（古川綾子訳、亜紀書房）には誕生日を迎えた息子のために、魚の骨で丁寧に出汁をとってわかめスープを作るシーンが登場する。誕生日のわかめスープは自分を産んでくれた母親に感謝すると同時に、母親が子どもの成長を願う特別なメニューでもあるのだ。

ごま油でわかめを炒め、牛肉を加えてさらに炒める。水を入れて5分ほど煮込んだら塩としょう油で味を整えて出来上がり。お好みでニンニクやネギ、ごまを入れても◎。

反対にわかめスープを食べてはいけない日がある。それは試験の日。「わかめはぬめりがあって滑るから」というのが、その理由である。

【パッピンス】팥빙수

韓国のかき氷。パッピンスは今や韓国を代表するスイーツになった。パッは小豆、ピンスは漢字で書くと氷水。つまり小豆のかき氷、日本でいう金時だ。これは長らく、韓国のかき氷の代名詞であり、わずかな例外を除いてほとんどのかき氷が小豆入りで、日本のようなレモンやメロンなどのシロップだけのものはなかった。それが変化したのは2000年代に入ってから。さまざまなかき氷のチェーン店が登場し、小豆以外のかき氷、つまりピンスがお目見えした。アイスクリームピンス、フルーツピンス、チョコレートピンス等々。さらにそこに革命を起こしたのは、「韓国風かき氷」の登場だった。特にみんなをあっと言わせたのは「きな粉のかき氷」。抹茶はすでに日本的イメージがあった中、きな粉は韓国オリジナルとして歓迎された。そしてシロップではなく粉だけで美味しくできたのは、すでに氷そのものに味をつけるというアイディアが確立されていたからでもある。さまざまなピンスができたが、やはり「パッピンス」という名前が一般的だ。そして、韓国のかき氷は人数分のスプーンが出てくる。まるでお鍋を囲むように、かき氷もみんなで一緒に食べるのである。

どんぶり大の器に、氷が隠れるほどあんこやフルーツがのった豪快なものも。日本のかき氷のようにお祭の屋台で買って立ったまま食べられるような代物ではない。

【スジョ】수저

韓国ではスプーンのことをスッカラ、箸のことをチョッカラ、両方合わせてスジョという。え、スチョじゃないの?って。韓国語の子音では、語頭以外では「濁音化」が起こる場合があり、このチョもそれにあたる。だからスジョ。ちなみにチョは漢字で書くと箸という字である。韓国の食事は、基本的にこの「スジョ」を揃えていただくことになる。スジョの材質は金属が一般的だ。古代には青銅なども使われたそうだが、現在はステンレス製のものが多い。また、真鍮製なども見かけることがある。銀製はもっぱらお祝い用など特別な用途。韓国は汁とご飯はスッカラで、おかずをチョッカラで食べるのが基本。ただ、そこまで厳格ではなく、箸でご飯を食べている人も多い。とくに海苔やケンニプ(エゴマの葉)でご飯を包んで食べる時は、箸でないと食べにくい。

スッカラとチョッカラ。

【市場】시장

韓国語の読み方は「シジャン」、意味は日本とほぼ同じだ。何かが売られているところ。卸売市場、水産市場、証券市場等、さまざまな市場がある。有名どころでは南大《ナンデ》門《ムン》市場や東大門《トンデムン》市場などの大規模市場。卸売りと小売りの両方の機能をもち、特に東大門市場では夜と昼の風景が全く違ったりもする。一方、小売りに特化した市場もある。こちらは「在来市場」とよばれ、以前は各町内に一つずつあった。今は大型スーパーの進出で、一部にしか残っていない。また、それ以外に五日市や十日市のような定期市もある。これは常設の市場ではなく、たとえば毎月決まった日に立つ市のことだ。地方ではこの定期市が今も健在であり、地域の農産物や魚介類などが売られる。その他に韓国には薬令市場という、韓方薬(韓国では漢方ではなく、韓方という字を使う)専門の市場もある。

【弘《ホ》大《ンデ》】홍대

弘益大学校《ホンイクデハッキョ》の略だが、大学の周辺に位置する繁華街を指すことも多い。弘益大学は美術系が強く、この界隈はアートの聖地としても知られる。街中には壁画や落書きがたくさん見られる。

90年代には、インディーズアーティストが出演するライブハウスやカフェが続々とオープンし、インディーズ文化の総本山となった。いまでも歌手志望の人やダンスサークルなどが、毎日ストリートライブや公演を行っている。

ユニークな発想やアイディアに富んだサブカルチャーの発信地として若者から根強い支持を集めているエリアだが、その人気とともに大企業の資本が入り始め、テナント賃料が高騰。お金のない若いアーティストたちがこの街を追われ、「ジェントリフィケーション」の代表例としても知られている。

【詩】 시

韓国人は詩が大好きだ。日本にくらべてずっと身近に詩がある。小説のタイトルに詩の一節が使われたり、引用されることもしょっちゅう。『春の宵』（クォン・ヨソン、橋本智保訳、書肆侃侃房）は国民的詩人・金《キム》洙《ス》暎《ヨン》の詩のタイトルそのままで、登場人物がこれを朗唱しながらさまようシーンがある。「愚かで貧しい心よ、慌てるな！」同じ詩が、ウン・ヒギョンの短篇「ユーリィ・ガガーリンの蒼い星」（『美しさが僕をさげすむ』所収、呉永雅訳、クオン）にも引用されていた。叙情性はできるだけ廃した『82年生まれ、キム・ジヨン』にも、やはり国民的詩人シン・ギョンニムの「貧しい愛の歌」という詩を思い浮かべるシーンがある。

【フェミニズムと文学】 페미니즘과 문학

2016年の江南《カンナム》駅女性殺害事件（江南駅近くの雑居ビルのトイレで当時22歳だった女性が殺された事件。犯人は「社会生活の中で女性に無視された」と語った）を前後して、韓国ではフェミニズムが大きな盛り上がりを見せている。性平等社会を要求するデモには、のべ34万人もの女性が集まって声をあげた。文学界も黙ってはいない。『82年生まれ、キム・ジヨン』を皮切りに、社会における女性差別を告発する作品が大きなムーブメントを起こしている。昨年は、チェ・ウニョンが女性同士の恋愛を描いた「その夏(未邦訳)」で若い作家文学賞を、パク・ミンジョンが盗撮問題を真正面から捉えた「モルグ・ジオラマ（67ページ掲載）」で現代文学賞を、ユン・イヒョンが家父長制を強固なものにする結婚制度の矛盾を描いた「彼らの一匹目と二匹目の猫(未邦訳)」で李箱《イサン》文学賞を受賞するなど、若い女性作家の躍進が特に目覚ましい。

韓国フェミニズム文学の源流とされるのは、「新女性」と呼ばれたキム・ミョンスン、キム・イリョプ、ナ・ヘソク。１９２０年代前後に活躍したこの女性作家三人は、作中で女性解放、自由恋愛などを描いた。しかし、活動の期間が短く、作品数も少ないため、本格的な評価は近年になってようやく行われている。

次に女性の文学が注目されたのは80年代。国連が国際女性年とした75年以来、韓国でも女性問題への興味が高まり、77年には梨花女子大学で女性学講座が開設された。またフェミニズム文学批評が初めて韓国に紹介され、女性解放のための活発な議論が行われるようになる。中でもパク・ワンソは、フェミニズム小説三部作と言われる『立っている女』（邦題『結婚』中野宣子訳、學藝書林）『あなたはいまも夢見ているのか（未邦訳）』『生き生きした日の始まり（未邦訳）』を書き、女性に強要されてきた「婦徳」という戒めを批判し、女性が自立性を確立していく様子を捉えている。

フェミニズムが韓国文学において、最も盛り上がりを見せているのは近年である。韓国社会内部でも女性問題が注目され、女性が声を上げ始めた現代において、フェミニズム文学はこれからも問題提起し続けていくだろう。

【クィア文学】 퀴어 문학

今、フェミニズム文学と並んで韓国文学をリードしているのが性的マイノリティを描いたクィア文学だ。

韓国文学におけるクィア文学史をまとめた文芸評論家キム・ゴンヒョンの評論「２０１８、クィア前史・戦史・戦士《ジョンサ》」（「文学トンネ」、

2018年秋号）によると、クィアを初めて韓国文学のテクストに呼び込んだチェ・ホギの詩「ゲイ」（1992年）以来、韓国でクィア文学は豊かな成熟を果たしてきた。近年は、性的マイノリティの当事者性を前面に押し出している小説家（キム・ボンゴン、パク・サンヨンなど）の活躍も目覚ましい。

キム・ゴンヒョンは、最近のクィア小説で際立つのは「生存」の物語だと言う。同性愛が既存社会の危機と崩壊を背景に描かれる時、登場人物の「生存」の物語は、新しい社会像への道筋を描き出すのだ。例えば、キム・ヘジン『娘について』（古川綾子訳、亜紀書房）。不当解雇に遭い、生活に窮するレズビアンの娘と娘の恋人が互いを支え合う「生存」の物語が、異性愛を前提としない新しい家族の可能性を提示していく。

【小確幸】소확행

村上春樹が自身のエッセイ集『ランゲルハンス島の午後』（1990年、新潮文庫）や『村上朝日堂ジャーナル　うずまき猫のみつけかた』（新潮文庫、1999年）などで用いた造語で、「小さいけれど確かな幸せ」を意味する。日常生活の中で感じられるささやかな幸せを指す「小確幸」は村上春樹ファンの多い韓国でも以前から使われていたが、近年になって再注目され二〇一八年の流行語・新語アンケートの一位にも選ばれた。

韓国で「三放世代」という呼び名が出たのが2011年頃のこと。就職難や経済的な不安定性から恋愛、結婚、出産を放棄せざるを得ない若者の世代を指していた。2015年にはさらに「人間関係」「マイホーム」「夢」「就職」まであきらめなければならない「七放世代」という言葉まで生まれている。閉塞感がますます強まる社会の中で幸福感への考えに変化が生じてきていることが、小確幸に注目が集まる背景にある。映画「リトル・フォレスト」が（韓国でのリメイク版も含め）ヒットし、K-POPスターが自分の〝小確幸リスト〟を公表するなど、各方面で小確幸志向が表れているが、本の世界ではエッセイを中心にささやかでも確かな幸せについて綴った作品が数多く出版され、読者の大きな共感を得ている。

【犬】개

「日本は猫に関する言葉が多いですが、韓国はやはり犬ですね」と言われたことがある。たしかに日本には「猫をかぶる」とか「猫なで声」とか「猫可愛がり」とか猫関連語が多い。しかし韓国における犬関連語はそれとは随分違い、どちらかといえば（いや、どちらかではなく完全に）、ネガティブな罵倒語系が多い。代表格である「ケーセッキ（犬の仔）」は、畜生と訳されることが多いが、罵倒の度合いはもっと強い。「ケサウム（犬の喧嘩）」は辞書には「泥仕合」という訳語もあるが、もうちょっとバカバカしさが強いイメージだ。

ところで犬という意味の韓国語には「ケ」だけでなく、「カンアジ」という言葉もある。こちらは「犬の仔」ではなく「子犬」や「小型犬」。ペットにするような小さくて可愛い犬を指す言葉だ。シーズーやマルチーズ、ヨークシャテリア、プードルなどが人気だ。韓国のマンションはほとんど動物OKなので、室内でカンアジを飼う人はとても多い。

では、食用の犬はなんと呼ぶのか？　ホットドッグ……なわけはなく、これはケ。ただ、これをあからさまに言うと動物愛護家に嫌われるので、少し自虐的（?）に「モンモンイー（わんわん）」という言い方をする人もいる。

【整形】성형

韓国で整形手術が盛んなのは日本でもよく知られている。ちなみに韓国では美容整形を行うのは「整形外科」（정형 외과《チョンヒョンウエグア》）ではなく、「成形外科」（성형 외과《ソンヒョンウエグア》）。ソウル市江南区の新沙《シンサ》駅周辺などでは、それだけに特化した「成形外科病院」が乱立している。中にはビル全体が美容整形専門という大型病院もあり、外国からの団体美容整形ツアーなども受け入れている。

以前、このエリアを「ビューティーベルト」と紹介した韓国観光公社のチラシには「韓国で整形手術が大衆的になったのは1990年代。当初10数軒だった整形外科は今や230軒以上に増えている」という記述があった。ただ、それ以前から二重まぶたと隆鼻術は広く行われており、印象が明るくなるということで中年男性の二重まぶた手術も少なくなかった。

実際のところ、初期に整形手術がもっとも盛んであったのは、米軍基地周辺だった。当時は正式な医師によらない闇手術も多く、特に豊胸手術などでは医療事故も多かったと言われる。現在でも医療事故の問題はなくなっておらず、時々メディアなどでも報道される。その中には全身麻酔の失敗などによる深刻なものもあるが、手術結果に対する不満などの問題も頻発している。2011年11月には韓国現地の通信社が、「ソウルで整形した日本人女性　病院に抗議し大暴れ」というニュースを配信したが、外国人のよるクレーム騒動も少なくないという。

【日本語】일본어

朝鮮半島は1910年からの36年間、日本帝国主義の支配下にあった。中でも1937年から始まった皇民化政策では、学校教育の場から朝鮮語を完全に排除、また朝鮮語の出版物等も多くが検閲により発禁となった。奪われた言葉や文化を取り戻すことは、解放後の朝鮮半島の人々にとって切実な民族的使命であり、同時に「日帝残滓」の一掃は避けられない課題だった。日本風の地名や表現の多くが韓国語に改められ、また日本の歌謡曲や映画などの大衆文化も厳しく制限されたが、それでも今も韓国人の暮らしの中には、「過去の日本語」が残っている。テレビや新聞などでは「禁止語」であるが、文学作品の中ではあえて使用されていることがある。

【敬語】존댓말

韓国人にとって敬語はとても重要である。特に年齢と敬語の関係は絶対的で、日本よりも厳しい。初対面は年齢に関係なく尊敬語（尊大《チョンデ》マル）を使い、その後親しくなる合図として、「言葉を下げよう」（同年齢）、「言葉を下げてください」（年下から年上の人に）など、言葉の変化を促す言葉が出る。韓国人が初対面で年齢を聞くことが多いのは、その情報がないと親しくなるための合図が出せないからだ。地方や家族ごとに違いはあるが、家族内で敬語が使用されることも少なくない。「クレヨンしんちゃん」は韓国でも大人気のアニメだが、韓国版のしんちゃん（シン・チャング）は両親に対して尊敬語を使っており、その慇懃無礼で不遜な態度がたまらなく面白い。

【罵倒語】욕설

韓国の罵倒語は多彩だ。「ノム」（野郎）、「ニョン」（アマ）、「セッキ」（動物の仔のこと。ガキというニュアンス）などを基本として任意の罵倒表現を盛り込んでいく。例えば「××を売るような（××は女性性器のことで、いわゆる英語の「Fワード」に近いニュアンス）」「犬みたいな」「ゴミみたいな」「足の臭いみたいな」……なんていうのもあった。なぜか犬が多用されるのは今も昔も同じで、みんなペットの犬をたいへん愛しているけど、罵倒語には犬が頻出する。これら豊かな罵倒語を訳そうとするとただちに、日本語の罵倒語の貧困さに直面してしまう。「畜生」と「糞」のバリエーションでほぼなんとかするしかないし、工夫してもどんどんお笑いの方向に滑っていって殺傷力が落ちる。翻訳者たちはたいへん苦労しているのである。

【文学賞】문학상

韓国には数多くの文学賞がある。日本でもよく知られているのは、「李箱《イサン》文学賞」。朝鮮を代表するモダニスト作家李箱の業績を記念し、1977年に創設された文学賞だ。ハン・ガン、パク・ミンギュ、キム・エランなどいま日本で愛される多くの韓国作家がこの賞を受賞している。他にも、東仁《トンイン》文学賞、李孝石《イヒョソク》文学賞、黄順元《ファンスンウォン》文学賞など、文学者の名前を採った文学賞が多い。

文芸誌や新聞社が主催する文学賞には、新人発掘のため設けられたものも多い。その代表格が、新聞各社が毎年開催する「新春文芸」。短編小説、詩、戯曲、文学評論などの部門があり、受賞作は毎年1月1日に発表される。「新春文芸」は1925年東亜日報が初めて主催して以来、作家デビューのための登竜門となってきた。例えば、日本でも多くのファンを持つファン・ジョンウンは京郷新聞の、キム・グミは韓国日報の新春文芸を受賞し、小説家デビューを果たしている。

【占い】점

古今東西、占いは人々に愛されてきたが、韓国人も大の占い好き。街角の人相や手相見、占いテント、占いカフェ、昔ながらの「哲学院」(髭をはやしたおじいさんがいるようなところ)、そして「ムーダン」(巫堂、韓国のシャーマン。中高年女性が多い)までバラエティにとんでいる。占い師は不景気になると増えるが、これは「苦しい時の神頼み」に加えて、失業者が占い師に転身してしまうためだと、かつて韓国メディアが伝えていた。韓国の占いで最も人気なのは「四柱八字」(四柱推命)である。これは陰陽五行説に基づいて、生まれた年・月・日・時から運命を導き出すもの。市民講座なども開かれており、そこに通って占い師デビューをする人もいる。

【儒教】유교

今、韓国の宗教調査で「儒教」と答える人はほとんどいないが、韓国社会の価値観や習慣には「儒教文化」の影響が色濃く表れている。中でも重要なのは祖先崇拝である。「祭祀」(日本の法事にあたる。毎年の命日に行われる)や「茶礼」(秋夕や旧正月に行われる儀式)など、先祖の霊を迎え入れる儀式は現在もほとんどの家庭で行われている。また、学問に対するストイックな態度も儒教文化の影響とされている。一方で、儒教の核ともいえる「孝」については、その形骸化を嘆く声が多い。とはいえ、子どもや孫世代のための高齢者の献身・犠牲は、一族を守る意味で儒教文化の一つの形とも理解できる。

【宗教】종교

韓国は宗教が盛んな国で、クリスマスも釈迦の誕生日も国民の祝日だ。人口比率では新旧のキリスト教徒が3割余り、仏教徒も2割を超える。その他に新興宗教もあり、ソウル駅前などは常時、賛美歌やお経や新興宗教の演説などが入り乱れて騒然としている。宗教はいつも身近にあって、教会やお寺での体験とか、ボランティア活動とか、そこでできた友だちとか、お母さんが宗教活動に夢中になるようすなどが小説にもたびたび登場する。また、作品の中に「神」が出てくる場合、そのイメージはかなり具体的なことが多い。「漠然と無宗教」みたいな日本とはかなり違うと思われる。熱心な宗教者の多い環境は、文学の帯びている倫理的使命感ともつながっている。政治への影響力も強く、歴代の大統領もほとんどが、それぞれの宗教的立場を明確にしている。

【キリスト教】기독교

韓国全土いたるところに教会や聖堂が立ち並び、日曜日ともなればミサに訪れる人々で周辺はごったがえす。

韓国のキリスト教徒は大きくはプロテスタントとカトリックに分かれ、それぞれによって使われる用語に違いがある。例えばプロテスタントの「牧師」とカトリックの「神父」だけでなく、「教会」もカトリックでは「聖堂」という。そこで韓国ではクリスチャンかどうかを質問する時も、一歩踏み込んだ尋ね方が一般的だ。「教会に通っていますか?」(プロテスタントですか?)、「いいえ、聖堂に通っています」(いいえ、カトリックです)。

信者の比率は2:1でプロテスタントの方が多いといわれ、またプロテスタントの中では福音派といわれるグループが、近年信者の数を増やしている。プロテスタントの宗派の中には聖職における男女の性差を撤廃しているところも多く、女性も要件さえ満たせば牧師になれるという。

【秋夕《チュソク》】 추석

韓国の伝統行事はほとんどが陰暦のカレンダーに基づいており、なかでも重要なのが陰暦8月15日の秋夕と陰暦1月1日のソル（旧正月）だ。秋夕は日本の中秋にあたり、日本と同じく名月を眺める行事等も行われるが、それ以上に重要なのは家族が集って先祖のための墓参りや茶礼をすることである。そのために、秋夕当日と前後の計3日間が国民の祝日に指定されており、多くの人々が故郷に帰省する。秋夕は家族をつなぐ大切な時間であるが、女性にとっては儀式用の料理などの苦労も多い。そこで最近は帰省をせずに自宅で簡略化した儀式をしたり、海外旅行に出かけてしまう家族もある。

正月の家庭料理トック（韓国のお雑煮／写真手前）とジョン（左奥）。

【恨《ハン》】 한

韓国人がとてもよく使う言葉。韓国語の「ハン」とは、特定個人への「恨み」ではなく、自分の運命に対する「嘆き」のようなもの。あるいは、本来あるべき姿や、望んでいた状態に達しないことへの「いらだち」や「悲しみ」でもある。小さい頃から姉妹の中で一番ブサイクだと言われ続けて「恨がたまった」とか、家が貧しくて大学へ進学できずに「恨がたまった」とか。ハン・ガンの『そっと 静かに』（古川綾子訳、クオン）に収められたエッセイに、幼少の頃、家が貧しくてピアノを習わせてもらえなかった逸話が登場する。後に経済状況がよくなってから急にピアノを習えと言われるが、本人はもう興味を失っている。すると、両親は我々のために一年だけでも通ってくれと懇願する。「そうじゃないと、恨になるから」と。

【胎夢】 태몽

韓国では妊娠すると、「胎夢」が話題になる。これは予知夢の一種で、過去には子どもの性別を判断する材料とされた。虎、龍、牛などが現れたら男の子だと喜ばれ、花、果物、真珠などの夢を見たら女の子だとがっかりされた時代もあった。『82年生まれ、キム・ジヨン』でも、娘を妊娠したころにジヨンが大根の夢を見たと記されている。ただ、この夢は妊婦だけが見るのではなく、他の家族が見てもかまわない。妊婦がりんごの夢を見ても、お祖父さんが虎を見れば、虎が優先されることもあるし、その後にさらに光り輝く龍の夢を誰かが見れば、それが胎夢ということにもなる。今は男子だけを待望する時代ではないが、それでも胎夢を語り合うことは大きな楽しみとなっている。

【就職難】 취업난

２０１５年頃、韓国では「ヘルチョソン（地獄の朝鮮）」という言葉が流行した。20～30代がインターネット上で自虐的に使いはじめた新造語で、韓国社会の生きづらさを表現するものだった。朴槿恵《パククネ》政権下の当時、野党政治家もこの言葉を使い政権交代の必要を訴えた。政権交代した現在、かつての野党は与党になり、この言葉をもって追及する立場ではなくなったが、現状はなかなか好転しない。就職難は相変わらずで、日本に就職口を求める学生が増えたため、再び日本語の人気も高まっている。最大の原因は大企業と中小零細との賃金格差と考えられる。２０１９年４月

22日の中央日報によれば、たとえば労働者5人未満の企業の平均賃金は約174万5000ウォン（約17万5000円）、10人未満で258万3000ウォンなのに対し、500人以上では534万7000ウォンと一気に高くなる。「選ばなければ仕事はある」と言われても、ここまで差がある以上、若者が大企業志向になるのは当然である。韓国では若者の就職難と中小企業の人手不足が同時に進行している。

小説でも就職難やブラック企業の描写は後を絶たない。チョン・セランの『フィフティ・ピープル』（斎藤真理子訳、亜紀書房）には、就活に全敗して仕方なく遠い親戚に泣きついたり、超低賃金のインターンで頑張ったがパワハラで帯状疱疹になり、耐えかねて好きな仕事を諦める若者たちが登場する。

【修能《スヌン》】수능

毎年11月に行われる大学入学のための共通試験。「大学修学能力試験」を略して「修能」と呼ばれる。試験当日は交通上の混乱を防ぐために、会社や公共機関の始業時間を遅らせたり、英語の聞き取り試験中の飛行機の発着を止めたり、国民ぐるみの協力体制が求められる。こういった大学入試の盛り上がりは科挙制度の伝統に因るとも説明されるが、たしかに韓国は大学進学率は男女ともに高く、その意味で修能は長らく「国家的行事」としての扱いを受けてきた。一時期80％まで行った大学進学率が、最近になってわずかに下降傾向を見せ、さらに推薦入学（随時募集）の割合が増えているなどの変化は出てきている。

【受験】수험

韓国は受験大国として知られているが、それは大学受験のことを指す。日本では小学校受験、中学受験、高校受験など、人生に何度も受験の機会があるが、韓国では一部の特別なケースを除いて、ほとんどの学生は大学までは入学試験を受けることはない。また、大学入試には随時募集と定時募集があり、随時募集は内申点等による書類選考であり、日本でいう推薦入試に近いものだ。近年、この随時募集の比率が高くなっており、全大学で7割近くが随時、ソウル大学では8割近くにもなっている。随時募集では教科の内申点に加えて、論文、科学や語学大会などの受賞歴や、クラブ活動、ボランティア活動、創意的活動など、学業成績以外の特別なスキルが評価される。これらのスペックのためには、財政面を含めた親の強力なサポートが必要といわれており、「金のさじ」（富裕層を意味する言葉）に有利な制度という見方もある。

【学院】학원

韓国語ではハグォン。民間の教育機関を指す言葉で、日本の学習塾や受験予備校にあたるものから、料理学院（料理教室）、美術学院（お絵かき教室）、英語学院（英会話教室）など実用系の学校まで、韓国にはたくさんの「学院」がある。幼稚園から小学校低学年は英語、ピアノ、テコンドーなどの「学院」に通い、小学校高学年から中学生になると数学や論述など勉強系「学院」に、さらに高校からは本格的な受験対策の「学院」に通うというのが、平均的な韓国人の学院人生だ。ちなみにハグォンはHagwonという名前で米国にも進出している。当初は韓国系移民の子どもたちの学習塾であったが、最近では他のエスニック集団の子どもたちも通うようになっている。特にSAT学院というアメリカのセンター大学入試試験のための「学院」は、教育熱心な親たちの間でも定評があるという。

【両班《ヤンバン》】양반

高麗、李朝時代の特権的身分階層、武班《ムバン》と文班《ムンバン》の両方をさして両班と呼んでいた。貴族と訳されることも多い。本来、両班は少数だったが、李朝末期の混乱期に多くの人が我も我もと両班を名乗り、韓国のほとんどの人が両班になってしまったと自嘲気味に言われることもある。文化も両班文化が庶民まで広がり、なかでも科挙制度は大学入試という形態で、現代韓国社会に完璧に引き継がれている。また、「両班」という言葉は、韓国社会では大人の男性一般について、「うちの両班（亭主）」、「あの両班（おじさん）」のように、少し偉そうな男性を揶揄する場合にも使われる。

【家】집

韓国は「アパート共和国」と言われるように大多数の人がマンションなどの集合住宅を好み、そのうえで「不動産階級社会」という言葉が示すように、家が階層やヒエラルキーを象徴する。韓国の小説には家の描写がよく登場する。その名称は連立住宅（低層アパート）、アパート（日本のマンション）、住商複合（実はタワマン）など、漢字語や英語語源の韓国語で表すが、日本語とは少し意味が異なる。さらに22坪、32坪、40坪といったアパートの広さが、読者にとても重要な情報を与えている。

坪数は家族構成とはあまり関係ない。坪数（広さ）が違っても、マル（リビングルーム）を中心に、アンパン（夫婦の寝室）と小さな部屋が2つという韓国特有の間取りは共通している。坪数が表すのは、その一家の社会的ポジションだ。パク・ミンギュの作品に「22坪友だち」という仲良しグループが登場するが、そこに描かれているのは、40坪に届かなかった人々の、少し寂しい連帯感である。

韓国の住商複合。

【本貫】본관

韓国人には「姓」とともに「本貫」というものがある。姓の起源（先祖の出身地）を表すもので、例えば同じ「金」という姓でも、人によってその本貫は様々だ。一番多いのは「金海金氏」。これは金海伽耶《かや》（駕洛国《から》）王族を起源とする集団であり、新羅王族系の「慶州金氏」とは本貫は異にする。つまり「親戚」ではないということになる。これは日本人が考えるよりも、韓国人にとっては重要なことで、1997年に民法が改正される以前は、姓と本貫を同じくする同士の結婚は禁じられていた。今でも、韓国人は自己紹介で相手が同じ姓だと、自然に本貫を確かめ合うことがある。同じなら親戚だからと、わずかに親近感がわくという。

【○○号】○○호

韓国はアパートやマンションなど共同住宅で暮らす人がほとんどだが、住民同士はお互いの名前を知らないことが多い。それは日本のように「付き合いがないから」ではなく、「班常会《パンサンヘ》」と呼ばれる住民会議で定期的に顔を合わせたり、花壇の手入れを一緒にするようになってからも変わらない。名字を名乗り合うこともない。都市化によって人間関係が希薄になったというよりも、以前から韓国では隣人同士を名字で呼び合う習慣がなかったのだ。従来は「△△ちゃんのお母さん（お父さん）」というように、近所を行き来する子どもを中心に呼びあっていたのだが、最近は少子化や単身家庭が増加し、肝心の子どもがいなくなってしまった。そこで代わりに登場したのが部屋の番号だ。カカオトーク（韓国版ライン）の居住者グループでも、「○○号さん」と呼び合うだけ、名字は一切登場しない。

【カトック】카톡

カトックはカカオトーク（카카오톡）の略語。スマホのアプリを利用したSNSで、韓国版LINEともいえるもの。ただし、韓国ではカカオトークが圧倒的なシェアを誇り、LINE利用者は少ない。韓国でカカオトークのサービスが開始され

たのは2010年3月で、若年層を中心にまたたく間に広がった。LINEも韓国資本であるのは知られているが、日本でのサービス開始はカカオトークに遅れること1年余り、2011年6月である。今、韓国ではカカオトークが最も重要な連絡手段となっており、親族間や友人同士はもとよりビジネスや学校関係の連絡なども、もはやカカオトークなしでは成り立たなくなっている。特に重要なのはグループ機能。例えば、マンションの自治会などでも、ゴミの回収問題や修繕の告知、あるいは騒音苦情など、すべての連絡をカカオトークで回している。一人でいくつものグループに入って、日々その処理に追われているのは、日本のLINEと同じである。

【KTX】

KTXとは韓国高速鉄道の略称。2004年春に開通した韓国の新幹線で、ソウルと釜山などを結ぶ「京釜線」と、ソウルと木浦《モクポ》や麗水をむすぶ「湖南線」、さらに平昌オリンピックを前に2017年末に江陵線が開通した。KTXには通常、一般室と特室があり、特室は座席がゆったりとしており、なかなか快適。ただし料金はソウル―釜山で7万ウォン（約7000円）を超え、これは場合によっては航空運賃を上回る。ちなみに一般席は5万ウォンほど。日本の新幹線とは違い、曜日や時間帯によって少しずつ価格が違う。

他にも新幹線と違う点は多く、まずは基本的に座席指定であること。一部で「立ち席」という自由席券も販売されるが制限が多いため、あらかじめ指定席を予約するのが一般的だ。改札は省略されており、駅構内への立ち入りは自由。スマホアプリやネットで予約した場合は乗車券もなく、自分が予約した席にただ座るだけ。

KTXは Korea Train eXpress の略。

車内販売は日本と同じくお茶や弁当などが売られている。ただ駅弁の種類は少なく、地方ごとの味を楽しむといった希望は叶えられない。

【タクシー】택시

韓国ではタクシー料金が安い。ソウルの場合、初乗りは2㎞までで3800ウォン（約380円）、東京の約半額だ。韓国のタクシーは「大衆交通手段」であり、人々は手軽に利用する。最寄りの駅まで、忘れ物を取りに家まで、急ぎの時は躊躇しない。また、大人だけでなく子どもだけでもタクシーを利用する。歩ける距離でも安いから割り勘で乗ってしまう。運転手は「腹立たしいけど、断れない」と言う。タクシーの台数は多く、ソウルや釜山などの大都市では日中は客待ちのタクシーを見かけることが多いが、深夜過ぎると大逆転する。運転手の多くは遠距離客を好み、近距離客は無視されることも少なくない。また、最近はカカオタクシーというスマホアプリで予約できるタクシーもあり、ますます便利になっている。

【チョンセ】전세

チョンセとは韓国独自の賃貸システム。家を借りる時に、大家さんに先渡し金（チョンセ金）を払うことで月々の家賃が免除され、かつチョンセ金は退去時に全額が返還される。チョンセ金の相場はかなり高額（売買化の50％～80％）で、ソウル市内のファミリー向けマンションだと、数千万円が必要となることもある。以前の韓国は銀行利子が10％を超える高金利時代が続いたため、大家さんはチョンセ金を運用するだけで、家賃以上の収入を得ることができた。『82年生まれ、キム・ジョン』でもジョンのお母さんがこの方法で家を買い替え、資産を形成していく様子が描かれる。

現在の低金利ではそれが難しいため、半分だけチョンセ金（この場合は保証金と呼ばれる）で残りは家賃という、「半チョンセ」が一般的になっている。また不動産投資をする人には、このチョンセ金が重要な「資金」となる。「自己資金＋銀行借り入れ」よりも、「自己資金＋チョンセ金」の方が銀行の審査もなく、利息分だけ有利になるからだ。住まい方と共に資産形成の方法でもあるため、小説に登場する頻度もたいへん高く、日本の読者に理解してもらうために翻訳者が頭を悩ませるトップ項目。

【移民】이민

「ほとんどの韓国人は海外に親戚がいる」というのは誇張ではない。2019年6月現在、海外で暮らす韓国系移民は約740万人と発表されており（「在外同胞財団」）、本国人口（南北で約7500万人）に対する比率では世界のトップクラスだ。居住国別では中国、米国、日本、旧ソ連などが上位国となっている。移民の歴史は朝鮮時代末期のハワイ移民に始まり、日本統治時代、朝鮮戦争を経て、1970年代以降は韓国で米国移民ブームが起き、全米の主要都市にコリアンタウンも形成された。2000年代前後からは豪州や東南アジアなども人気の移住先となっている。政治、経済、教育、あるいは離婚などの個人的事情まで、動機は時代や人によって違うが、韓国人にとって移民は常に選択肢の1つであり、それによって形成されるグローバルネットワークは、時に韓国本国の発展や変革を支える大きな力となっている。

また、韓国にルーツを持つ作家も世界中に広がっており、今話題なのは韓国系アメリカ人ミンジン・リーが在日コリアンの歴史をテーマに書いた『パチンコ』。これは2017年の全米図書賞の最終候補に残った。

【再開発】재개발

再開発とは都市再開発のことであり、現代韓国を理解するうえで最も重要なキーワードである。文学作品としても1970年代の『こびとが打ち上げた小さなボール』（チョ・セヒ、斎藤真理子訳、河出書房新社）から2010年代の『野蛮なアリスさん』（ファン・ジョンウン、斎藤真理子訳、河出書房新社）まで、時代を超えてまるで連作のように書き続けられている。韓国の再開発は常に大規模であり、根こそぎであり、街の風景を完全に変えてしまう。1970年代に日本で行われたニュータウン建設のようなものが、その後もバージョンアップされながら繰り返されている。「再開発」が決定すると、その地域の不動産価格は上昇する。「不動産神話」は今も健在で、それをめぐるさまざまなエピソードや人々の思惑が小説にも頻出する。もちろん独裁政権時代の初期の「再開発」と、民主主義国家となった今の韓国の「再開発」は変化した部分もある。少なくとも現在の「再開発」は民主主義手続きを経て決定されており、つまりは国民、あるいは当該住民の内部で「賛成」と「反対」が対立する構図となっている。

【民主化】민주화

韓国は初代の李承晩大統領から始まった独裁政治が、1980年代後半まで長きにわたって続いていた。中でも軍事クーデターで政権を掌握した朴正熙《パクチョンヒ》大統領は経済発展を優先する一方で、国民の自由と政治上の民主主義を著しく制限し、学生や市民の反発を招いた。

民主化闘争は長期にわたり、投獄や拷問などの激しい弾圧の時代を経て、1979年に朴正熙大統領が暗殺されたことで、一時期的には「ソウルの春」を迎えることになる。ところがその直後に登場した全斗煥《チョンドゥファン》が率いる軍部のクーデターで再度冬の時代へ。学生と市民は再度民主化闘争に立ち上がり、ついに1987年の「6月民主抗争」で次期大統領候補であった盧泰愚《ノテウ》から民主化宣言を勝ち取り、韓国は民主国家としての歩みを始めることになった。

【デモ】 데모

韓国はデモというと、主に政治集会とデモ行進（行われない場合もある）を指す。学生運動が盛んだった時代は大学のキャンパスや周辺がデモのメッカであったが、最近は市民や労働者が中心となり、光化門広場、市庁前広場、ソウル駅広場、汝矣《ヨイド》島広場など、市の中心部でさまざまな集会やデモが行われている。韓国で集会やデモが盛んなのは、それによって社会を変えていったという自覚があるからだ。例えば１９６０年の「4・19学生革命」や最近の「ろうそくデモ」は時の大統領を退陣に追い込み、１９８７年の「6月民主抗争」は独裁政治から民主主義への移行を実現した。また最近では政治以外でも女性やマイノリティーの人権問題等をテーマにしたデモも盛んで、発達支援センター創設のための集会や性的少数者による大規模なパレードなども行われている。

ソウル光化門広場のろうそくデモ。

【兵役】 병역

南北に分断されている朝鮮半島では、北朝鮮と韓国の双方に徴兵制が敷かれている。韓国の男性は19歳になる年に兵役検査を受けなければならず、その後、さまざまな形で兵役義務につく。以前に比べると服務期間は短くなっており、陸軍と海兵隊が18ヶ月、海軍は20ヶ月、空軍22ヶ月等、所属によって違いがある。入隊時期は満20～28歳の誕生日まで。大学在学中の入隊者も多く、中には「同伴入隊制度」を利用して、友だちと一緒に軍隊に行くケースもある。ただ、卒業が同期の女子学生よりも遅くなり、それが不利益に当たるとの考えや、また不測の軍事衝突や訓練中の事故等の心配もあるため、依然として徴兵を避けようとする向きも一部には存在する。そのこともあって、軍は最近になって福利厚生面での充実や、かつて蔓延したいじめ問題などへの対応など、さまざまな改革を行っている。

【光州事件】 5・18 광주민주화운동

１９８０年5月に全羅南道光州市で起こった、民主化を求める学生や市民の蜂起と、それに対する軍部の武力鎮圧の総称。日本では事件当時から「光州事件」として、各種メディアで報道されてきたが、韓国では徹底的な報道管制が敷かれ、一般の韓国人は長らく事件の真相を知らされずにいた。名称も当初は軍が「光州暴動」と発表し、その後に「光州事態」、「光州民衆抗争」など、時代によって変遷があり、現在は「5・18光州民主化運動」が公式名称となっている。事件についてのタブーが解かれたのは１９８７年の民主化宣言以降で、１９９０年代に入るとテレビドラマなどの主題にもなり、遅まきながら国民にその悲劇が共有されるに至った。また、事件に関連して全斗煥と盧泰愚の二人の元大統領にも法廷で実刑判決が下された。事件の真相究明は今も続けられており、２０１８年末現在、市民側の死亡・行方不明者１８１名、負傷者２７６２名、その他犠牲者１４７２の計４４１５名が国家補償の対象となっている。多くの文学作品が書かれているが、あえて一冊挙げるならハン・ガンの『少年が来る』（井手俊作訳、クオン）だろうか。

【済州島《チェジュド》】 제주도

韓国の最南端に位置する火山島。島の面積は韓国最大で島民人口は約66万人。15世紀まで耽羅《たんら》という独立した王国があり、今も島にはその名残をとどめる文化が残っている。特に言葉は独特で、現在でも本来の済州島方言は「陸地の人々」（済州島の人々は半島側の人々をこう呼ぶ）には、なかなか聞き取れないと言う。

済州島は中心にそびえる漢拏山、周辺のサンゴ礁など自然環境に恵まれており、長らく韓国随一のリゾート地として人気を得てきた。しかし、1989年の海外渡航自由化以降、韓国人の海外旅行志向が強くなったこともあり、2000年代に入ってからの済州島は外国人観光客の誘致に積極的に取り組んできた。

気候も良く泥棒もいないと言われた平和な島だが、「4・3事件」という悲劇の歴史もある。長らく韓国現代史のタブーと言われたこの事件では、米軍政当局の武力鎮圧と李《イ》承晩《スンマン》政府による過剰鎮圧の過程で、村は焼き払われ、多くの島民が犠牲になった。1949年4月1日付の米軍報告書には「1948年の一年間に1万5千余名の住民が犠牲になった。そのうちの80％が討伐軍によって射殺された」と記録されている。1947年から54年まで、約7年にわたる全期間の犠牲者は2万5000人から3万人といわれ、虐殺から逃れて日本に渡った島民もいる。

日本に逃れた人々は事件を語り継ぎ、そこからは多くの文学作品も生まれた。「4・3事件」は「在日朝鮮人文学」における重要なテーマの一つになっている。

【IMF危機】
IMF위기

1997年のアジア通貨危機。韓国ではIMF外換危機、1997年外換危機などと呼ぶ。97年から始まった通貨危機によって韓国は経済主権を失い、国際通貨基金（IMF）にすべてを委ねた。財閥が解体され、大規模なリストラが行われ、失業率が7パーセントにも上った。この経験は韓国人の大きなトラウマとして多々の作品に登場している。パク・ミンギュのデビュー作『三美スーパースターズ　最後のファンクラブ』（斎藤真理子訳、晶文社）はこのときにリストラされた人々を元気づけようとして書かれたものだという。危機の直後に成人した人をIMF世代と呼ぶが、作家のキム・エランは典型的なIMF世代で、彼女のデビュー短編集『走れ、オヤジ殿』（古川綾子訳、晶文社）は、この事態によって父権が失墜したことを如実に表している。若い女性が父親を自分と同じような弱さも持つ人間として見るようになったことが、「オヤジ」（韓国語では「アビ」）という呼称一つでわかるというのだ。

【セウォル号事故】
세월호사고

2014年4月16日、韓国・仁川市の仁川港から済州島へ向かっていた大型旅客船「セウォル号」が全羅南道の珍島沖で転覆・沈没した。乗員・乗客の死者299人、行方不明者5人という韓国史上最悪の海難事故となった。事故発生直後にテレビニュース等は全員救出の速報が流れたが、その後にそれが誤報であることが発覚するなど、初期対応の遅れや救出作業のミスが多くの機関で重層的に発生し、未曾有の被害を招くことになった。救出の様子はニュース等で実況放送され、多くの国民は目の前で沈みゆく船を見ながら無力感に苛まれた。特に犠牲者の大多数が修学旅行中の高校生であったために、「子

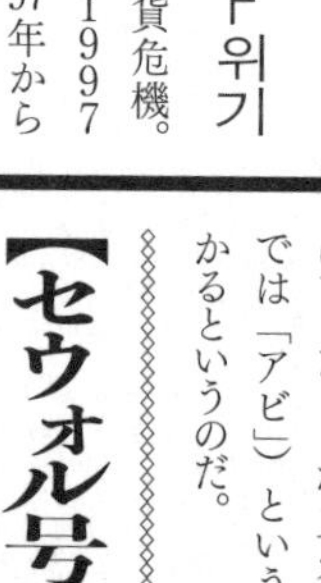

キム・エラン、パク・ミンギュ、ファン・ジョンウン他『目の眩んだ者たちの国家』（矢島暁子訳、新泉社、2018年）
本書に収録された文章はいずれもセウォル号事故をめぐり、韓国の季刊文芸誌「文学トンネ」の2014年夏号と秋号にかけて掲載された。特集「セウォル号を考える」が掲載された秋号は、文芸誌としては異例の増刷を重ねた。

どもたちを救ってやれなかった」という慚愧《ざんき》の念は韓国社会全体を覆った。また、この事故直後の朴槿恵大統領の行動にも不可解な点があり、2年後の大統領弾劾時には国民の大きな批判にさらされた。

この事件が文学者に与えた影響も非常に大きく、「セウォル号以後文学」と呼ばれるジャンルを生み出した。キム・エランの『外は夏』は、幼い息子を失った夫婦の物語をはじめ、喪失と悲しみにまつわる物語を集めた短篇集で、直接に事故には触れずにこのジャンルの傑作と言われている。

【朝鮮戦争】6・25전쟁

1950年6月25日、北朝鮮の軍隊が38度線を越えて韓国に侵攻したことで始まった戦争。韓国では開戦の日付から「ユギオ（6・25）戦争」と呼ばれている。不意打ちをくらった韓国軍は北朝鮮の猛攻に釜山近くまで後退を続けるが、その後に米軍の仁川上陸作戦で戦況が逆転。しかし中国軍の参戦で再び後退を余儀なくされる。朝鮮戦争は第二次大戦後で最も悲惨な戦争の一つと言われ、激しい地上戦では200万人以上（諸説あり）とも言われる民間人犠牲者を出した。1953年の休戦協定から半世紀過ぎ今も終戦にはいたらず、軍事境界線では南北双方の兵士が対峙する状況が続いている。南北1000万人と言われる離散家族は、2000年の南北首脳会談でやっと相互訪問が約束されたが、極めて限られた人にしか機会は与えられず、当事者の大多数は希望を叶えられずにこの世を去った。この戦争について実に多くの文学作品が描かれてきたし、現在の若い作家の小説でも、登場する高齢者たちが戦争の記憶を語ることが多い。

【北韓】북한

韓国では北朝鮮のことを「北韓」と読んでいる。朝鮮半島は1945年8月に日本の植民地支配から解放されたのち、米ソの分割占領を経て1948年に大韓民国と朝鮮民主主義共和国という2つの政府が成立した。その2年後の1950年に朝鮮戦争が勃発し、1953年に休戦協定を結んで今に至る。ところで、韓国の憲法では「大韓民国の領土は韓半島及びその附属島嶼とする」（第三条）となっており、休戦ラインの北側も憲法上は自国領土という規定だ。つまり「北韓」も本来は「韓国の一部」ということになる。『越えてくる者、迎えいれる者』（ト・ミョンハク他、和田とも美編訳、アジアプレス出版部）は、脱北してきた作家たちの短篇と、韓国の作家が脱北者との共生をテーマに書いた短篇を合わせて収録した意欲的な企画で、北朝鮮の人々の生活と意見をかいま見ることができる貴重な作品集。

【ベトナム戦争】월남전

冷戦下のアジアで、ベトナム戦争は朝鮮戦争に次いで、世界を巻き込んだ戦争となった。米国がいち早く介入を決めたのに続き、韓国も64年から73年までベトナム中部を中心にのべ約32万人という、破格の人員を派遣するにいたった。医療部隊から始まり、猛虎、白馬、青竜という名の精鋭部隊が次々と送られ、また労働者や企業も「ベトナム行きのバスに乗り遅れるな」を合言葉に戦場に向かった。現在、財閥となる大企業の多くがこの時の「特需」で発展の基礎を築いた。韓国人にとって、ベトナム戦争は非常に重い記憶である。1つにはまだ貧しかった韓国がその貧しさ故に他国の戦争に参加せざるをえなかった悲しみの記憶であり、一方では家族や国の経済発展のために死に物狂いで頑張ったという記憶。しかしながら、結果的にはベトナム現地の人々を傷つけてしまったという慚愧の念が重なっている。また、ベトナム帰還兵の暴力性の問題は、『菜食主義者』（ハン・ガン、きむふな訳、クオン）など文学作品にもたびたび描かれている。

［キーワード集作成委員会：伊東順子・斎藤真理子・すんみ・古川綾子・伊藤明恵］

韓国・フェミニズム・日本

完全版

二〇一九年一一月二〇日初版印刷
二〇一九年一一月三〇日初版発行

責任編集 斎藤真理子
発行者 小野寺優
発行所 株式会社河出書房新社
〒一五一-〇〇五一
東京都渋谷区千駄ヶ谷二-三二-二
電話 〇三-三四〇四-一二〇一（営業）
〇三-三四〇四-八六一一（編集）
http://www.kawade.co.jp/

組版 株式会社キャップス
印刷・製本 大日本印刷株式会社
AD・デザイン 佐藤亜沙美
イラスト クイックオバケ

Printed in Japan ISBN978-4-309-02837-8